Mirjam Schweigkofler

Liebe mit einem Hauch von Limoncello

Über die Autorin:

Mirjam Schweigkofler wurde 1997 in Bozen geboren und lebt auf dem wunderschönen Ritten in Südtirol. Sie liebt es mit Freundinnen und Freunden unterwegs zu sein, Tennis zu spielen, zu Reisen und zu kochen.

https://www.mirjamschweigkofler.com/

Mirjam Schweigkofler

Liebe mit einem Hauch von Limoncello

Liebesroman

Bibliografische Information der Deutschen Nationalbibliothek:
Die Deutsche Nationalbibliothek verzeichnet diese Publikation in der Deutschen Nationalbibliografie; detaillierte bibliografische Daten sind
im Internet über http://dnb.d-nb.de abrufbar.

Empire-Verlag OG, Lofer 416, 5090 Lofer
produktsicherheit@empire-verlag.at
Ansprechpartner: Thomas Seidl

Lektorat: Caroline Wenner
https://www.die-zeilenschleiferei.de/
Korrektorat: Heidemarie Rabe

Cover: Chris Gilcher
https://buchcoverdesign.de/

Print-Buchsatz: Wolftribe Autorenservice
https://www.wolftribe.de

Bestellung und Vertrieb: Nova MD GmbH, Vachendorf
Du möchtest keine Veröffentlichung aus dem Hause Empire-Verlag verpassen? Dann melde dich gleich zum Newsletter an:
https://www.empire-verlag.at/newsletter

Für Jakob

Weil es mehr Menschen wie dich auf dieser Welt bräuchte.

Eins

Nie werde ich vergessen, wo ich war, als mich die Nachricht vom Tod meiner Mutter Amalia erreichte. Das Schlimmste für mich ist, dass ich nicht an ihrer Seite war, als sie starb. Vor zwei Monaten wurde bei ihr ein Tumor entdeckt, der bereits so weit fortgeschritten war, dass sie laut Angaben des Arztes nur noch ungefähr ein halbes Jahr zu leben hätte. Ein halbes Jahr und nicht verdammte zwei Monate. Ihr Wunsch war es gewesen, dass wir genauso weitermachen wie zuvor und aus diesem Grund bin ich in diesen Flieger nach Washington gestiegen und habe die letzten Atemzüge meiner Mutter verpasst. Ich werde mich immer an das Gefühl erinnern, das ich damals mitten in der Nacht in meinem Hotelzimmer, da ich beruflich in der Hauptstadt unterwegs war, verspürte. Ein dumpfer Schlag, als hätte mir jemand auf den Brustkorb geboxt, ließ mein Herz aussetzen. Die Welt um mich herum schien für einen Moment stillzustehen, während die Nachricht in meinem Kopf widerhallte. Ein Knoten bildete sich in meinem Magen und ein Schleier der Unwirklichkeit legte sich über meine Sinne. Ich konnte nicht begreifen, dass sie, die mich großgezogen und geliebt hatte, nicht mehr in meinem Leben war. Erinnerungen an gemeinsame Momente überfluteten mich. Die Trauer erreichte mich wie eine eiskalte

Welle, in der ich ertrank. Tränen stiegen mir in die Augen. Eine trostlose Leere erfüllte mich und raubte der Welt ihre Farben. Alles um mich herum wurde grau und trüb.

»Ihre Mutter hat den Kampf leider verloren«, hallten die Worte der Krankenschwester in meinem Inneren nach. Das Gefühl, das ich in diesem Moment verspürt habe, holt mich beinahe jede Nacht heim, so auch heute. Schon wieder hat mich ein Albtraum, in dem meine Mutter die Hauptrolle spielt, heimgesucht. Mein Herz pocht wie wild gegen meine Rippen. Die Dunkelheit umfängt mich wie ein undurchdringlicher Schleier, während das Abbild meiner Mutter noch in mir nachwirkt. Mein Atem kommt stoßweise, und ich taste nach dem Schutz der Realität. Dr. Berger, der Arzt, der mich seit dem Tod meiner Mutter betreut, meint, wir müssten weiter an der Bewältigung arbeiten. Doch die Träume würden wohl erst verschwinden, wenn sich das Trauma löst. Bis dahin soll ich mein Leben, so gut es geht, weiterführen. Und so liege ich wieder einmal wach und schweißgebadet im Bett. In meinen Albträumen ist sie da, meine Mutter. Sie taucht als Schatten in der Dunkelheit meiner Gedanken auf und ich kann nicht entkommen. Traumfetzen ziehen an mir vorbei und plötzlich steht sie vor mir mit traurigen Blicken, die mich durchdringen. Die Szenerien wechseln, doch ihre Anwesenheit bleibt konstant. Mal sind wir in meinem ehemaligen Kinderzimmer, mal an einem Ort, den ich nie zuvor gesehen habe. Doch immer ist sie da, in meiner Traumwelt präsent wie ein schmerzliches Echo. Ihre Stimme, die einst so beruhigend war, klingt verzerrt, als würde sie aus der Ferne zu mir dringen.

Manchmal bewegen sich ihre Lippen, als wolle sie etwas sagen, doch die Worte erreichen mich nicht. Ein Gefühl der Hilflosigkeit breitet sich aus, während ich versuche, sie zu erreichen, aber meine Hände gleiten durch ihre Gestalt wie durch Nebel. Die Albträume sind wie eine endlose Schleife, in der ich gefangen bin ohne Möglichkeit der Flucht. Wieder und wieder durchlebe ich den Verlust, das Gefühl des Abschieds, das sich in meiner Seele festsetzt. Der Traum endet nie mit Versöhnung oder Trost, sondern lässt mich mit einem nagenden Schmerz zurück, der mich noch in den Wachphasen verfolgt.

Ich blicke auf mein Handy und meine Annahme, dass es erst kurz nach Mitternacht ist, bestätigt sich. *Versuchen Sie die Atemübungen, die wir miteinander einstudiert haben,* erinnere ich mich an die Worte vom Herrn Doktor. Manchmal helfen sie mir tatsächlich, aber die meiste Zeit liege ich weiterhin wach auf der Matratze und starre an die Decke. Glücklicherweise erlaubt mir mein Job als Hoteltesterin, überall zu arbeiten, und so schreibe ich nun meine Berichte und Bewertungen nicht wie üblich abends, sondern nachts. Dabei rede ich mir gerne ein, dass ich noch jung und nicht auf den Schlaf angewiesen bin. Wie lange ich das so noch schaffe, ist fraglich, aber ich gebe mein Bestes und versuche mich immer zuerst vorbildhaft an den Übungen von Dr. Berger. Heute übernachte ich in dem sehr angesehenen Hotel namens Fontenay in der Wahlheimat meiner Mutter. Hamburg. Auch wenn unsere Wohnung, die nunmehr nur noch meine ist, etwa zwanzig Minuten entfernt liegt, schlafe ich hier und teste alles, was auf meiner »Vergissmeinnicht«-Liste steht. Dabei handelt es sich um eine To-do-Liste, die ich liebevoll so getauft habe, denn alles, was auf ihr steht, muss getestet und darf keinesfalls vergessen werden.

Auch heute versagt die 4-7-8-Atemmethode. Ich kann nicht einschlafen, also erhebe ich mich mit zitternden Beinen aus dem Bett und setze mich an den Schreibtisch. Mein Laptop benötigt heute länger zum Hochfahren als sonst. Aufgewühlt von meinem Traum klopfe ich nervös mit meinen Fingern auf den Tisch. Als der PC endlich geladen hat, öffne ich das Dokument, in dem ich alle Notizen sammle. Ich überfliege die ersten Punkte meiner Liste. Die Lampe über dem Tisch spendet warmes Licht. Ich sortiere meine Gedanken und lasse die Erfahrungen des letzten Tages Revue passieren. Das Frühstück hat meine Erwartungen völlig übertroffen und auch die Bedienungen haben großartige Arbeit geleistet. Die Atmosphäre im gesamten Hotel ist einladend. Das Bett ist bequem und wäre mir mein Albtraum nicht dazwischengekommen, würde ich wahrscheinlich wie ein Baby schlafen. Ich arbeite die Punkte auf meiner Liste ab, dabei tauchen auch die weniger erfreulichen Aspekte auf. Die Schwäche des WLAN-Signals und das Summen der Klimaanlage sind in einem Hotel wie diesem ein großes No-Go. Es sind zwar kleine Nuancen, die jedoch den Gesamteindruck beeinflussen. Meine Augen gleiten über die Notizen, während ich versuche, meine Eindrücke in klare Worte zu fassen. Es ist nicht nur die physische Umgebung, die ich bewerte. Es sind die

Emotionen, die ein Hotelbesuch wecken kann, die Atmosphäre, die ein Lächeln oder einen Seufzer hervorrufen. Die Kunst liegt darin, die subtilen Elemente zu erfassen, die nicht auf den ersten Blick erkennbar sind.

Ein Schiffshorn reißt mich aus meinen Gedanken. Der Tag im Hotel war anstrengend und eigentlich sollte ich todmüde sein, aber ich bin hellwach und das habe ich alles nur den Albträumen zu verdanken. Nach dem Frühstück werde ich das Hotel wieder verlassen, ins Büro zurückkehren, Julia, meiner Chefin, den Bericht abliefern und den restlichen freien Tag mit meinen Freundinnen genießen.

Zwei

»Du siehst müde aus, alles gut bei dir?«, begrüßt mich meine beste Freundin Emma bereits aus einigen Metern Entfernung. Sie schlängelt sich zwischen zwei Paaren durch, die Hand in Hand durch die Fußgängerzone laufen. Als sie mich erreicht, umarmt sie mich innig. Ihre langen blonden Haare sehen stets wie frisch vom Friseur aus und die große schwarze Sonnenbrille von Prada, wie die Aufschrift unschwer erkennen lässt, verdeckt ihre klaren blauen Augen. Emma ist der Ruhepol unserer Gruppe und fühlt, wenn es jemandem nicht gut geht. Man kann sich immer auf sie verlassen, außer ihr Lieblingsladen beginnt mit dem Ausverkauf, dann kann es auch gut sein, dass sie für zwei bis drei Tage von der Bildfläche verschwindet.

»Ich habe nur schlecht geschlafen, sonst ist alles gut. Danke, dass du nachfragst«, antworte ich ihr tatsächlich etwas platt und müde.

»Vielleicht solltest du dir einen anderen Arzt suchen. Dieser Herr Brugger hilft anscheinend nicht«, sagt sie und stützt dabei ihre Hände in die Hüften.

»Herr Dr. Berger«, korrigiere ich sie.

»Vielleicht könntest du dir noch eine zweite Meinung einholen. Schaden wird es nicht.«

Ich weiß es sehr zu schätzen, wie sehr sich meine Freunde in letzter Zeit um mich kümmern, aber mehr, als mir Hilfe zu holen, kann ich leider auch nicht tun.

»Gib ihr etwas Zeit, es sind doch erst vier Monate vergangen«, kommt es von einer Stimme hinter uns. Lena, meine andere beste Freundin, gesellt sich zu uns und umarmt zuerst mich und anschließend Emma. Mit meinen Lippen forme ich ein stummes »Danke« in ihre Richtung. Ihre kurzen kastanienbraunen Haare leuchten im Tageslicht und betonen ihre grünen Augen. Sie ist etwa einen Kopf kleiner als Emma und ich, aber mit Sicherheit doppelt so laut. »Wollen wir los? Das Boot wartet bestimmt nicht auf uns drei Hennen«, sagt sie und hängt sich bei uns ein. Die Mittagssonne taucht die malerische Stadt in ein warmes Licht, während wir uns auf den Weg in den Hafen machen. Ein sanfter Wind streicht durch mein Haar und verspricht eine erfrischende Fahrt auf dem Wasser. Der Weg dorthin führt uns durch die belebten Straßen Hamburgs. Wir folgen den schmalen Gassen und spüren das lebendige Pulsieren der Stadt um uns herum. Die Straßen sind gefüllt von Cafés, kleinen Geschäften und neugierigen Passanten, die sich in alle Richtungen bewegen. Bereits von Weitem können wir das Schiff erkennen, mit dem wir in See stechen werden. Der heutige Ausflug der kleinen Elbperle, unserem Lieblingsschiff, steht unter dem Motto »*Eat, enjoy and look into the sunset*«. Genau das, was ich heute dringend brauche: gutes Essen, Unterhaltung und das mit meinen zwei besten Freundinnen.

»Wie lief die Arbeit?«, fragt mich Lena aus dem Nichts.

»Ich war im Fontenay und es war wirklich alles perfekt, außer …«, antworte ich ihr und komme ins Stocken.

»Es kann und darf kein ›außer‹ beim Fontenay geben. Das würde mein komplettes Weltbild zerstören«, wirft Emma ein.

»Max arbeitet seit Kurzem dort als Chefkoch und das Essen war einfach das Beste, was ich je gegessen habe«, sage ich und blicke zu Boden. Max war meine große Liebe, dachte ich, zumindest, bis ihm meine Reisen zu viel wurden und er sich von mir trennte. Ja, er gab mir die Möglichkeit, mich zu entscheiden, aber bereits bei dieser Frage wusste ich die Antwort. Schließlich war er derjenige, der erst spätnachts von seiner geliebten Küche, die ihm alles bedeutete, zurückkehrte.

»Hast du mit ihm gesprochen?«, fragt mich Lena verdutzt. Meine beiden besten Freundinnen hatte die Trennung damals sehr getroffen, denn zum einen ging es mir grottenschlecht und zum anderen war ich ab da wieder der einzige Single in unserer Gruppe. Für die anderen beiden gibt es nichts Schöneres als Pärchenausflüge und -urlaube und mit meiner Trennung habe ich einen Strich durch die Rechnung gemacht. Es versetzt mir jedes Mal einen Stich ins Herz, wenn ich sehe, wie glücklich Emma und Jan sind. Seit ihrer Verlobung vor einem halben Jahr strahlt Emma gefühlt noch mehr, wenn sie von Jan erzählt. Und Lena, die hat ihren Adam. Die beiden planen eine Familie. Was habe ich dagegen? Ich reise durch die Welt und entdecke spannende Orte, aber daheim, hier in Hamburg, bin ich allein und so sehr ich mich für meine Freundinnen freue, fehlt mir dieser eine ganz wichtige Teil.

»Nein, ich habe mich wie ein kleines Mädchen versteckt. Ob Max mich gesehen hat, weiß ich nicht. Es war aber sehr komisch, ihn zu sehen«, gebe ich zu.

»Er war nicht fair zu dir und hat dich nicht verdient«, schießt es aus Emma heraus.

»Du hast uns, Liara. Du brauchst ihn nicht«, gibt Lena dazu. Ich nehme die beiden an die Hand und zusammen schreiten wir zum Pier. Wir gehen an Bord des eleganten Bootes und werden von einem freundlichen Matrosen begrüßt, der sich vor uns verbeugt. Mit einem Lächeln zeigt er uns den Weg auf das Deck. Wenige Minuten später werden die Leinen des Schiffs gelöst und der Motor startet. Die Elbe liegt glitzernd vor uns. Vorfreude erfasst uns. Die sanften Wellen wiegen uns hin und her und der Wind verweht unsere Haare. Die Skyline von Hamburg erstreckt sich entlang des Horizonts, die modernen Gebäude harmonieren mit den historischen Wahrzeichen und während wir langsam über das Wasser fahren, genießen wir den Ausblick, der sich uns bietet. Die markanten Konturen der Elbphilharmonie erheben sich majestätisch über den Hafen, sein gläsernes Äußeres fängt das Licht der Sonne ein. Direkt daneben erstreckt sich die historische Speicherstadt mit ihren roten Backsteinfassaden und den markanten Giebeldächern. Die auf Eichenpfählen gebauten Lagerhäuser erinnern an eine vergangene Ära, als der Hafen von Hamburg das pulsierende Herz des Handels war. In der Ferne ragen die Spitzen der modernen Hochhäuser empor, Zeugnisse der dynamischen Geschäftswelt der Stadt.

»Ich hole uns etwas zum Trinken. Was möchtet ihr?«, frage ich die beiden, nachdem ich mich von meinem Sessel erhoben habe. Ich muss mich mit beiden Händen daran festhalten, um dem Geschaukel standzuhalten.

»Für mich ein Bockbier, bitte«, sagt Lena. Emma stimmt ihr zu und so mache ich mich auf den Weg in die Bar, die sich in der Mitte des Decks befindet. Ich bestelle ein Helles, genau wie meine Mutter und ich es immer getrunken haben, als wir auf dem Meer unterwegs waren. Erst seitdem sie nicht mehr ist, weiß ich die vielen Traditionen, die uns so verbunden haben, zu schätzen. Außer sie hatte ich hier in Hamburg niemanden. Wo mein Vater lebt und ob er noch lebt, hat sie mir nie verraten und auch über ihre eigene Herkunft, die nicht in Hamburg war, hat sie kaum gesprochen. Aber es hat mich auch nie wirklich interessiert, denn ich war glücklich, genauso wie es war. Die Geräusche der Stadt verblassen allmählich, je lauter der Schiffsmotor wird und das Boot Fahrt aufnimmt. Der Geruch des salzigen Wassers und das leichte Spritzen der Wellen lösen in mir ein Gefühl von Heimat und Zufriedenheit aus. Zurück bei den Mädels stelle ich das Bier vorsichtig vor mir ab und lasse mich wieder in den Sessel fallen. Wir stoßen an und nehmen einen großen Schluck von dem kühlen Getränk. Die Sonne neigt sich dem Horizont zu. Auch die restlichen Plätze sind vollständig belegt und es herrscht eine gute Stimmung an Bord. Das Lachen von Menschen füllt die Meeresluft, während die Sonne langsam untergeht. Kinderstimmen mischen sich mit dem sanften Plätschern des gegen den Rumpf des Schiffes schlagenden Wassers. Lena, Emma und ich sitzen eng beisammen, spüren die Wärme der Sonnenstrahlen auf unseren Gesichtern und teilen die Glückseligkeit dieses Augenblicks. Die Zeit scheint stillzustehen. Wir genießen die Fahrt und die Gesellschaft in vollen Zügen.

»Weißt du bereits, wo deine nächste Reise hingeht?«, fragt Emma und durchbricht unser Schweigen. Ich schüttle den Kopf.

»Julia hat mich noch nirgends eingeplant, weil ich die nächsten drei Wochen Urlaub gehabt hätte und mit meiner Mama verreist wäre. Aber ich habe sie gebeten, mich für eine Reise einzuplanen. Urlaub ist gerade nicht das, was mich ablenkt, denn wahrscheinlich würde ich nur hier in Hamburg sitzen und Trübsal blasen«, sage ich leise und nachdenklich.

»Vielleicht hast du recht und es lenkt dich etwas ab, wenn du unterwegs bist. Es ist einfach alles noch zu nah«, sagt Lena und legt ihren Arm um meine Schulter. Auch für meine beiden Freundinnen war es ein Schock, dass meine Mutter so plötzlich gestorben ist. Für sie war sie ebenfalls Familie.

Ein netter junger als Matrose gekleideter Mann kommt auf uns zu.

»Darf ich die Damen zum Tisch begleiten?«, fragt uns Lars, was ich unschwer an seinem Namensschild, das er an seiner Uniform trägt, erkennen kann. Er sieht mich dabei mit seinen großen blauen Augen an. Ich nicke zustimmend und auch die anderen erheben sich aus ihren Sesseln. »Bitte folgen Sie mir«, sagt er und geht mit großen Schritten voran. Emma und Lena beginnen hinter mir zu tuscheln und ich blicke sie böse an.

»Was habt ihr?« Ich flüstere. Die beiden beginnen wie kleine Kinder zu kichern. Ich schüttle den Kopf.

»Der Typ zieht dich mit seinen Blicken förmlich aus«, flüstert mir Emma ins Ohr. Ich spüre, wie sich meine Wangen rot färben.

»So ein Blödsinn«, sage ich etwas lauter als beabsichtigt. Der Matrose dreht sich zu mir um und tatsächlich, seine Augen haben etwas Magisches. Und schon wieder ertönen hinter mir leise Kichereien. Als wären wir vierzehn Jahre alt. Peinlich.

»Alles gut bei Ihnen?«

»Ja, alles gut. Bitte entschuldigen Sie meine zwei Begleiterinnen, sie müssen wohl etwas zu viel Sonne oder Bier abbekommen haben.«

Seine Augen, fest in meine Richtung gewandt, strahlen ein sanftes Lächeln aus. »Wahrscheinlich beides«, sagt er und zwinkert mir zu.

»Bitte, das hier ist der Tisch. Ich muss zugeben, dass Sie den besten Platz ergattert haben, denn von hier aus kann man wundervoll aufs Wasser blicken, man sieht die Brücke und die Musik, die gleich zu spielen beginnt, hat eine angenehme Lautstärke, sodass Gespräche noch möglich sind, aber die Musik nicht ganz untergeht.« Er zieht einen Stuhl nach hinten und gibt mir mit seinem Blick zu verstehen, dass ich mich setzen soll. Ich kann das Grinsen in den Gesichtern meiner beiden Freundinnen schon erkennen, bevor ich mich niedergelassen habe. Lars übergibt uns einer nach der anderen die Menükarten und verabschiedet sich. Die Servicekräfte hier sind gut ausgebildet, das muss man der Reederei lassen. Es erstaunt mich bei jedem Ausflug aufs Neue.

»Wenn der mal nicht total auf dich abfährt.« Lena prustet los und meine Wangen erwärmen sich wieder. Auch innerlich steigt Hitze in mir auf.

»Ihr wisst ja gar nicht mehr, von was ihr redet«, antworte ich und winke ab.

»Sieht aber schon gut aus, der junge Mann«, gibt Emma von sich und blickt zur Bar, wo er gerade unsere Aperitifs zubereitet.

»Habe ich jemals das Gegenteil behauptet?« Ich zwinkere. Und genau mit diesem Satz habe ich die beiden Plaudertaschen zufriedengestellt. Es dauert keine zwei Minuten und Lars kehrt an unseren Tisch zurück. Elegant hält er das Tablett in der Hand und balanciert darauf die drei Gläser, randvoll gefüllt mit frischen Mojitos. Schwungvoll stellt er einen Cocktail nach dem anderen ab. Meinen zuletzt und als er ihn vor mich stellt, treffen sich unsere Blicke für einen kurzen, aber sehr intensiven Moment. Ich muss zugeben, dieser Lars hat etwas an sich, was mir gefällt.

»Sollen wir mit dem Menü starten?«, fragt er freundlich. Wir sehen uns an und nicken.

»Sehr gerne, Lars«, antwortet ihm Emma mit ihrer tiefen, verlockenden Stimme. Sie wirft ihm, als er uns den Rücken gekehrt hat, einen aufreizenden Blick zu, und das nur, um mich zu necken und zu ärgern. Ich strecke lachend die Zunge heraus. Emma ist und bleibt ein kleiner Witzbold.

Wenige Minuten später werden uns die ersten Vorspeisen serviert. Das Angebot reicht von Krabbencocktails, deren frische Meeresbrise den Gaumen kitzelt, bis hin zu knusprigen Blätterteigschalen, gefüllt mit einer leichten Spinat-Ricotta-Mischung. Die Häppchen schmecken fabelhaft und am liebsten würde ich die Küche um Nachschlag bitten. Die Lachssteaks, die als Hauptspeise serviert werden, sind perfekt gegrillt und mit einer erfrischenden Zitronen-Dill-Soße verfeinert. Daneben liegt eine bunte Palette frischer saisonaler Gemüsesorten. Dieser Gang verlangt ebenfalls nach Nachschub, so lecker schmeckt er.

»Ich platze. Es schmeckt alles wahnsinnig gut. Über die Portionen kann ich beim besten Willen auch nicht meckern«, sagt Lena und legt sich ihre Hand auf den Bauch. Ich muss lachen. Lena gehört zu der Kategorie Mensch, die glaubt, satt zu sein. Doch kaum steht der Nachtisch auf dem Tisch, kann sie so viel davon essen, dass mir beim Zusehen beinahe schlecht wird. Die süße Versuchung lässt nicht lange auf sich warten. Die cremige Schokoladenmousse, mit einem Hauch von Orange verfeinert, schmilzt auf der Zunge und das erfrischende Erdbeer-Tiramisu bietet eine leichte und fruchtige Alternative. Natürlich gibt es auch einen traditionellen Hamburger Pflaumenkuchen, der an die lokalen Gaumenfreuden erinnert.

»So, jetzt kann ich auch keinen Bissen mehr essen«, sage ich und trinke einen Schluck von meinem Mojito, der noch zur Hälfte im Glas ist.

»Das Essen war einfach traumhaft. Am liebsten würde ich das jeden Tag machen. Ach ja, ganz vergessen, Liara kann das ja jeden Tag tun.« Emma lacht und Lena und ich stimmen mit ein.

»Es ist aber nicht immer alles so gut, was ich testen muss. Leider.«

»Na klar, das müsstest du jetzt immer sagen. Es ist aber so schön mit euch. Einfach essen, trinken und es sich gut gehen lassen«, gibt Lena von sich.

»Seht mal, wie wunderschön sich die Sonne verabschiedet«, unterbricht Emma unser Gespräch und zeigt mit dem Finger aufs Wasser. Eingehüllt in die sanfte Abendbrise und mit der leisen Klaviermusik im Hintergrund betrachten wir eine Weile den Sonnenuntergang.

»Was haltet ihr von etwas Stärkerem?«, frage ich die beiden. Sie nicken und wir begeben uns zur Bar, wo Lars gerade eine Reihe Getränke zubereitet. Wir setzen uns auf die leeren Barhocker und werfen einen Blick in die Karte.

»Dreimal Kümmel?«, schlägt Emma vor.

»O ja, genau den Schnaps brauche ich jetzt, um das viele Essen zu verdauen«, sagt Lena und lacht.

»Drei Kümmel kommen sofort«, sagt Lars und macht sich an die Arbeit. Nach zwei weiteren Gläsern zeichnet sich so langsam die Skyline der Gebäude, Brücken und Landungsbrücken vor dem Abendhimmel ab. Wir nähern uns dem Hafen. Das sanfte Rauschen der Wellen gegen den Rumpf begleitet uns. Der Kapitän navigiert das Schiff mit Geschick in den Hafen und das Geräusch der Motoren vermischt sich mit den Klängen der Stadt. Schade, dass der

Ausflug bereits zu Ende ist. Als ich meinen Geldbeutel aus meiner Handtasche nehme, um zu bezahlen, steckt mir Lars einen Zettel zu. Ein kleines bisschen peinlich berührt nehme ich ihn an mich.

Hast du Lust auf einen richtigen Kümmel? Triff mich zehn Minuten nach dem Anlegen am Ausgang.

Er entfernt sich und Emma und Lena sehen mich mit großen Augen an.

»Was steht denn auf dem Zettelchen?«, fragt Lena aufgeregt.

»Ach nichts Wichtiges, ist nur die Rechnung«, flunkere ich, so gut es geht.

»Wir kennen dich und wissen genau, wann du uns anlügst«, sagt Emma und verdreht die Augen.

»Na gut, na gut. Lars würde gerne mit mir nachher etwas trinken gehen. Aber ich glaube, es ist eine blöde Idee. Ich kenn den Typen ja gar nicht. Was, wenn er mich entführt oder so«, rechtfertige ich mich. Und wieder prusten die beiden lauthals los.

»So ein Schwachsinn. Ich finde, du solltest dich mit ihm treffen, denn du hattest schon lange kein Date mehr und er wird dich sicherlich etwas ablenken«, bemerkt Lena. Für einen kurzen Moment komme ich ins Grübeln, denn ich weiß gar nicht, ob ich schon bereit dafür bin. Mein Herz hat die Sache mit Max noch nicht verarbeitet und lieber vertiefe ich mich momentan in meine Arbeit als in irgendeinen Typen. Aber beim zweiten Gedanken finde ich die

Idee schließlich gar nicht so schlecht, denn man lebt nur einmal und vielleicht tut mir ein kleines Abenteuer zwischendurch gut.

»Na gut, na gut. Überredet.«

»Und wehe du berichtest uns nicht sofort davon. Wir hören uns morgen«, sagt Emma und drückt mir einen Kuss auf die Wange, nachdem wir wieder festen Boden unter den Füßen haben. Die beiden verabschieden sich und winken mir hinterher. Gespannt warte ich etwas abseits auf Lars. Für einen kurzen Moment finde ich die Idee so bescheuert, dass ich überlege, einfach nach Hause zu gehen.

»Schön, dass du meiner Einladung gefolgt bist.« Er lächelt mich an. Ohne seine Uniform sieht er ganz anders aus. Sein lockiges blondes Haar fällt ihm leicht ins Gesicht und kleine Grübchen zieren seine Wangen. Er trägt ein bequemes weißes Shirt, das sein lässiges Naturell unterstreicht, und eine blaue lange Cordhose.

»Ich wollte gerade los, als ich dich gesehen habe.« Manchmal hasse ich mich für meine Direktheit.

»Dann hatte ich Glück. Komm, wir müssen in diese Richtung«, sagt er und zeigt mit dem Finger nach links. Je weiter wir in die Innenstadt gehen, umso beleuchteter werden die Straßen und auch das nächtliche Treiben wird größer. Wir sind umgeben von den Klängen der Stadt, dem Motorenlärm, dem Rattern von Straßenbahnen, Musik aus den Kneipen und vorbeifahrenden Autos. Unser Weg führt uns zu einer kleinen urigen Kneipe, deren warmes Licht und gedämpftes Gelächter nach draußen dringen. Der verlockende Duft von Essen erweckt die Vorfreude auf die Livemusik, die wir bereits auf der Straße hören können. Wir betreten den Raum, der von einem Haufen Nostalgie und rustikalem Charme erfüllt ist. Das leise Gemurmel der Gäste vermischt sich mit den sanften Klängen der Gitarre und einer warmen Stimme auf der Bühne. Das Licht ist gedämpft, aber ausreichend, um die Szenerie zu beleuchten. Wir finden einen gemütlichen Platz an einem der Holztische. Als ein Kellner an unseren Tisch kommt, begrüßt ihn Lars freundlich.

»Tach, Harald. Bitte bring uns zwei von deinem besten Kümmel«, sagt er mit so lauter Stimme, dass er ihn in dem Grummeln der Menschen und bei der Musik hören kann.

»Du kommst also öfter hierher?«, frage ich ihn neugierig.

»Ab und an, ja. Harald ist mein Nachbar und mit Sicherheit der beste Barkeeper. Er ist mittlerweile wie ein Freund für mich und nach den langen Schichten auf dem Schiff genieße ich es, bedient zu werden.«

»Machst du den Job schon lange?«

»Habe direkt nach der Schule dort begonnen. Zuerst nur als Gelegenheitsjob, um etwas Geld zu verdienen, doch irgendwie bin ich hängen geblieben. Aber genug von mir. Was machst du?«

»Ich bin Hoteltesterin.« Sein Gesichtsausdruck verändert sich und ich kann ein kleines bisschen Verzweiflung darin erkennen. »Keine Angst, ich war heute nicht beruflich unterwegs«, sage ich und beginne zu lachen.

»Scheiße, gut! Sonst hätte ich mich noch mehr ins Zeug gelegt!«

»Das ist jetzt ein fetter Minuspunkt für dich, das weißt du, oder?«

»Ich scherze nur, ich liebe meinen Job und bemühe mich um jeden Gast.«

»Das heißt, du machst das hier öfter?«, frage ich neckend.

»Willst du jetzt eine genaue Zahl hören oder reicht ein Ungefähr?«, entgegnet er und bricht in Lachen aus. Ich stimme mit ein.

»Zweimal Kümmel für meinen Lieblingsnachbarn und seine zauberhafte Begleitung«, sagt Harald, der sich an unseren Tisch geschlichen hat und vorsichtig die Gläser vor uns abstellt.

»Vielen Dank.« Ich nehme das Glas in meine Hand und rieche daran. Sofort füllen sich meine Sinne mit einer Mischung aus würzigen, erdigen und aromatischen Noten. Die Würze des Kümmels steht im Vordergrund und ich kann förmlich die charakteristischen Kümmelkörner riechen, die eine leicht scharfe und anregende Note haben.

»Riecht gut, nicht wahr?«, fragt Lars, der ebenfalls an seinem Glas riecht.

»Wahnsinn. So einen intensiven Duft habe ich zuvor noch nie wahrgenommen. Was ist das Geheimnis dahinter?«

»Probiere einen Schluck und lass ihn auf der Zunge zergehen.« Ich tue, wie mir geheißen wird, und nehme einen Schluck. Vorsichtig beginne ich zu schmecken und ich muss gestehen, dass dieser Schnaps zehnmal besser schmeckt als der auf dem Schiff oder derjenige, den ich bis jetzt getrunken habe.

»Bitte verrate es mir«, flehe ich ihn an.

»Wenn man ihn lange genug im Mund behält, entwickelt sich dieser subtile Hauch von Zitrus, der dem Geschmack eine erfrischende Nuance hinzufügt.«

»Woher weißt du so viel darüber?«

»Meinem Vater gehört die Brennerei. Ich sollte eines Tages in das Business einsteigen, habe es mir aber mit meinem Vater gründlich versaut und er hat meinen Bruder eingestellt. Zu Beginn war es eine Enttäuschung für mich, aber mittlerweile fühle ich mich auf dem Schiff wie zu Hause«, erzählt er mir voller Wehmut.

»Das tut mir leid. Wie kommt es, dass ihr auf dem Schiff nicht den Kümmel deines Vaters verkauft?«

Er lächelt über meine Frage. »Der ist für die vielen betrunkenen Touristen viel zu schade«, gesteht er mir. Lars sitzt mir gegenüber, sein Lächeln ist ansteckend. Ich nehme noch einen Schluck aus meinem Glas und schmecke den unverwechselbaren Geschmack des Kümmels mit dem Hauch Zitrus auf meiner Zunge. Wir vertiefen uns in Gespräche, teilen Anekdoten und lachen über die humorvollen Seiten des Abends. Die Zeit vergeht wie im Fluge und das merke ich erst, als sich die Kneipe langsam leert und es ruhiger wird. Wir bezahlen und verlassen schließlich die Bar. Draußen empfängt uns die kühle Nachtluft. Wir schlendern nebeneinander die Straße entlang. Eine leichte Brise streicht über meine Haut und ich atme tief ein.

»Darf ich dich nach Hause begleiten?«, fragt er plötzlich. Ich bleibe stehen und blicke ihn an. Ich schüttle innerlich den Kopf, als ob ich so die Gedanken vertreiben könnte. Ich möchte nicht, dass er in meine Welt eindringt, nicht dass er Zeuge meiner Ängste und Unsicherheiten wird. Es ist nicht seine Schuld, es ist nur … Ich habe Angst, mich wieder zu öffnen. Die Narben der Vergangenheit sind noch frisch, und die Vorstellung, dass jemand so nah an mein Innerstes herankommt, lässt mich erschaudern.

»Ich danke dir sehr für den wunderschönen Abend, aber ich glaube, dass ich noch nicht so weit bin. Ich brauche noch etwas Zeit für mich, bevor ich mich wieder auf etwas einlassen kann. Es tut mir sehr leid.«

»Das dachte ich mir schon. Aber falls du es dir anders überlegen solltest … Darf ich?«, fragt er und zeigt mit seinem Finger auf mein Handy, das ich in der linken Hand halte. Ich entsperre es und gebe es ihm. Er tippt seine Nummer ein und gibt es mir zurück. Vorsichtig drückt er mir einen Kuss auf die Wange und lächelt, als er sich wieder von meinem Gesicht entfernt. Mit dieser Geste verabschiedet er sich von mir und verschwindet in der Dunkelheit. Die Stille der Nacht umhüllt mich. Ich stehe im Licht der Straßenlaterne und hänge meinen Gedanken nach. Ein schweres Gefühl der Frustration breitet sich in mir aus, und ich ärgere mich über mich selbst. Warum fällt es mir seit dem Tod meiner Mutter noch schwerer, jemandem die Chance zu geben, in mein Leben einzutauchen? Warum habe ich immer das Bedürfnis, mich zurückzuziehen, bevor mir jemand zu nah kommt? Ich weiß, dass ich diese Mauern um mich herum bereits nach der Trennung von Max errichtet habe, um mich zu schützen, aber es fühlt sich einsam an. Und diese Mauern sind in den letzten Monaten noch höher geworden und es scheint beinahe unmöglich, dass sie jemand durchdringt. Warum kann ich nicht einfach die Barrieren durchbrechen und mich verletzlich zeigen? Ein bitteres Lächeln huscht über meine Lippen, als ich an meine nächtlichen Albträume denke. Diese Schatten, die mich in meinen Träumen heimsuchen und mich mit Ängsten und Unsicherheiten konfrontieren. Warum schäme ich mich so sehr für sie? Ich habe mir geschworen, dass niemand außer meinen besten Freundinnen jemals davon erfahren wird. Niemand. Und wenn ich jemanden zu mir in die Wohnung lasse, besteht die Gefahr, dass diese Person von den Schatten, die über mich wachen, Wind bekommt. Ich schließe die Augen und versuche, meine Gedanken zu ordnen. Ich kämpfe gegen die Selbstzweifel und Ängste an, die mich gefangen halten. Mit großen Schritten laufe ich in meine Wohnung zurück.

Drei

Ich stehe in einem dunklen, unheimlichen Wald, der von einem undurchdringlichen Nebel umhüllt ist. Die Bäume ragen bedrohlich in den Himmel, und ihre schattenhaften Silhouetten wirken wie groteske Gestalten, die sich gegen mich verschwören. Der Wald kommt mir seltsam vertraut vor, als wäre ich schon einmal hier gestrandet. Ein eisiger Wind weht durch die Luft, und ein beklemmendes Gefühl der Einsamkeit durchdringt meine Sinne. Mein Herz schlägt schneller, als ich versuche, mich zu orientieren. Die Geräusche um mich herum sind gedämpft und verzerrt, als wäre ich in einer fremden Realität gefangen. Ich will loslaufen, doch unsichtbare Fesseln halten mich zurück. So sehr ich mich auch anstrenge, ich kann meine Beine nicht vom Boden lösen. Plötzlich dringt ein leises Flüstern aus dem Nebel an mein Ohr. Die unheimliche Stimme jagt mir Angst ein und ich verstehe nicht, was sie mir sagt. Ihr Flüstern wird lauter und drängender. Ich erkenne die Stimme meiner Mutter. Sie ruft um Hilfe und ich stehe hier und kann mich keinen Zentimeter bewegen. Kann ihr nicht helfen. Ich schreie laut auf.

Schweißgebadet öffne ich meine Augen und taste nach dem Lichtschalter, der sich neben meinem Bett befindet. Im hellen Licht versuche ich, meine Sinne zu beruhigen und meinem Kopf zu erklären, dass es nur einer meiner katastrophalen Albträume war. *Alles wird gut, Liara,* sage ich mir laut vor. Um mich abzulenken, nehme ich mein Handy und scrolle auf Instagram herum. Von süßen Babyvideos und lustigen Reise-Reels ist von allem etwas dabei. Irgendwie beruhigt mich das soziale Netzwerk, denn ich werde in eine Scheinwelt versetzt und kann mich für einen kurzen Moment von meinen Albträumen ablenken. Ob das nun gut oder schlecht ist, sei dahingestellt. Glücklicherweise werden meine Augen nach einer Weile müde und ich lege das Smartphone zurück auf seinen Platz und schließe die Augen. Es fällt mir heute erstaunlich leicht, wieder einzuschlafen.

Am nächsten Morgen fühlt sich der gestrige Abend wie ein Traum an, meinen nächtlichen Albtraum habe ich schon verdrängt. Die Stunden mit Lars waren seit Langem das Schönste, was ich erlebt habe, aber wie bereits gestern gesagt, geht es nicht. Ich kann keinen Menschen näher an mich heranlassen, denn dann würde er sehen, was nachts mit mir passiert. Ich schreie, setze mich auf und beginne in vereinzelten Fällen auch zu weinen. Der Gedanke daran, niemanden an mich heranlassen zu können, liegt wie ein Stein in meinem Magen. Was, wenn es mein ganzes Leben so bleibt?

Glücklicherweise ist es erst acht Uhr morgens und ich habe noch zwei Stunden Zeit, bis ich ins Büro muss, denn eigentlich hätte ich ja Urlaub. Einen, den ich gar nicht will und überhaupt nicht gebrauchen kann. Was soll ich allein mit drei Wochen Urlaub? Ich drehe mich noch ein- bis zweimal von einer Seite auf die andere, bevor ich aufstehe, meinen Morgenmantel vom Stuhl nehme und ihn mir überziehe. Der Blickfang meines Schlafzimmers ist der Balkon, den man über zwei große Flügeltüren erreicht. Sie führen hinauf auf einen erhöhten Bereich, der einen atemberaubenden Blick auf die Stadt bietet. Von hier aus erstreckt sich Hamburg vor mir in all seiner Pracht. Die belebten Straßen, die eleganten Gebäude und die funkelnde Elbe – alles liegt zu meinen Füßen. Besonders beeindruckend ist der Anblick bei Sonnenuntergang, wenn der Himmel in ein schillerndes Farbenspiel aus Orange- und Rottönen getaucht wird. Ich öffne eine der Flügeltüren und trete in die noch sehr kühle Morgenluft hinaus. Sie strömt direkt in meine Nase und ich atme tief ein. Wie sehr ich diese Momente liebe. Als meine Zehen allmählich zu frösteln beginnen, gehe ich zurück ins Haus und ziehe meine mit flauschigem Fell überzogenen rosaroten Hausschuhe über. Von dem Klingeln der Türglocke werde ich gestört. Verwundert über meinen frühen Besuch, stapfe ich zur Tür und erhasche einen Blick durch die Kamera. Ein gelbgekleideter Mann steht davor mit einem kleinen Umschlag in der Hand. Ich nehme ihn mit einem freundlichen Lächeln entgegen und bedanke mich. Die Verpackung ist schlicht und braun. Wer mir wohl etwas geschickt haben könnte? Mit dem Päckchen in der Hand kehre ich in meine Wohnung zurück und setze mich an den Küchentisch. Ich lege es vor mir ab und betrachte es neugierig. Vorsichtig schneide ich die Verpackung auf und halte einen kurzen Moment inne, bevor ich einen Blick hineinwerfe. Langsam ziehe ich die beiden Laschen zur Seite und ein wunderschönes Tagebuch kommt zum Vorschein. Es hat einen dunkelblauen Einband und ist mit kleinen blumigen Stickereien verziert. Mein Herz schlägt schneller, als ich den Namen »Amalia« auf dem Einband lese. Ein Stich der Überraschung und Verwirrung durchfährt mich. Wie kann das bloß sein? Nervös suche ich nach einem Absender. Aber weder auf der Verpackung noch im Inneren kann ich etwas finden. Wer schickt ein Paket ohne Absender? Behutsam nehme ich das Tagebuch in die Hand und blättere durch die Seiten. Das Papier fühlt sich angenehm unter meinen Fingern an, und ich bin von der Sorgfalt fasziniert, die in die Gestaltung dieses Tagebuchs gesteckt wurde. Auf der ersten Seite kann ich das Datum 19. Mai 1994 erkennen. Wahnsinn, wie viele Jahre das nun schon her ist. Ich lege das Tagebuch auf den Tisch und überlege, was ich tun soll. Lesen? Wer hat es geschickt? Die Fragen wirbeln in meinem Kopf herum, während ich auf das Tagebuch vor mir blicke. Die Neugier und das Mysterium faszinieren mich gleichermaßen. Auch der Umschlag verrät nichts über seinen Absender, denn leider wurde nur meine Adresse angegeben. Weitere Minuten sitze ich vor dem Buch und starre es ununterbrochen an. Vielleicht sollte ich den ersten Eintrag lesen, aber nur den ersten. Es dauert noch eine Weile, bis ich mich dazu entschließe, es zu öffnen und zum 19. Mai 1994 zurückkehre. Wow, etwas mehr als ein Jahr vor meiner Geburt.

Limone, 19. Mai 1994

Liebes Tagebuch,
ich bin es, Amalia. Nein, zu kitschig. Wer sagt denn überhaupt, dass das der richtige Beginn für so etwas ist? Lieb? Kann es nicht auch manchmal »Scheißtagebuch« lauten? Egal.
Scheißtagebuch,
nochmals ich, Amalia. Heute war ein Tag, den man direkt in die Tonne treten könnte. Ich weiß gar nicht, wieso ich dir überhaupt davon erzähle, denn mir wäre lieber, wenn ich den ganzen Tag einfach nur vergessen könnte. Da ich mit sonst niemandem darüber reden kann, schreibe ich dir. Wo soll ich anfangen? Alles begann schon morgens, als der Wecker viel zu früh klingelte und ich mich aus meinem warmen Bett quälen musste. Warum müssen Montage so furchtbar sein? Zu allem Überfluss konnte ich mein Lieblingskleid nicht finden. Es sitzt perfekt und lässt meine Augen strahlen, aber nein, ich habe es verlegt.
In der Schule lief auch alles schief. Zuerst hat mich Marco nicht gegrüßt und ist einfach so an mit vorbeigelaufen. Marco geht in meine Parallelklasse. Ich mag es, dass er zu jedem nett ist und immer mit anpackt. Wahrscheinlich wurde er deswegen zum Klassensprecher gewählt. Er hat dunkles welliges Haar, das ihm leicht in die Stirn fällt und bei seinen Augen werde ich ganz schwach. Sie sind hellbraun und in ihnen erstrahlen Intelligenz und Wärme. Mit seinem einen Meter fünfundachtzig ist er etwas mehr als einen Kopf größer als ich und seine elegante sportliche Figur ähnelt der eines Athleten. Er lächelt mich normalerweise immer an, wenn er an mir vorbeigeht. Diesen Blick sehe ich auch noch nachts in meinen Träumen. Heute jedoch nicht. Leider.

Als ob das alles nicht genug Unglück gewesen wäre, hatte ich gleich in der ersten Stunde eine Matheprüfung bei Frau Marini. Ich hab die voll verkackt und das, obwohl ich monatelang gelernt und gebüffelt habe. Es war alles weg in meinem Kopf. Wie verschwunden und unauffindbar. Wie mein Kleid. Glücklicherweise ist Frau Marini eine gute Seele und hat mich mit einem Genügend durchgeschoben.

»Amalia, kommst du? Das Abendessen ist fertig«, ruft meine Mutter aus der Küche.

Ich muss los, es gibt Abendessen.
Wünsch dir was, liebes Scheißtagebuch! A.

»*Ciao*, Mamma. Hier bin ich!«, sage ich und setze mich an den gedeckten Tisch. Ein schlichtes gemustertes Tuch bedeckt die Tischplatte und verleiht dem Raum eine angenehme Atmosphäre. Die Teller warten darauf, mit dem Essen gefüllt zu werden. In der Mitte des Tisches steht in einem schlichten Halter eine duftende Kerze, die sanftes Licht spendet und eine warme Stimmung schafft. Mamma hat sich wieder einmal selbst übertroffen. Spaghetti Cacio e Pepe. Wie sehr ich dieses Gericht liebe. Aber es wird nur gut, wenn man den originalen Pecorino-Romano-Käse nimmt, sagt Mamma immer. Ich blicke ihr ins Gesicht. Ihre Haare, einst glänzendes Mahagoni, sind nun mit silbergrauen Strähnen durchzogen und ihre Augen sind genau wie die meinen braun und strahlen am schönsten im Sonnenlicht. Meinen Vater habe ich nie kennengelernt, sie sagt, dass es sich dabei um einen Gast handelte, den sie im

Sommer in Limone kennen und lieben gelernt hat. Es hat uns auch nie ein Vater gefehlt, denn wir beide haben uns, und das reicht. Ich liebe sie einfach.

»Wie war dein Tag, Liebes?«, fragt sie mich und streicht mir sanft eine Haarsträhne aus dem Gesicht. Der Topf mit den Nudeln, der nun in der Mitte des Tisches steht, riecht verführerisch und ich schöpfe mir eine große Portion heraus.

»So lala. Mathe war echt schwierig. Nächstes Jahr an der Universität werde ich es besser machen. Für den Abschluss an der Oberschule hat es gereicht, auch wenn es nur ein Genügend werden wird.« In vier Tagen ist endlich Schulende und ich habe mich noch nie so sehr auf einen Sommer wie diesen gefreut. Endlich keine Oberschule mehr. Endlich erwachsen. Weil, wenn man in die Uni kommt, ist man erwachsen, oder?

»Das wirst du bestimmt, das weiß ich.« Mamma gehört zu den nettesten Menschen, die dieser Planet hat. Sie lächelt mich liebevoll an. Ich lächle zurück und nehme die letzte Portion Spaghetti in den Mund.

»Es schmeckt wieder köstlich. Danke, Mamma!« Ich lege den Teller, nachdem ich ihn leer gegessen habe, in die Spüle.

»Hast du heute noch etwas vor?«

Ich nicke und trinke mein Wasserglas leer. »Ja, ich treffe mich mit Linda in der Stadt. Bis später, Mamma«, sage ich und drücke ihr einen Kuss auf die Wange, bevor ich in mein Zimmer verschwinde und mich umziehe. Linda und ich gehen später auf eine Maturanten-Feier in die Stadt und ich muss gestehen, dass ich ein bisschen aufgeregt bin, weil Marco auch dort sein wird.

Keine zehn Minuten später klingelt es an der Haustür und ich laufe nach unten, um sie zu öffnen. Linda steht in einem kurzen schwarzen Kleid vor mir und begrüßt mich.

»*Ciao.* Du siehst toll aus«, sage ich und umarme sie. Linda ist die coolere von uns beiden, während sie kurze Kleider und hohe Schuhe trägt, fühle ich mich in Kleidern, die bis zum Knie gehen, und flachen Schuhen am wohlsten. Ich glaube, dass wir gerade deswegen beste Freundinnen sind, weil wir so verschieden sind.

»Danke, Amalia, Bella. Du könntest noch ein kleines bisschen Make-up vertragen«, sagt sie und holt ihren Lippenstift aus der Handtasche, mit dem sie mir sachte meine Lippen bestreicht. »So siehst du perfekt aus und Marco wird nur Augen für dich haben!«

»Wollen wir los?«, frage ich Linda. Sie nickt und lächelt mich an. Gemeinsam machen wir uns auf den Weg in die Bar Cristallo. Hand in Hand schlendern wir durch die verwinkelten Gassen von Limone. Das Abendlicht taucht die Stadt in ein warmes, goldenes Glühen, und das Rauschen des Sees begleitet die Sonne auf ihrem Weg. Die luftige Frühsommerbrise trägt den Duft von Zitronen und frischer Seeluft mit sich. Als wir schließlich das Cristallo erreichen, welches für unsere Maturanten-Feier gebucht wurde, erblicke ich bereits Marco, der liebevoll zu uns herüberwinkt. Bunte Girlanden schmücken den Eingang und lachende Menschen in festlicher Kleidung strömen hinein. Die Klänge von Musik und fröhlichem Geplauder erfüllen die Luft. Neben

Marco steht Pablo, sein bester Freund und Lindas fester Freund. Die beiden schicken sich einen Luftkuss zu und ich beneide sie um die Liebe, die sie füreinander empfinden.

»Drink?«, fragt mich Linda mit großen Augen. Ich stimme zu und wir betreten die Bar. Im Saal sind schon viele unserer Schulkameraden und unterhalten sich, trinken oder tanzen. An der Bar holen wir uns zwei Aperol Spritz und stellen uns in die Menge, die schon zu den Rhythmen des DJs tanzt.

»Prost. Auf uns. Nur noch vier Tage Schule, dann kann das wahre Leben beginnen«, ruft Linda strahlend. Auch ich proste ihr zu.

»O ja, für dich schon. Ich muss den gesamten Sommer über im Hotel arbeiten«, entgegne ich ihr betrübt. Aber ich darf mich nicht beschweren, denn das Hotel Limea, in dem ich arbeiten werde, ist das angesehenste Hotel in Limone. Die Möglichkeit, in diesem Hotel ein Praktikum zu machen, hat mir meine Mamma verschafft. Sie meint, dass es sinnvoll ist, in verschiedenen Hotels Erfahrungen zu sammeln, bevor ich später mein eigenes Hotel führen werde. Natürlich bin ich glücklich darüber und freue mich, dennoch würde ich gerne mit Linda die Welt bereisen und chillen.

»Das wird bestimmt toll und du wirst den Job im Hotel lieben«, versucht sie mich aufzuheitern.

»Ja, du hast ja recht. Aber lieber würde ich mit dir nach Capri und an die Amalfiküste fahren.« Ich ziehe einen Schmollmund und bringe Linda damit zum Lachen.

»Da drüben sind Pablo und Marco, gehen wir zu ihnen?« Ich nicke und folge Linda über die Tanzfläche, an deren anderem Ende sie ihrem Freund um den Hals fällt und ihn küsst. Ich stelle mich neben Marco und grüße ihn verlegen.

»*Ciao*«, sagt er und lächelt mich an. Ich erwidere es und mein Herzschlag beschleunigt sich dabei.

»*Ciao.*«

»Hast du Lust, kurz mit nach draußen zu kommen? Hier herrscht etwas stickige Luft!«

»Klar, gerne!« Mein Puls beschleunigt sich. Er pocht bis in meine Schläfen.

»Heute ist so ein schöner Abend, ich finde es schade, ihn drinnen zu verbringen. Schau, man sieht sogar die Sterne. Oh, und die Andromeda-Galaxie. Sieh mal da oben.« Er zeigt in den Himmel.

»Wo? Ich sehe nur leuchtende Pünktchen.«

Er nimmt meine Hand in seine und fährt damit den Himmel ab, bis wir zu dem Punkt gelangen. Ich staune und kann den Blick nicht mehr vom Himmel nehmen.

»Wahnsinn, was der Himmel alles für uns bereithält.« Das sanfte Rauschen des Gardasees macht den Moment perfekt. Marco rückt ein Stück näher an mich heran und unsere Arme berühren sich dabei leicht. Dabei blicken wir uns in die Augen und er beugt sich langsam vor, seine Lippen kommen näher zu den meinen. Wir küssen uns. Nach all den Monaten, in denen ich mir das gewünscht habe, ist es endlich passiert. Glück schießt durch meinen Körper und ich kann überall Gänsehaut spüren. Ein Abend, den ich nie mehr vergessen werde.

Zurück in Hamburg bei Liara

Ich starre auf die Seiten vor mir, während die Worte vor meinen Augen verschwimmen. Ich muss lächeln, da es eins zu eins die Worte meiner Mutter sind, nur etwas cooler und jünger. Das mit dem Scheißtagebuch hätte ihr heute auch noch einfallen können. Ein stummer Schmerz breitet sich in meiner Brust aus, als ob mich jemand fest umklammert. In den letzten Monaten habe ich versucht, mit meinen Gefühlen und dem Verlust meiner Mutter umzugehen, doch während ich ihre Worte lese, werde ich von einer Welle Traurigkeit überwältigt. Erinnerungen drängen sich in meinen Kopf: die warme Umarmung, die liebevollen Worte, das Lachen, das die Luft mit Freude erfüllte. All das fühlt sich jetzt so bedeutend an und war früher so normal. Ich schließe die Augen, sammle mich. Mein Kopf sagt mir, dass ich das Tagebuch weglegen und mich auf meine Arbeit vorbereiten soll, aber mein Herz sagt mir, dass ich unbedingt weiterlesen muss. Es ist das Letzte, das von meiner Mutter übrig ist. Etwas, indem ich von ihr lesen und vielleicht etwas mehr über sie und ihren Hintergrund erfahren kann. Ich blättere auf die nächste Seite und lese weiter.

Limone, 23. Mai 1994

Tagebuch,
du glaubst nicht, was passiert ist. Marco hat mich geküsst. Zwar schon vor vier Tagen, aber ich habe dich in meiner Unordnung im Zimmer nicht gefunden. Und bei der Suche nach dir habe ich dort nicht nur dich, sondern auch mein Lieblingskleid gefunden. Zurück zu Marco. Er hat mich endlich geküsst. Du kannst dir nicht vorstellen, wie schön es war. Ich kann mich kaum mehr auf die Schule oder sonst etwas konzentrieren, denn meine Gedanken sind ununterbrochen bei ihm. Heute haben wir unseren alljährlichen Ausflug, der von der Schule organisiert wird. Keiner der Lehrer kümmert sich wirklich darum, was wir treiben. Sie sitzen am Ufer und tun so, als würden sie uns betreuen, aber ich glaube, keinem von ihnen würde auffallen, wenn einer von uns verschwindet. Dieses Jahr ist Wassersport das Motto des Ausflugs und wir werden alle zusammen nach Riva fahren. Dort dürfen wir Verschiedenes ausprobieren. Zwischen Schwimmen, Tauchen, Kajakfahren und Wasserski ist alles dabei. Vielleicht erzähle ich dir am Abend mehr darüber, denn wie du vielleicht weißt, fährt die Parallelklasse auch mit, und das bedeutet, dass ich den ganzen Tag mit Marco verbringen darf. Ich hoffe, er will das auch.
Ciao ciao. A.

»Sind alle hier? Dann können wir los!«, schreit Frau Marini durch den Bus. Linda und ich haben uns den besten Platz im Bus gesichert und warten schon ganz aufgeregt darauf, dass es losgeht. Marco habe ich schon von Weitem gesehen und er hat mir ein Lächeln zugeworfen, das die

Schmetterlinge in meinem Bauch beinahe zum Flattern gebracht hat.

Die Sonne strahlt am Himmel, als wir an dem Ufer des Gardasees in Riva eintreffen. Die erste Herausforderung, das Kajakrennen, in dem Zweierteams gegeneinander antreten, ist bereits hergerichtet. Die Teams wurden von Frau Marini zusammengestellt und wir blicken alle voller Spannung auf den Zettel, der soeben neben dem Bootshaus aufgehängt wird. Als ich sehe, dass ich mit dem Klassenschönling in einem Team bin, überkommt mich ein zwiespältiges Gefühl. Er ist ein Idiot und ich hätte viel lieber mit Linda oder Marco in ein Team gewollt.

»Wie soll ich den Tag bloß überleben?«, jammere ich mich bei Linda aus. Sie zeigt mir ihr tiefstes Mitgefühl, denn der Schönling, so wie wir ihn nennen, ist nicht unser Fall. Als wir unsere Teampartner erfahren haben, hat er mir bereits »flirty« zugezwinkert. Er schmeißt sich immer an die schönsten Mädchen ran und weiß, dass diese ihn vergöttern.

»Du schaffst das schon und vielleicht wird es gar nicht so schlimm, wie du glaubst!«

Ich seufze tief. »Du hast es gut. Dein Teampartner Antonio ist kein totaler Trottel, nur etwas langsam von Begriff!«

Das Kajak-Duell beginnt und wir setzen uns in unser Boot. Der Schönling hat schon den vorderen Platz eingenommen und so bleibt mir nur noch der hintere, in den ich mich langsam und vorsichtig quetsche.

»Ama, bist du bereit?«, fragt er mich schmunzelnd,

während er sein Gesicht lässig über seine Schulter zu mir dreht.

»Mein Name ist Amalia!«, antworte ich kurz und bündig.

»Okay, Amalia, lass uns das so machen. Ich paddle und du genießt die Fahrt. Ich habe so viel Kraft, dass ich das besser gleich für uns beide mache.« Er scheint die Führung übernehmen zu wollen und ich lasse ihn, obwohl ich jetzt schon weiß, dass es so niemals klappen wird.

»Wenn du das sagst!« Nachdem der Startschuss gefallen ist, paddelt er los. Wie nicht anders zu erwarten, war seine Selbsteinschätzung komplett falsch. Unser Kajak ist verdammt langsam und wir haben Schwierigkeiten, voranzukommen. Ich zögere einen Moment, bevor ich mich entscheide, einzugreifen. Glücklicherweise sind die anderen Teams auch nicht sehr schnell.

»Soll ich vielleicht doch mit paddeln?« Meine Stimme klingt kühl und herablassend. Er stimmt nur widerwillig zu und so beginnen wir synchron zu paddeln. Als wir endlich unseren Rhythmus gefunden haben, nehmen wir Fahrt auf und werden schneller. Die anderen Teams sind noch immer dicht vor uns, aber man merkt, dass ihre Kräfte langsam nachlassen.

»Das klappt, wir könnten gewinnen, wenn wir weiter so in dieser Geschwindigkeit durchhalten«, ruft der Schönling. Erleichterung schwingt in seiner Stimme mit.

»Sag ich doch!« Gemeinsam setzen wir unser Rennen fort und dieses Mal sind wir im Einklang. Ich gebe die Ansagen und er folgt meinem Rhythmus. Unsere Zusammenarbeit wird effizienter, wir überholen ein Team nach dem anderen und schließlich erreichen wir als Erste das Ziel. Als wir uns endlich von dem Kajak befreien können, klatscht er wie ein großer Sieger in die Hände. Sein breites Lächeln ist ansteckend und auch ich freue mich über unseren Sieg. Plötzlich drückt er mir einen Kuss auf die Wange. Ganz unerwartet. Ich erstarre. Meine Wangen werden heiß. Schnell eile ich von ihm weg und laufe zu Linda, die gerade aus ihrem Kajak steigt.

»Habe ich das gerade richtig gesehen? Der Schönling hat dir einen Kuss auf die Wange gegeben? Du kannst dich ja vor Verehrern nicht retten.« Sie lacht und hält sich dabei die Hand vor den Mund.

»Scheiße, hoffentlich hat es Marco nicht gesehen.« Besorgt kaue ich auf meiner Unterlippe, so wie ich es immer mache, wenn ich nervös bin.

Zurück in Hamburg bei Liara

Ich habe meine Mutter selten mit Männern gesehen, denn sie wollte lieber unabhängig sein. Ich finde den Gedanken sehr schön, dass sie es so sehr kümmert, was dieser Marco von ihr denkt. Ich nehme mein Handy und beginne im Internet nach dem Ort zu suchen, in dem meine Mutter zur Schule gegangen ist und wo sich dieser heiß beworbene See befindet. Der Gardasee, auch Lago di Garda genannt, liegt am Fuße der Alpen in Italien. Dass meine Mutter einen italienischen Pass hatte, wusste ich, aber ich habe nie wirklich hinterfragt, woher sie kommt. Wenn ich sie darauf angesprochen habe, wich sie mir aus, darum habe ich es irgendwann aufgegeben. Auf den Bildern sieht der See sehr niedlich aus mit seinen charmanten Städtchen, den bunten Gebäuden und den umliegenden Bergen. Ich starte meine Suche erneut und tippe Riva ein. Auf den Fotos erscheint ein Städtchen an der Spitze am nordwestlichen Ufer des Gardasees, das für seinen Wind und somit für den Wassersport bekannt ist, wie es in einem Artikel heißt. Die Gipfel der Dolomiten erheben sich nördlich des Sees. Ein richtiges Paradies für Naturliebhaber und Outdoor-Enthusiasten. Auf den Bildern kann ich Tret- und Segelboote erkennen, die auf dem See schippern. Es ist ungewohnt für mich, so vieles über meine Mutter zu erfahren, die Stadt, in der sie zur Schule gegangen ist, und die Landschaft, in der sie gelebt hat, zu sehen. Um meinen Gedanken zu entfliehen, klappe ich das Büchlein zu und verstaue es sicher. Ob ich am Abend noch weiterlesen werde, muss ich mir überlegen. Nach einer Tasse starkem schwarzem Kaffee schlüpfe ich in meine Jeans, ziehe mir einen Pullover über und werfe meinen Mantel über die Schulter. Die Luft ist heute angenehm kalt und der Winter zeigt sich von seiner besten Seite. Nachdem ich die Treppen zur Ausgangstür runtergelaufen bin, öffne ich sie und atme einen tiefen Atemzug der kalten Brise ein. Ich schlendere zur Arbeit, die Straßen von Hamburg sind belebt wie immer. Die ersten Sonnenstrahlen tauchen die Stadt in ein charmantes Licht, aber ich nehme kaum etwas davon wahr. Meine Gedanken sind ganz woanders, tief in den Seiten eines Tagebuchs vergraben. Die Worte haben mich berührt und ich will mehr von ihrem Leben erfahren. Als ich das Büro meines Arbeitgebers »Elite Stay Review Services« erreiche, werde ich von meiner Chefin Julia mit einem skeptischen Blick begrüßt. Ich versuche, mein Gefühlschaos zu verbergen, als ich mich setze und den Computer hochfahre. Ein lauter Seufzer entfährt mir, als der Computer noch Updates machen muss.

»Alles gut bei dir?«, fragt sie mich, kommt zu mir und lehnt sich an meinen Schreibtisch. Ich muss wohl abgelenkter wirken als beabsichtigt, deshalb zwinge ich mich zu einem Lächeln.

»Ja, alles bestens. Die Sonne scheint, ich sitze bei der Arbeit, was sollte sein?«

Julia hebt eine Augenbraue. »Ich kenne dich schon viel zu lange, um dir zu glauben! Wenn dich etwas beschäftigt, dann kannst du mit mir reden. Ist es wegen des Urlaubs? Wenn du ihn absolut nicht haben möchtest, dann plane ich die drei Wochen gerne für dich voll, aber ich finde, dass du ihn dir verdient hast.« Das stimmt tatsächlich. Wir kennen uns schon seit fünf Jahren. Damals, nach meinem Tourismusmanagement-Studium, hat sie mich sofort eingestellt und von dem Tag an war sie wie eine zweite Mutter für mich. Sie hat mich bei allem unterstützt und mich so weit in meinem Beruf gebracht, wie ich heute bin. Und dafür bin ich dankbar. Ich atme tief ein und beschließe, ehrlich zu sein.

»Es ist weniger der Urlaub, mehr ein Tagebuch, das ich heute Morgen aus dem Nichts erhalten habe. Es gehörte meiner Mutter und darin schreibt sie von ihrer Heimat Limone am Gardasee, wo sie gewohnt hat. Irgendwie beschäftigt es mich.«

Julia nickt verständnisvoll. »Worte können manchmal Erstaunliches in uns auslösen und eine starke Wirkung auf uns haben. Was genau hat dich so sehr berührt?«

Ich zögere einen Moment, bevor ich antworte. »Ihr plötzlicher Tod. Der Eintrag hat meine Trauer erneut aufgewühlt. Bis heute habe ich mich nie damit befasst, wo meine Wurzeln liegen, es war mir auch egal, aber jetzt habe ich das Gefühl, dass ich es herausfinden will.«

Julia kommt auf mich zu und legt ihre Hand auf meine Schulter.

»Es tut mir alles sehr leid, Liara. Ich kann mir vorstellen, wie schwer es für dich sein muss. Wenn du ein offenes Ohr oder meine Hilfe bei irgendetwas benötigst, dann weißt du, wo du mich findest. Warst du schon einmal am Gardasee?«

Ich schüttle den Kopf. »Nein, wahrscheinlich hat meine Mutter extra jedes Urlaubsziel so ausgewählt, dass wir bloß nie dorthin kommen.«

Julia lächelt aufmunternd. »Vielleicht solltest du es in Erwägung ziehen? Es könnte eine Möglichkeit sein, deiner Mutter in gewisser Weise näher zu sein.«

Julias Worte berühren mich auf eine unerwartete Art. Vielleicht ist es an der Zeit herauszufinden, woher ich komme.

»Ich weiß nicht. Irgendwie schon, andererseits habe ich Angst davor. Ich muss es mir noch genauer überlegen. Was steht heute an? Soll ich meinen Bericht an das Hotel weiterleiten und anschließend in unsere Website einfügen?«

»Ich lasse dir freie Hand und kümmere mich um die nächsten Reisen«, sagt sie und geht zu ihrem Arbeitsplatz. So langsam erscheinen auch meine anderen Arbeitskollegen und die gute Stimmung im Büro lässt meine Gedanken für einen Moment verschwinden.

Der Arbeitstag neigt sich dem Ende zu, und wir versammeln uns im Besprechungsraum für unser Teammeeting. Julia leitet das Gespräch mit ihrer gewohnten Professionalität. Jeder erhält seinen Plan für die nächsten vier Wochen und so auch ich.

»Liara, ich habe dir alles Nötige gedruckt und in den Ordner gepackt«, sagt sie und druckt mir einen Umschlag in die Hand. Mit Sicherheit wird es ein Langstreckenflug, genauso wie ich es mag. Ich öffne den Umschlag und meine Augen überfliegen die Zeilen, die darin geschrieben sind. Ein Lächeln huscht über mein Gesicht, als ich die Worte lese. Limone am Gardasee. Der Ort, von dem ich ihr heute Morgen erzählt habe. Ich kann kaum fassen, dass mir Julia diese Gelegenheit anbietet.

»Ich denke, das könnte eine großartige Möglichkeit für dich sein. Du hast vorhin von Italien erzählt und dieses Hotel bietet eine wunderschöne Aussicht auf den Gardasee. Was hältst du davon, dorthin zu reisen, das Hotel zu testen und gleichzeitig etwas Urlaub zu machen? Am besten die nächsten drei Wochen?«, fragt sie mit einem Zwinkern. Für einen kurzen Moment bin ich verwirrt, einerseits vor Freude und andererseits vor dem Ungewissen, das mich erwartet. Allerdings bin ich Julia dankbar, dass sie mir eine Entscheidung abgenommen hat. »Und, was sagst du?«

»Ich weiß noch gar nicht, was ich sagen soll. Ich bin gerade etwas sprachlos«, gebe ich zu.

»Freust du dich?«

»Sogar sehr! Danke für diese Chance und dafür, dass du mich zu meinem Glück zwingst. Ich bin sehr gespannt, meinen Wurzeln auf den Grund zu gehen.«

Die Vorfreude kribbelt in mir, als ich meinen Koffer unter dem Bett hervorziehe. Es würde sich niemals auszahlen, ihn irgendwo anders zu verstauen, denn gewissermaßen lebe ich aus ihm. Meine Hände zittern vor Aufregung, als ich meine Kleidung falte und die Reiseunterlagen zusammenstelle. Schon morgen beginnt mein Trip. Ich kann kaum glauben, dass ich wirklich nach Italien reisen werde. In das Land, aus dem meine Mutter stammt. Der Gedanke an den Gardasee, die majestätischen Berge, die malerischen Dörfer und die atemberaubende Landschaft lassen mein Herz schneller schlagen. Die Bilder, die ich im Internet gesehen habe, können wahrscheinlich nicht mit der Realität mithalten und es wird noch viel schöner sein als auf den Fotos. Ich werde die Berge sehen, die so viele Geschichten für mich bereithalten, in den Dörfern wandeln, die meine Mutter einst ihre Heimat nannte, und ich werde die »Dolce vita« auskosten. Da mein Flug erst morgen Mittag geht, habe ich heute noch genug Zeit, mich von meinen beiden Freundinnen zu verabschieden und ihnen von der Neuigkeit zu erzählen. Ich nehme mein Handy und tippe in unsere WhatsApp-Gruppe:

In einer halben Stunde im Le Lion? Muss euch etwas Wichtiges erzählen.

Es dauert keine zwei Sekunden und ich erhalte zwei »Daumen-Hoch«-Emojis als Antwort. Die Ungeduld treibt mich an, während ich mein wichtigstes Gepäck, das Tagebuch, in den Koffer lege, ihn schließe und mich auf den Weg ins Badezimmer mache. Ich kämme meine braunen schulterlangen lockigen Haare und lege Mascara auf, die meine braunen Augen betonen soll. Eingehüllt in meinen Mantel mache ich mich auf den Weg in die Bar. Schon seit wir uns kennen, treffen wir uns in dieser Bar und trinken ein, zwei oder manchmal auch drei Bier. Es ist bereits dunkel, ein sanfter Wind streicht durch die Straßen und die Straßenlaternen erleuchten den Weg. Ich betrete die Bar und werde sofort von einer Atmosphäre von abgestandenem Rauch und Essensgerüchen empfangen. Das gedämpfte Licht, die geschmackvolle Einrichtung und die rockige Musik im Hintergrund machen Lust auf ein kühles Blondes. An der Theke sitzt bereits Emma und winkt mir zu. Auch der Barkeeper begrüßt mich mit einem freundlichen Gruß, als ich mich zu ihr an die Theke setze.

»Schön dich zu sehen«, sage ich und umarme Emma.

»Ja, finde ich auch. Was gibt es denn so Wichtiges zu erzählen?«

»Du musst dich noch einen Moment gedulden, bis Lena kommt, dann erzähle ich es euch. Ich bin so aufgeregt«, sage ich frech, um sie zu necken.

»Danke, du machst es einem ja super einfach.« Emma lacht und ich stimme mit ein.

»Bier?«

»O ja, wahnsinnig gerne.« Nachdem wir unsere Bestellung aufgegeben haben, lehne ich mich entspannt an die Theke und beobachte das Geschehen um uns herum. Heute ist die Bar schon sehr voll und es herrscht reges Treiben. Endlich, als uns der Barkeeper die Getränke serviert, stößt auch Lena zu uns.

»Chicas, ihr könnt kein Bier ohne mich bestellen«, stellt sie fest und winkt den Barkeeper heran. Sobald wir alle ein Bier in unseren Händen halten, prosten wir uns zu und nehmen einen großen Schluck von dem kühlen, mit Schaum bedeckten Bier. Meine Gedanken schweifen zu meinem bevorstehenden Abenteuer in Italien. Ich nehme einen tiefen Atemzug und haue auf den Tisch.

»Mich hat ein Tagebuch von meiner Mutter erreicht. Leider weiß ich nicht, wer es mir gesendet hat, doch darin stehen all die Geheimnisse und Abenteuer, die meine Mama in ihren jungen Jahren erlebt hat. Irgendwie fühlt es sich für mich richtig an, an den Gardasee zu reisen, an den Ort, wo sie geboren ist. Aus diesem Grund werde ich morgen in den Flieger steigen und etwas über die Vergangenheit meiner Mutter herausfinden. Jetzt, wo sie nicht mehr hier ist, ist es für mich umso wichtiger herauszufinden, woher ich komme und woher sie gekommen ist. Solange ich sie noch bei mir hatte, war mir das alles nicht sonderlich wichtig, aber jetzt irgendwie schon«, sage ich und warte die Reaktionen meiner beiden besten Freundinnen ab. Ihre Augen leuchten auf vor Interesse.

»Gardasee? Das klingt unglaublich spannend. Ich finde es schön, dass du das machen willst«, sagt Lena und hält sich ihre Hand vor den Mund.

»Das klingt nach einer bedeutsamen Reise, Liara. Ich bin sicher, du wirst so viele wertvolle Erfahrungen sammeln«, sagt Emma und umarmt mich innig. Ich freue mich über die Freude meiner Freundinnen. Der Rest des Abends vergeht schnell, wir teilen angeregte Gespräche über meine bevorstehende Reise, meine Erwartungen und die Neugierde, die mich antreibt.

»Was meint ihr, sollen wir noch eine Runde bestellen?«

»Absolut«, kommt es aus Lenas Mund. Wir lehnen uns zurück und genießen den Klang der Musik im Hintergrund. Der Gedanke, nach Italien zu fahren, liegt noch in der Luft, doch in diesem Moment konzentrieren wir uns darauf, den Abend gemeinsam zu verbringen und das Hier und Jetzt zu genießen.

Als sich der Abend dem Ende zuneigt und meine Aufregung auf den morgigen Tag immer größer wird, realisiere ich erst so richtig, was ich da mache. Ist es richtig, in der Vergangenheit meiner Mutter zu schnüffeln? Kann man es überhaupt so nennen, denn irgendjemand will, dass ich mehr darüber erfahre.

»So, wer hat noch Lust auf eine Runde Billard? Liara, du liebst doch Billard so sehr. Lasst uns etwas spielen gehen«, fragt Emma in die Runde. Lena und ich blicken uns in die Augen und verneinen gleichzeitig.

»Heute nicht mehr. Es ist schon spät und ich sollte morgen fit sein.« Ich lehne widerwillig ab. Lust hätte ich schon, aber die Vernunft siegt.

Eine halbe Stunde später, als wir unsere drei Runden Bier bezahlt haben, verlassen wir die Bar, wo uns der eiskalte Wind Hamburgs ins Gesicht bläst. Ich bin froh, wieder frei atmen zu können, denn die Luft in dem Lokal war stickig. Meine Lungen saugen den Sauerstoff nur so auf.

»Wehe, wenn du uns nicht jeden Tag anrufst und uns auf dem Laufenden hältst«, sagt Emma und umarmt mich. Ich genieße ihre Nähe und erwidere die Umarmung.

»Jeden einzelnen Tag. Schwöre es«, kommt es lachend aus Lenas Mund.

»Ich schwöre. Melde mich gleich morgen, nachdem ich gelandet bin«, sage ich und stimme in das Gelächter ein.

»Wir haben dich lieb«, tönen meine beiden besten Freundinnen im Chor und winken mir zum Abschied noch zu. Ich laufe in die entgegengesetzte Richtung der beiden nach Hause. Die Geräusche der Stadt umgeben mich, während ich in meinen Gedanken versunken bin. Es ist seltsam, wie sehr sich diese Stadt in mein Herz geschlichen hat. Mein Zuhause. Und das seit ich denken kann. Hamburg, eine Stadt voller Leben, Energie und Vielfalt. Ich habe hier so viele Momente erlebt, Freunde gefunden und Erinnerungen geschaffen. Und dennoch, während ich die belebten Straßen durchquere, frage ich mich, ob diese Stadt wirklich meine Heimat ist. Jetzt wo ich weiß, dass vielleicht irgendwo mein richtiges Zuhause auf mich wartet. Ich bleibe an einer Straßenecke stehen und schaue auf die Gebäude um mich herum. Die Lichter spiegeln sich im Pflaster und ich kann das Gefühl nicht loswerden, dass etwas fehlt. Ich setze meinen Weg fort, doch die Gedanken wirbeln in meinem Kopf weiterhin wie wild umher. Meine Mutter, das Tagebuch, das aus dem Nichts aufgetaucht ist, der Gardasee erscheinen vor meinem inneren Auge. Vielleicht wird es mir helfen, nach Italien zu reisen, um die Antwort auf die Frage zu finden.

Als ich mich in mein Bett lege, habe ich wie jede Nacht Angst davor einzuschlafen. Man nennt dieses Phänomen auch Angst vor der Angst und es begleitet mich jeden einzelnen Tag. Doch in dieser Nacht ist alles anders, denn ich habe meine Augen geschlossen und öffne sie am nächsten Morgen friedlich. Ohne Albträume und all die Angstgefühle, die mich normalerweise heimsuchen.

Vier

Zu meinem Beruf gehört das Fliegen genauso dazu wie beim Mauern der Mörtel oder beim Kochen der Kochlöffel. Ich bin wirklich selten bis nie nervös auf einem Flug. Ich finde es sogar entspannend, für einige Stunden zu sitzen, Essen und Trinken serviert zu bekommen und gleichzeitig Filme zu gucken. Aber heute spüre ich in der Magengegend eine leichte Aufregung. Mein Blick ist auf die Anzeigetafel gerichtet. Unter den vielen Abflügen suche ich meinen nach Verona. Die Flugnummer gefolgt von Gate C14 erscheint auf dem Bildschirm. Ein aufregender Schauer durchläuft mich, als ich auf die Anzeige starre, die meine Verbindung zur Heimat meiner Mutter repräsentiert. Ich suche mein Gate und setze mich davor auf einen der freien Stühle. In weniger als einer halben Stunde werde ich in dem Flugzeug sitzen und Verona anfliegen. Am Flughafenterminal herrscht geschäftiges Treiben, Menschen eilen hin und her, und ich beobachte, wie Passagiere mit ihren Handgepäcktrolleys an mir vorbeigehen. Jedes Mal frage ich mich, wohin die einzelnen Personen wohl reisen und welche Geschichten sich dahinter verbergen. Irgendwann sollten digitale Brillen entworfen werden, die solche Geheimnisse verraten, allerdings würde das gegen das Recht auf Privatsphäre verstoßen.

Eine Stimme schallt aus den Lautsprechern: »*Ladies and gentlemen, this is a final boarding call for flight LH123 to Verona. The gate is closing now, and all remaining passengers are kindly requested to proceed to gate C14 immediately. Thank you.*«

Auch die Anzeigetafel zeigt »Boarding« für meinen Flug an. Ich atme tief ein, stehe auf und nehme meinen Koffer in die Hand. Mit jedem Schritt wallt eine Mischung aus Vorfreude und Dankbarkeit in mir auf. Ich bin bereit, diesen neuen Weg zu beschreiten, mein Herz ist offen für die Erfahrungen, die mich erwarten. Als ich den Flieger betrete, suche ich den Platz 8A. Er liegt etwas weiter vorne im Flieger und am Fenster. Wenn ich meinen Blick nach hinten richte, kann ich sogar die Triebwerke sehen. Die Gedanken wirbeln in meinem Kopf, während die Maschine sich bereit macht abzuheben und die Stewardessen noch schnell ihre Sicherheitshinweise durchexerzieren. Die Anschnallzeichen blinken auf. Das Flugzeug nimmt langsam an Fahrt auf. Der Moment des Abhebens ist immer wieder ein aufregender Moment, das Gefühl, wenn die Räder den Boden verlassen und sich der Magen für einen kleinen Moment zusammenzieht. Die Stadt unter mir wird kleiner und kleiner und ein entspanntes Gefühl durchdringt meinen Körper. Die ersten hundert Meter fliegen wir durch eine dichte Wolkendecke, die das Flugzeug schaukeln lässt. Das Anschnallzeichen erlischt, als wir die vorgegebene Flughöhe erreicht haben und die Passagiere beginnen sich zu bewegen. Natürlich müssen sogleich drei bis vier Personen auf die Toilette laufen. Der blaue Himmel breitet sich vor mir aus, als ich aus dem Fenster blicke. Die Zeit vergeht sehr schnell, während ich in meinem Reiseführer lese, den ich noch vor Abflug gekauft habe.

Die knapp zwei Stunden vergehen wie im Flug. Schon macht die Kapitänin eine Durchsage: »Sehr geehrte Passagiere, wir beginnen jetzt unseren Landeanflug auf den Flughafen Verona. Bitte schnallen Sie sich an und stellen Sie Ihre Sitze in eine aufrechte Position. *Gentili passeggeri, stiamo ora iniziando la discesa per atterrare all'aeroporto di Verona. Vi preghiamo di allacciare le cinture di sicurezza e di riportare gli schienali dei vostri sedili in posizione verticale.*«

Ich lege mein Buch beiseite, schnalle mich an und schaue aus dem Fenster. Die Aussicht ist atemberaubend. Die schneebedeckten Gipfel der Alpen ragen aus der Landschaft hervor und dazwischen kann ich bereits die Stadt erkennen. Nicht annähernd so groß wie Hamburg, jedoch schön und idyllisch. Das Flugzeug beginnt seinen Sinkflug und mit jedem Meter, den wir uns dem Boden nähern, klopft mein Herz vor Vorfreude ein bisschen schneller. Die Flaps und die Störklappen bewegen sich eifrig nach oben und unten, bevor wir in eine Schleife einschwenken und sich das Flugzeug auf die Landebahn ausrichtet. Es ruckelt, die Turbinen heulen auf, während wir an Geschwindigkeit verlieren. Applaus und Erleichterungslächeln brechen unter den Passagieren aus. Ich atme tief durch, denn der erste Schritt zu der Vergangenheit meiner Mutter ist gemacht. Als die Tür der Maschine geöffnet wird, strömt eiskalte Luft in den Innenraum. Schnell ziehe ich meine Jacke aus dem Ablagefach über mir, schlüpfe hinein und gehe die Gangway hinunter. Bewusst setze ich meinen ersten Schritt auf dem Boden auf und laufe zu dem im Vergleich zu Hamburg kleinen Flughafengebäude. Auch die anderen Passanten tragen Jacken und sind in Schals eingehüllt, obwohl die Temperatur nicht so niedrig ist wie erwartet. Von dem Flughafen bringt mich ein Bus in das Zentrum von Verona. Mit dem Koffer eine Stadt zu erkunden, ist etwas umständlich, aber ich bin es mittlerweile gewohnt. Die Geräusche der Stadt sind gedämpft, als ob der Winter alles in eine ruhige Decke gehüllt hätte. Die Straßen platzen vor Menschen, die Einkäufe erledigen, gemütlich durch die Gassen schlendern. Mein Weg führt mich zu einem anderen Bus nach Peschiera, wo ich die Fähre nach Limone nehmen werde. In Limone befindet sich das Hotel, in dem ich Urlaub machen, arbeiten und von dem aus ich meine Vergangenheit erkunden werde. Zuvor werde ich mir einen kleinen Snack in einem der Restaurants in Verona gönnen. Es ist bereits dunkel, als ich durch die Stadt spaziere. Ich bin in einer Gasse gelandet, in der die Erdgeschosse aller Häuser zu beiden Straßenseiten mit Geschäften belegt sind. Die bunten Fassaden der Gebäude leuchten. Viele Klamottengeschäfte, aber auch italienische Spezialitäten präsentieren sich in den Auslagen und locken Passanten zum Verweilen ein. Ich biege auf einen Platz ein, wo sich verschiedene Restaurants befinden. Der Duft von gebratenen Maronen liegt in der Luft und ich kann kaum widerstehen. Ich setze meinen Weg fort, um ein Restaurant zu erreichen, das ich kurz vorher auf Google gefunden habe. Das *La Canonica* ist ein charmantes und traditionelles Gasthaus, das Italien nur zu gut verkörpert. Das Gebäude selbst strahlt eine rustikale Eleganz aus und als ich es betrete, werde ich von einem freundlichen Herrn empfangen, der mich zu einem der Tische begleitet. Das Innere ist liebevoll gestaltet, mit modernen Holzmöbeln und warmen Farben. Es sind schon sehr viele belegt und es liegt eine ausgelassene Stimmung in der Luft. Die Speisekarte ist ansprechend gestaltet. Es gibt traditionelle Köstlichkeiten wie Gnocchi und unzählige Nudelgerichte.

»*Buona sera*, mein Name ist Mara. Haben Sie etwas gefunden?«, fragt mich eine nette junge Kellnerin in italienischer Sprache und gesellt sich mit ihrem Bestellgerät an meinen Tisch.

»*Buona sera. Una birra … birra piccola … e … e Spaghetti Carbonara, per favore.*« In Hamburg habe ich nur mit meiner Mutter italienisch gesprochen und jetzt, wo sie nicht mehr ist, habe ich das Gefühl, ich kann die Sprache nicht mehr.

»*Volentieri! Grazie mille*«, sagt sie und verabschiedet sich von meinem Tisch. Wie sehr ich mich auf diese Nudeln freue, denn ich sterbe beinahe vor Hunger. Ich blicke im Gasthaus umher, versuche, den einzelnen Gesprächen zu folgen und genieße das italienische Umfeld. Als die junge Kellnerin wieder auftaucht, stellt sie mir das kleine Bier auf den Tisch. Ich bedanke mich und nehme einen großen Schluck. Es schmeckt anders als in Hamburg, weniger herb, aber sehr gut. Man trinkt hier wohl eher Wein als das blonde Gut. Wenige Minuten später kommt auch schon das Essen und ich traue meinen Augen kaum, als ich auf den Teller blicke. Darauf liegen schön garnierte Spaghetti mit klein geschnittenem Speck und einer Pecorino-Eier-Soße.

Genüsslich esse ich und kann endlich meinen Bärenhunger stillen. Als ich alles aufgegessen habe, bin ich so satt, dass ich gar nicht mehr an Essen denken kann. Ich bezahle meine Rechnung, bedanke mich herzlich bei den netten Gastgebern und verlasse zufrieden das Lokal. Ich mache mich auf zum Busbahnhof, wo mich einer der Busse nach Peschiera bringen soll. Der Weg führt mich durch die Gassen zurück und ich muss Google Maps zur Hilfe nehmen, um die richtige Route zu finden. Als sich der große Platz, wo sich ein Bus nach dem anderen aufreiht, endlich vor mir erstreckt, kaufe ich mein Ticket und steige in den Bus ein. Die Tür schließt sich und als er endlich losfährt, macht sich ein leichtes Kribbeln in meinem Bauch breit. Die Stadt Verona wird kleiner, während wir uns entfernen, und der Blick auf die Landschaft beeindruckender. Als wir nach etwas mehr als einer halben Stunde Peschiera erreichen und sich die Türen des Busses öffnen, trete ich in die kühle Seeluft hinaus. Der Anlegeplatz der Fähren ist zu Fuß ungefähr zehn Minuten entfernt. Ich nutze den kurzen Spaziergang und sauge den Anblick in mich auf. Den Blick noch immer auf den See gerichtet, betrete ich die Fähre, die mich von Peschiera nach Limone trägt. Es ist ein unbeschreiblicher Ausblick, der sich mir bietet. Der Gardasee liegt in seiner vollen Pracht vor mir und hätte ich einen Wunsch frei, dann würde ich mir wünschen, dass Sommer wäre und ich direkt in das kühle Nass eintauchen könnte. Die Dörfer entlang des Ufers werden von den Lichtern der Nacht erleuchtet.

Der Blick über den Gardasee ist verträumt, die Umrisse der Berge und Dörfer verschwimmen im Mondlicht und die Fähre schaukelt bei jeder Welle. Ich genieße, wie wir über das Wasser gleiten und koste den Moment aus. In Limone angekommen, verlasse ich die Fähre mit einem Gefühl der Zufriedenheit. Die Straßen der Stadt sind von warmem Laternenlicht erleuchtet und ich vertraue Google Maps, um sicher zum Hotel Limea zu gelangen. Es befindet sich nur ungefähr fünf Minuten entfernt und kann ideal zu Fuß erreicht werden. Als ich mich dem Eingangsbereich des Hotels nähere, überholt mich ein junger Mann mit schnellen Schritten und rempelt mich zur Seite. Mein Koffer fällt mit einem lauten Knall zu Boden. Staub wirbelt vom Kiesweg auf und legt sich auf mich und auf die Hosen des jungen Mannes.

»Passen Sie doch besser auf«, sage ich ziemlich genervt und sehe dem Mann, der sich gerade zu mir umdreht, tief in die Augen. Er wird von einer Straßenlaterne angestrahlt und seine Augen leuchten in einem warmen Honigfarbton. Die Locken in seinem Haar sind vermutlich von der Sonne aufgehellt und wirken wie goldene Strähnen. Sein Alter kann ich schwer einschätzen, vermutlich ist er höchstens ein bis zwei Jahre jünger als ich. Er sieht zuerst mich an und dann genervt an seinen Hosen hinunter.

»Was müssen Sie auch hier in der Mitte der Straße laufen. Und verdammt noch mal, wer macht nun meine Hosen sauber? Ungeschicktes Ding«, sagt er zornig und klopft seine Hosenbeine ab. Dann dreht er sich um und läuft mit festen Schritten davon.

»Idiot!«, rufe ich ihm hinterher. Unverschämt, zuerst rempelt er mich an und dann soll ich auch noch schuld an dem Schlamassel sein? Ich atme tief ein, um mich zu beruhigen. Beim Ausatmen schweben kleine Dunstwolken aus meinem Mund. Einen Moment halte ich inne und sammele mich, doch bei dem Anblick des erleuchteten Hotels ist der Vorfall mit dem unsympathischen Typen schnell vergessen. Ich setze meinen Weg zum Hotel fort und durchquere das große Eingangstor. Dahinter versteckt sich das prachtvolle Hotel Limea.

Es erstrahlt in der Dunkelheit wie ein bezauberndes Schloss. Hinter den beleuchteten Fenstern erwartet mich mit Sicherheit eine charmante Atmosphäre. Die Fassade des Gebäudes ist im sanften Glanz der Laternen und Lampen eingehüllt, und die umgebende Dunkelheit hebt die Konturen des Hotels hervor. Die Blätter der Bäume, die das Hotel umstellen, rascheln im Wind. Sofort fühle ich mich wie zu Hause. Die Esplanade des Hotels ist mit Lichterketten geschmückt, die wie Sterne in der Nacht funkeln. Die Eingangstür ist ebenfalls gemütlich beleuchtet und das Licht strahlt auf den gepflasterten Weg davor. Der Eingangsbereich ist geräumig, wirkt dennoch einladend. Sitzgelegenheiten laden zum Verweilen ein und hinter dem Tresen sitzt eine junge Dame mit farblich zum Hotel abgestimmter weinroter Uniform. Die Dame begrüßt mich mit einem Lächeln. Das hölzerne Design des Tresens fügt sich nahtlos in die moderne Eleganz des Hotels ein. Ein knisterndes Feuer brennt im Kamin, und der Duft von Holz und wohliger Wärme erfüllt den Raum. Aus der Bar erklingt Klaviermusik und einige der Gäste haben es sich mit einem Aperitif gemütlich gemacht. Fotografien zieren die Wände, viele auch aus vergangenen Zeiten, die die Entwicklung des Hotels im Laufe der Jahre zeigen.

»*Buona sera*, Sie müssen Frau Ambrosi sein. Wir haben Sie bereits erwartet. Mein Name ist Lucia, kann ich Ihnen in der Zwischenzeit Ihr Gepäck abnehmen und aufs Zimmer bringen lassen? Hatten Sie eine angenehme Reise?«, fragt mich die Rezeptionistin. Ihre langen blonden Haare hat sie zu einem Zopf gebunden. Die Frisur lässt ihr Gesicht schmal wirken. Sie ist generell etwas zu dünn geraten für ihre Körpergröße und könnte leicht als Model durchgehen. Schätzungsweise ist sie Mitte zwanzig.

»*Buona sera.* Es freut mich sehr, hier zu sein, und meine Anreise war wirklich angenehm, vielen Dank. Gerne können Sie mein Gepäck aufs Zimmer bringen lassen. Es ist einfach wunderschön hier«, sage ich und stelle den Koffer neben ihr am Tresen ab.

Sie lächelt mich an. »Das freut mich zu hören. Sehr gerne. Ich rufe Leonardo, damit er Ihr Gepäck aufs Zimmer bringt. Wären Sie so nett und zeigen schon einmal Ihren Personalausweis vor? Dann erledige ich den Check-in«, entgegnet sie und wählt eine Nummer auf dem Telefon, wahrscheinlich Leonardos Nummer. Ich krame in der Zwischenzeit meine Papiere aus meiner Handtasche und lege sie auf den Tresen.

»Sie wohnen in Hamburg und sprechen trotzdem so gut Italienisch?«, fragt sie, während sie meinen Ausweis studiert.

»Meine Mutter war Italienerin. Leider ist sie vor kurzer Zeit verstorben und ich brauche eine Auszeit von allem«, erzähle ich, ohne darüber nachzudenken, dass sich vor mir eine komplett fremde Person befindet. »Bitte entschuldigen Sie.«

Sie sieht mich mitfühlend an. »Sie müssen sich nicht entschuldigen und das mit Ihrer Mutter tut mir sehr leid.« Ihre Worte klingen ehrlich und voller Wärme. Ich lächle vorsichtig und spreche von nun an nur noch, nachdem ich nachgedacht habe.

Es dauert keine fünf Minuten und hinter mir nähern sich Schritte. Der Kofferträger wahrscheinlich. Ich drehe mich um, um ihm meinen Koffer zu geben, und kann kaum glauben, wer vor mir steht. Diese honigfarbenen Augen würde ich überall wiederkennen und es scheint, als erginge es ihm mit mir ähnlich. Seine Wangen färben sich rot, als er mich erblickt, und auch in mir steigt Hitze auf.

»Leo, würdest du Frau Liara Ambrosi den Koffer bitte auf das Zimmer zehn bringen?«, sagt Lucia. Er nickt nur, ohne mir nochmals in die Augen zu blicken, und stapft mit großen Schritten davon. »Normalerweise ist er freundlicher«, versucht sie sich bei mir zu entschuldigen.

»Kein Problem. Wir hatten eben draußen schon kurz das Vergnügen, uns kennenzulernen, als er mich angerempelt und mich ungeschicktes Ding und ich ihn einen Idioten genannt habe«, antworte ich ihr etwas genervt von der Erinnerung an den Vorfall.

»Oh, das tut mir leid«, sagt sie verlegen.

»Das muss es Ihnen nicht. Wer von uns beiden konnte schon wissen, dass wir uns so schnell wiedertreffen.«

»Bitte entschuldigen Sie die Unannehmlichkeit. Ich werde mich darum kümmern, dass das nicht mehr vorkommt.« Ihre Wangen haben sich leicht rot gefärbt und ich kann deutlich erkennen, dass ihr der Vorfall peinlich ist.

»Nein, lassen Sie ruhig. Alles halb so wild«, antworte ich schnell.

»Es wird nicht nochmals vorkommen. Darf ich Sie zur Bar auf einen Willkommensdrink und zum anschließenden Abendessen geleiten oder möchten Sie sich zuerst in Ihrem Zimmer noch etwas frisch machen?« Sie nimmt eine Mappe in die Hand.

»Ich würde mich gerne zuerst duschen und meine Kleidung wechseln.« Sie nickt lächelnd. Ich folge ihr die Treppen hoch zum Zimmer zehn, in das Leonardo vor Kurzem meinen Koffer gebracht hat. Mit einem großen Schlüssel entsperrt sie die Holztür und dahinter befindet sich ein geräumiges Zimmer, das eine einladende Wärme ausstrahlt. Ich betrete den Raum und sehe mich um. Der Schein des Kamins erhellt den Raum und wirft ein gemütliches Licht auf die Wände und den hochwertigen Teppichboden. Die Flammen tanzen darin und erzeugen ein beruhigendes Knistern, das die Atmosphäre mit Behaglichkeit erfüllt. Die Möbel sind von einer rustikalen Eleganz geprägt. Ein Sofa steht in der Nähe des Kamins, bestückt mit flauschigen Kissen und einer ebensolchen Decke. Das Badezimmer ist eine Oase der Entspannung. Die Fliesen sind sandfarben und schaffen Ruhe. Die Badewanne ist geräumig mit dem Blick auf das Fenster ausgerichtet, wodurch eine Verbindung zur Natur hergestellt wird.

»Ich hoffe, das Zimmer gefällt Ihnen. Es gehört zu meinen Lieblingszimmern, denn vom Balkon aus kann man auf den See blicken und die Berge in der Ferne sehen«, sagt sie.

»Es ist sehr schön, vielen Dank«, antworte ich ihr ehrlich, denn ich finde es wirklich ausgesprochen schön.

Sie lächelt mich zufrieden an. »Wenn Sie so weit sind, kommen Sie gerne nach unten und ich zeige Ihnen Ihren Tisch fürs Abendessen. Bis später«, sagt sie und schließt die Tür hinter sich.

Erschöpft lasse ich mich auf mein Bett fallen und schließe für einen kurzen Moment die Augen. Es ist das erste Mal, seit ich Hotels teste, dass ich mich nicht sofort um meine »Vergissmeinnicht«-Liste kümmere. Es fühlt sich komischerweise alles nach Heimat an und ich genieße das Gefühl gerade sehr, deshalb werde ich erst morgen arbeiten und heute nur urlauben. Natürliche werde ich mich dann gleich um meine Liste kümmern, obwohl ich glaube, dass Julia mir den Auftrag nur gegeben hat, damit ich nach Limone fahre. Wahrscheinlich ist ihr der Zustand dieses Hotels egal und die Bewertung wird ohnehin nicht auf die Website kommen. Doch als gute Mitarbeiterin kümmere ich mich natürlich sorgfältig um meine Arbeit und darum, warum ich hier bin. Doch etwas in mir sagt mir, dass ich keineswegs wegen der Arbeit hier bin. Nachdem ich mich wieder gesammelt habe, springe ich unter die Dusche. Ich lasse das warme Wasser über meine Schultern laufen und fühle mich endlich wieder sauber. Reisen ist wunderschön, aber es gibt nichts Schöneres, als sich nach einem langen Tag in Autos, Bussen und Flugzeugen abzuwaschen. Ich öffne meinen Koffer, um mir Kleidung für das Abendessen herauszusuchen, und dabei springt mir das Tagebuch meiner Mutter in die Augen. Ich nehme es heraus und lege es unter das Kopfkissen. Vor dem Einschlafen werde ich noch eine Seite daraus lesen. Nachdem ich meine eleganten Schuhe angezogen habe und mich in meinem olivfarbenen Kleid im Spiegel begutachtet habe, gehe ich nach unten zum Abendessen. An der Treppe erwartet mich bereits Lucia, die Rezeptionistin.

»Guten Abend, Frau Ambrosi, möchten Sie zuerst Ihren Willkommensdrink genießen oder soll ich Sie direkt zum Tisch begleiten?«

»Guten Abend, Lucia. Wenn es keine Umstände macht, würde ich gerne zuerst zu Abend essen und anschließend mein Getränk an der Bar einnehmen.«

»Natürlich, sehr gerne. Bitte folgen Sie mir.« Ich gehe ihr hinterher und sie geleitet mich in einen großen, sehr schön eingerichteten Speisesaal, wo bereits einige Gäste sitzen und sich das wundervoll garnierte Essen schmecken lassen. Mein Blick fällt auf den gedeckten Tisch, die weiße Tischdecke harmoniert mit den frischen Gerbera. In der Mitte des Tisches steht eine Kerze, deren Licht Schatten auf die Tischdecke wirft.

»Guten Appetit, Frau Ambrosi«, sagt Lucia, nachdem ich mich auf einen der Stühle gesetzt habe.

»Vielen Dank und nenn mich doch gerne Liara.«

»Sehr gerne, Liara. Wenn du etwas benötigst, dann lass es mich wissen«, sagt sie und entfernt sich von meinem Tisch. Ich blicke im Raum umher und kann kaum glauben, welch eine Ruhe dieser Saal ausstrahlt. Es herrscht keineswegs Hektik und auch der Lärmpegel ist so niedrig wie selten. Einer der Kellner macht sich mit einem Lächeln auf den Weg zu mir.

»Guten Abend. Mein Name ist Emanuel. Darf ich Ihnen die Weinkarte und das Menü des heutigen Abends präsentieren?« Er ist gut gekleidet und seine Uniform ist genau wie die von Lucia in Weinrot gehalten. Ich nicke freundlich. Er erklärt mir die Weinkarte und welcher Wein mit welchem Gericht am besten harmoniert.

»Gerne würde ich die Burrata mit frischen Tomaten und Basilikum als Vorspeise bestellen, anschließend das Rinderfilet mit der Begleitung von saisonalem Gemüse und mit dem Wein und der Nachspeise überraschen Sie mich bitte.«

»Sehr gerne. Genießen Sie den Abend!« Mit einem Lächeln macht er sich auf den Weg, meine Bestellung in den Computer einzutippen. Es dauert keine zwei Minuten und er kehrt mit einer großen Flasche Mineralwasser und einem Weißwein aus der Region zurück.

»Wir haben hier einen Weißwein Lugana aus der Nähe von Sirmione. Er ist ein wahrhaftiger Genuss für die Sinne. Er stammt aus den sonnenverwöhnten Weinbergen der Region und spiegelt das einzigartige Terroir des Gardasees wider. Frische Noten von Zitrone und Grapefruit verleihen dem Wein eine lebendige Frische. Wenn Sie gestatten?«, sagt er und zeigt auf mein Glas.

»Natürlich, bitte. Wird dieser Wein viel am Gardasee getrunken?«

»Ja, der Lugana gehört zu den meistgetrunkenen Weinen.« Er schenkt mir ein. Ich rieche, nehme anschließend einen Schluck und lasse ihn auf meiner Zunge zergehen.

»Sehr gut!« Ich nehme gleich noch einen und genieße die Aromen, die sich mir bieten. Emanuel verabschiedet sich von meinem Tisch und kehrt etwas später mit dem Gruß aus der Küche zurück.

»Einmal hausgemachte Kräutersuppe mit einem Hauch von Garnele und Miesmuschel«, sagt er und stellt den Teller gekonnt vor mir ab. Der Duft, der mir dabei in die Nase strömt, ist einfach göttlich und ich mache mich wie eine verhungerte Katze über meinen Teller her. Die letzte Mahlzeit in Verona liegt zwar erst knapp dreieinhalb Stunden zurück, trotzdem hat mich die Reise sehr hungrig gemacht. Ich genieße den Abend und liebe diese Leichtigkeit, die sich mehr und mehr in mir ausbreitet. Als ich den Gruß aus der Küche fertig gegessen habe, dauert es nicht lange und Emanuel kehrt an meinen Tisch zurück, um den Teller abzuservieren.

»War alles recht, Frau Ambrosi?«

»Es hat wunderbar geschmeckt, vielen Dank, Emanuel«, antworte ich und schenke ihm ein Lächeln. Er ist schätzungsweise 25 Jahre alt, hat blonde kurz geschnittene Haare und eine sehr sportliche Figur. Von den fünf Kellnern, die im Raum hin und her schwirren, begibt nur er sich zu meinem Tisch und ich mag es sehr, wenn sich eine Person verantwortlich fühlt. In manchen Hotels sind die Aufgaben nicht ordentlich verteilt, sodass Chaos herrscht und die Bestellungen nicht immer richtig aufgenommen oder gebracht werden.

Auch das restliche Essen ist ein wahrer Gaumenschmaus und ich genieße jeden Bissen davon. Kochen können sie, die Italiener, das muss man ihnen lassen.

»Ich wünsche noch einen schönen Abend, bis zum Frühstück morgen«, sagt Emanuel lächelnd, während er die letzten Utensilien vom Tisch räumt.

»Bis morgen, danke für die angenehme Bedienung«, antworte ich freundlich und erhebe mich von meinem Stuhl. Ich folge den anderen Hotelgästen zur Bar und lasse mich an einem der freien Tische in der Ecke nieder. Von hier habe ich einen guten Ausblick um mich herum. Ich genieße es, alles im Blick zu haben. Überall klirren Gläser und leise angeregte Gespräche werden geführt. Ich konzentriere mich auf die Getränkekarte, als ein leicht gestresster Kellner zu meinem Tisch kommt. Ich hebe meinen Blick von der Karte und mein Atem stockt. Ich versuche, mir meine Wut nicht anmerken zu lassen. Sein Gesicht hingegen färbt sich rot und ich bemerke, dass ihm die Situation von vorhin peinlich ist. Als er dachte, ich wäre ein zufälliger Passant, hat er sich über mich beschwert, doch als er mich im Hotel sah, tat es ihm von der einen auf die andere Sekunde leid. Genau dieses Verhalten finde ich grässlich.

»Guten Abend«, sage ich frech und blicke ihm dabei tief in die Augen. Dort, wo vorhin noch ein Mantel über seine Schultern hing, zeigen sich jetzt Muskeln durch sein eng anliegendes Hemd, die mir, um die Wahrheit zu sagen, nicht schlecht gefallen.

»Was gefunden?«, fragt er verlegen. Ich kann nicht ganz abschätzen, ob es ihm zu blöd ist oder ob er wirklich nicht mit der nötigen Sympathie geboren wurde. Seine Augen funkeln mich an, als er auf meine Antwort wartet.

»Einen Mojito, bitte.«

Er entfernt sich von meinem Tisch und macht sich an sein Werk. Ich lehne mich zurück und beobachte ihn für einen Moment. Seine Bewegungen sind fließend und selbstbewusst, als ob er die Kunst des Cocktailmischens perfekt beherrscht. Auch sein Blick fällt hie und da zu mir. Zwischen uns herrscht eine seltsame Mischung aus Anziehung und Hass, die mich gleichermaßen verwirrt und fasziniert. Jedes Mal wenn unsere Blicke kurz aufeinandertreffen, spüre ich diese seltsame elektrische Spannung in der Luft. Als er sich zu mir an den Tisch gesellt, hält er alles andere als einen Mojito in seinen Händen.

»*Et voilà*. Einen Gin Tonic mit Dol Gin, einfach klasse«, sagt er und stellt selbstbewusst das Glas vor mir ab. Ich schaue ihn verwirrt an.

»Einen Mojito, bitte.« Ich schiebe das Glas ein Stück in seine Richtung.

Er hält mit seiner Hand dagegen und drückt es mir wieder entgegen. »Das glaube ich nicht. Du kannst mir nachher danken«, sagt er und geht mit großen Schritten zurück zur Bar.

Was glaubt dieser Leonardo eigentlich, wer er ist? Der Kunde sollte in einem so noblen Hotel König sein. Das fließt so was von in meine Bewertung ein, da kann er sich sicher sein. Ich schlage die Getränkekarte erneut auf und suche nach dem Dol Gin, den er genannt hat.

Der Dol Gin kommt direkt aus dem Herzen der Dolomiten. Dieses kostbare Destillat wird mit 24 »Botanicals« aus Südtirol (liegt ca. eine Stunde vom Gardasee entfernt) hergestellt, darunter Enzianwurzel, Schafgarbe, Holunderblüten und Angelikawurzel. Ein faszinierender Gin, der durch seine Aromenvielfalt und seinen natürlichen Charakter überzeugt. Sie werden staunen, wie sehr Ihre Sinne damit verzaubert werden. Zusammen mit Schweppes Indian Tonic Water, einem Stück Limettenschnitz und einigen Pfefferkörnern ergibt sich daraus der perfekte Gin Tonic.

Zugegeben, die Beschreibung klingt nicht schlecht. Trotzdem nervt es mich, dass er mir nicht mein bestelltes Wunschgetränk an den Tisch serviert hat. Ich nehme das Glas in die Hand und betrachte es genau. Die klare Flüssigkeit funkelt im Licht der Bar und der Duft von Kräutern und Zitrusfrüchten steigt mir in die Nase. Ich hebe das Glas an meine Lippen und nehme einen ersten vorsichtigen Schluck. Der Geschmack ist erfrischend und die Aromen tanzen auf meiner Zunge. Sie entfalten sich auf eine Art und Weise, die ich bisher bei einem Gin Tonic noch nie erlebt habe. Ein zufriedenes Lächeln huscht über meine Lippen, doch ich unterdrücke es sofort. Ich kann doch nicht zugeben, wie sehr mich dieser Gin Tonic beeindruckt, also trinke ich noch einen Schluck, um sicherzugehen, dass mein erster Eindruck keine Täuschung war. Die Kombination aus dem hochwertigen Gin und dem perfekten

Mischverhältnis mit Tonic lässt meinen Gaumen aufleben. Während ich mich auf den Genuss konzentriere, bemerke ich aus den Augenwinkeln, wie Leonardo von der Bar aus zu mir sieht. Sein Blick ist neugierig, fast schon intensiv. Auch nach weiteren Minuten ruhen seine Augen noch auf mir und es macht mich nervös, so von ihm betrachtet zu werden. Es ist, als ob er etwas an mir entdeckt hat, das ich nicht preisgeben wollte. Dennoch kann ich nicht leugnen, wie sehr mir dieses Getränk gefällt.

Der restliche Abend verläuft sehr angenehm. Ich schlürfe an meinem Cocktail und beobachte die Menschen um mich herum, wie sie lachen, spielen und feiern. Normalerweise bin ich es gewohnt, dass ich allein reise, aber heute fühlt es sich nicht richtig an. Es fühlt sich komischerweise falsch an und ich bekomme das erste Mal während der Arbeit das Gefühl, ohne irgendjemanden auf dieser Welt zu sein. Geschlaucht von dem heutigen Tag erhebe ich mich und mache mich auf den Weg in mein Zimmer. Als ich an der Bar vorbeilaufe, blicke ich Leonardo direkt in die Augen.

»Und? Habe ich zu viel versprochen?«, fragt er mich mit einem Zwinkern. Hitze macht sich auf meinen Wangen breit.

»Er war nicht schlecht.« Ich lasse meine Stimme so sicher wie nur möglich klingen. Für einen kurzen Moment sehen wir uns beide an, bis er seinen Blick wieder auf die Theke richtet, ein leises, schwaches »Gute Nacht« daherstottert und sich dabei zwingen muss zu lächeln.

»Gute Nacht«, sage ich ebenfalls so leise wie möglich und setze meinen Weg fort. An der Rezeption vorbei laufe ich die Treppen hoch, ziehe den Schlüssel aus meiner Tasche und entsperre die Tür. Im Eiltempo putze ich mir meine Zähne, wasche mir mein Make-up vom Gesicht und schlüpfe in meinen olivgrünen Pyjama. Olivgrün. Meine Mutter hat diese Farbe an mir geliebt, sie meinte, dass damit meine braunen langen Haare wundervoll zu Geltung kommen und die Farbe meinen dunkelbraunen Augen schmeichelt. Seitdem trage ich sehr gerne olivgrün und so auch als Schlafanzug. Als ich an meine Mama denke, fällt mir ihr Tagebuch wieder ein, das ich wie einen Schatz unter meinem Kopfkissen aufbewahre. Ich lege mich ins Bett, das sich angenehm kuschelig anfühlt, und decke mich zu. Dann hole ich das Tagebuch hervor und wie den wertvollsten Gegenstand auf Erden halte ich es in meinen Händen und blicke darauf. Ich habe das Gefühl, dass es mir etwas sagen möchte, nur verstehe ich noch nicht genau was. Mit neugierigen Augen blättere ich durch die Seiten und lese die Worte, die meine Mutter vor so vielen Jahren niedergeschrieben hat. Ihre Handschrift ist zart und feminin, und die Seiten tragen die Spuren der Zeit, aber die Worte sind immer noch lebendig.

Limone, 5. Juni 1994

Hallo Tagebuch,

ja, du weißt schon, wie ich das meine! Lieb oder nicht, mir egal. Heute Morgen war alles anders. Ich kann dir nicht genau sagen, was sich geändert hat, aber ich hatte das erste Mal seit Langem das Gefühl, frei zu sein. Vielleicht liegt es daran, dass die verdammte Schule endlich zu Ende ist und ich mich nicht mehr mit Mathematik bei Frau Marini herumplagen muss. Als ich heute das Haus verlassen habe, hat mich der Gardasee mit seiner ganzen strahlenden Pracht begrüßt, als ob er wüsste, dass dieser Sommer mein Sommer sein würde. Wie du vielleicht mitgekriegt hast, hat mir meine Mutter einen Sommerjob in einem nahe gelegenen Hotel besorgt. Ich muss zugeben, dass ich heilfroh bin, endlich mein eigenes Geld zu verdienen. Der erste Arbeitstag war eigentlich ganz gut und ich liebe die Atmosphäre, die dort herrscht. Irgendwann werde ich Hotelchefin sein, du wirst sehen. Ich mag die Arbeit mit den Menschen und ich liebe es, sie glücklich zu machen. Aber da ist etwas, das mich verunsichert. Etwas, das ich nicht erwartet hatte. Es gibt noch einen weiteren Jungen, der einen Ferienjob im Hotel macht, und du glaubst nicht wer. Der Schönling. Er arbeitet im Hotel.

Ich habe ihn nie leiden können, und er hat mir bisher keine Zeichen gegeben, dass er mich mag. Deshalb haben wir noch nicht so viel miteinander gesprochen. Vielleicht ist es ihm peinlich. Er ist anders als die anderen Jungs, ein echter Draufgänger, deshalb hätte ich ihm nie zugetraut, dass er dort arbeitet. Jedes Mal, wenn ich ihn im Hotel sehe, fühle ich mich etwas unwohl. Wir sind wie Feuer und Wasser und ich habe keine Ahnung, wie ich mit dieser Situation umgehen soll. In seiner Gegenwart habe ich das Gefühl, alles falsch zu machen, und ich hasse es, denn eigentlich bin ich viel zu zielstrebig, um Fehler zu machen. Ich muss einen Plan schmieden, wie ich ihn loswerden kann.

Wie auch immer. Morgen steht erst einmal ein großer Tag an, ich werde zusammen mit Linda, ihrem Freund Pablo und Marco nach Malcesine fahren und wir werden bei Abenddämmerung die Scalierburg besteigen. Es klingt nicht nur aufregend, sondern ist es auch. Die Burg ist unser Ding und vielleicht verrate ich dir auch warum …

Ich melde mich die nächsten Tage bei dir und werde dir berichten.

Ciao

»Schnell, sonst verpassen wir das Boot«, ruft uns Linda vom Anlegeplatz aus zu. Und tatsächlich steuert das Schiff mit brummendem Motor auf uns zu, als ich mich nähere.

»Wo sind Pablo und Marco?« Ich blicke in die Runde, kann sie unter den vielen Menschen jedoch nicht entdecken.

»Sie holen noch schnell eine Flasche Limoncello, müssten aber gleich kommen!« Auch sie sieht sich in der Menschenmenge um. »Ah, da seid ihr ja endlich!« Pablo und Marco stellen sich zu uns. Sie sind ein bisschen außer Atem. Pablo küsst Linda, die Begrüßung zwischen Marco und mir ist schüchtern. Ich fühle mich etwas unbeholfen. Unsere Augen treffen sich und unsere Lippen verziehen sich zu einem verlegenen Lächeln. Mein Puls steigt an und ich werde nervös. Um mich abzulenken, beobachte ich die Fähre, die gerade eben einläuft. Die Männer, die dort arbeiten, sind geübt und dadurch dauert das Ab- und Beladen von Personen nie mehr als fünf Minuten. Als wir es an Bord geschafft haben, suchen wir uns den besten Platz. Natürlich ganz oben und vorne, denn von dort hat man den besten Ausblick. Die Fähre gleitet sanft über den See und der Wind streicht uns durch die Haare.

»Wer will einen Schluck?«, fragt Pablo und hält die Limoncello-Flasche in die Höhe. Wir nicken und einer nach dem anderen trinkt einen Schluck daraus.

»Einfach herrlich!« Wir haben es uns auf den Stühlen bequem gemacht und genießen die Aussicht auf die Berge, die sich am Ufer erheben. Der See glänzt im Licht und ich kann meine neugewonnene Freiheit kaum glauben.

»Wisst ihr, was der Vorteil an einem Schiff ist?«, fragt Linda plötzlich. Wir alle verneinen und warten gespannt auf ihre Antwort. »Wenn einem übel wird, kann man einfach über die Reling kotzen.« Von einer Sekunde auf die andere brechen wir in Lachen aus. Wahnsinn, welche Gedanken sich Linda auf einem Schiff macht. Schließlich erreichen wir Malcesine, und das Schiff legt im Hafen an. Wir gehen an Land und machen uns auf den Weg zur Burg von Malcesine, die hoch oben auf einem Hügel thront. Der Aufstieg ist steil, aber die Aussicht auf den See und die umliegenden Dörfer belohnt jegliche Anstrengung.

»Ist sie nicht wunderschön?«, frage ich Linda und komme aus dem Staunen nicht mehr heraus.

»O ja, das ist sie. Auch nach dem einhundertsten Mal noch. Würde es dir etwas ausmachen, wenn ich mit Pablo kurz verschwinde?«

Ich schüttle den Kopf. »Nein, geht ruhig!« Marco und ich bleiben zurück und ich muss zugeben, dass mir das gut in die Karten spielt. Ich mag es sehr, Zeit mit ihm zu verbringen.

»Komm, ich muss dir mein Geheimnis zeigen«, sage ich und ziehe ihn an der Hand hinter mir her. Wir betreten das imposante Gebäude. Die alten Gemäuer strahlen Geschichte und Romantik aus. Die Innenräume sind mit antiken Rüstungen, Waffen und historischen Artefakten geschmückt, die die reiche Geschichte der Burg widerspiegeln. In den Ausstellungsräumen sind Informationstafeln angebracht, die den Besuchern Einblicke in die Geschichte der Burg und ihrer einstigen Bewohner geben.

»Wie habe ich es verdient, dass du mir dein Geheimnis verrätst?«, fragt er mich mit einem Schmunzeln auf den Lippen. Ich zucke mit der Schulter.

»Weiß ich auch nicht genau. Ich glaube, dass es bei dir gut aufgehoben ist.« Ich schaue ihm in die Augen und er erwidert meinen Blick.

»Danke, das weiß ich sehr zu schätzen.«

»Also los. Dafür geht man in den oberen Stock und läuft zum Aussichtspunkt, aber wer glaubt, dass es sich hier schon um die schönste Aussicht handelt, liegt falsch. Denn dafür muss man den mit Steinen auf dem Boden eingemauerten Halbkreis betreten, dann zu der Mauer laufen, die einen Dreizack bildet – Achtung! Es muss der rechte Dreizack sein – und anschließend steckt man seinen Kopf rechts von dem Dreizack durch das Loch und blickt auf den See.«

Wir gehen nach oben und laufen direkt zur Aussichtsplattform. Ich stecke meinen Kopf an besagter Stelle hinaus und kann, wie auch Hunderte Male zuvor, meinen Augen nicht trauen.

»Darf ich auch mal?«, fragt er und steckt seinen Kopf ebenfalls durch das Loch.

»Und dann auch noch bei Sonnenuntergang. Haben wir ein Glück.« Ich freue mich so sehr, genau in diesem Moment hier zu sein. Ich drehe meinen Kopf in seine Richtung. Der Wind streicht durch seine Haare und ich würde es ihm am liebsten nachmachen und mit meiner Hand über seinen Kopf wuscheln.

»Mein Glück ist, dass ich heute mit dir hier sein darf.« Er legt seine Hand auf meine Wange und küsst mich zärtlich.

Zurück in Limone bei Liara

Ich kann nicht anders, als mit einem Lächeln auf den Lippen das kleine Büchlein zu schließen. Die Worte meiner Mutter enthüllen ein Stück ihrer Vergangenheit, die ich nicht gekannt habe. Während ich hier in diesem Hotel am Gardasee liege, fühle ich mich meiner Mutter und ihrem Sommer der Liebe auf eine ganz besondere Weise verbunden. Wer wird dieser Marco bloß sein? Gerne würde ich weiterlesen, doch meine Glieder sind schwer wie Blei. Die Reise und die vielen neuen Eindrücke haben mich erschöpft, aber auch erfüllt und so lege ich es beiseite. Als mein Handy ertönt, erinnere ich mich erschrocken daran, dass ich Emma und Lena noch nicht von meiner Ankunft berichtet habe. Mit müden Fingern öffne ich die Nachrichten-App und tippe eine kurze Nachricht ein.

Hey ihr beiden, bin gut am Gardasee angekommen. Die Reise war lang, aber der Gardasee und das Hotel Limea sind wunderschön. Ich vermisse euch schon jetzt. Gute Nacht

Mit einem zufriedenen Lächeln sende ich die Nachricht ab und schalte mein Handy aus. Dann lasse ich mich in die Kissen sinken und schließe die Augen.

In der Stille der Nacht reißt mich ein unsichtbarer Schrecken aus einem düsteren Traum. Mein Herz hämmert wild in meiner Brust, und meine Atmung ist flach und hastig. Die Dunkelheit um mich herum ist bedrohlich und undurchdringlich, während das Rauschen des Gardasees draußen das einzige Geräusch ist, das ich höre. Ein unerklärlicher Schatten der Burg aus meinem Albtraum hängt immer noch wie ein drohendes Gewitter über mir. Ich kann die Bilder nur sehr vage erkennen, doch die dumpfe Angst, die mich ergriffen hat, ist überwältigend. Panik durchflutet mich, und ich kämpfe darum, meinen Atem zu kontrollieren. Tief einatmen, langsam ausatmen, versuche ich mich zu beruhigen. Die Dunkelheit um mich herum erdrückt mich. Mit zitternden Händen suche ich nach dem Lichtschalter auf meinem Nachttisch und ich bin erleichtert, als der Raum von einem warmen, beruhigenden Licht erhellt wird. Ich setze mich auf und presse meine Hände gegen mein Gesicht, um die aufsteigenden Tränen zu unterdrücken. Mit langsamen Erfolgen versuche ich mich zu beruhigen, schaffe es aber kaum. Es war heute noch viel schlimmer als die Male zuvor. Vielleicht liegt es daran, dass ich hier und ihr so nahe bin.

Fünf

Als ich am nächsten Morgen erwache, scheinen die Sonnenstrahlen bereits durch die Vorhänge ins Zimmer und ich kann Vögel zwitschern hören. Ein Lächeln schleicht sich auf meine Lippen. Die Vorfreude auf einen weiteren Tag am Gardasee erfüllt mich und die nächtliche Angst ist wie weggeblasen. Der Morgenmantel liegt an der Bettkante. Ich schlüpfe hinein, genieße den weichen Stoff auf meiner Haut und mache mich bereit, diesen neuen Tag zu begrüßen. Langsam öffne ich die Balkontür. Kalte Morgenluft strömt mir entgegen und lässt meine Haut prickeln. Ich schließe die Tür hinter mir. Meine nackten Füße berühren den Boden des Balkons. Es ist ein erfrischendes Gefühl, das mich wach werden lässt. Der Blick, der sich vor mir ausbreitet, raubt mir den Atem. Der Gardasee erstreckt sich in seiner ganzen Pracht vor mir, von der aufgehenden Sonne beleuchtet. Das Wasser glitzert und schimmert, als ob tausend Diamanten auf seiner Oberfläche funkeln. Finge man diesen Augenblick auf einem Foto ein, würde man sicherlich viele damit begeistern können. Ich schließe meine Augen und atme tief ein, um die frische Seeluft in mich aufzunehmen. Die Kühle auf meiner Haut und das warme Licht auf meinem Gesicht schaffen ein harmonisches Gleichgewicht. Zufrieden lehne ich mich an das Geländer des Balkons und lasse meinen Blick über den See und die Gartenanlage des Hotels schweifen. In einigem Abstand erkenne ich einen jungen Mann, der sich bereits um den Garten kümmert und die Blätter von der Wiese entfernt. Er trägt eine Jacke und Handschuhe und scheint sehr in seine Arbeit vertieft zu sein. Als ich mich umdrehe, um zurück in mein Zimmer zu gelangen, stoße ich gegen den Stuhl, der auf dem Balkon steht, und errege die Aufmerksamkeit des Gärtners. Ich blicke in sein Gesicht und erschauere. Es ist Leonardo, der mich mit großen Augen mustert. Ich blicke an mir herunter und halte meinen Morgenmantel noch fester zu. Schnell verschwinde ich im Zimmer und schließe die Tür hinter mir. Verdammt, wer ist dieser Kerl? Hausmeister, Barkeeper und auch noch Gärtner? Gibt es einen Job in diesem Hotel, den er nicht macht? Und gibt es einen Moment, an dem es zwischen uns nicht komisch ist?

Ich schlüpfe aus meinem Morgenmantel und entscheide mich für ein bequemes Outfit, das sowohl den kühlen Morgen als auch die mögliche Wärme des Tages berücksichtigt. Ich ziehe eine beigefarbene Bluse und eine bequeme Jeans über und kombiniere dazu meine farblich perfekt passenden Wanderstiefel. Das Wetter am Gardasee kann so vielseitig sein und ich möchte für alles gewappnet sein. Natürlich werfe ich mir nachher, wenn ich auf Entdeckungstour gehe, noch einen Mantel über.

Als ich das Zimmer verlasse und die Treppe hinunter in den Speisesaal gehe, werde ich von einem verlockenden Duft nach frisch gebrühtem Kaffee und Gebäck begrüßt.

Lucia begrüßt mich, als ich an der Rezeption vorbeilaufe.

»Guten Morgen, Liara. Haben Sie … ich meine, hast du gut geschlafen?«, fragt sie mit einem Hauch von Neugierde.

»Guten Morgen, Lucia. Ich habe sehr gut geschlafen, vielen Dank der Nachfrage. Ich hoffe du auch?«, erwidere ich mit einem Lächeln. Geschlafen habe ich schrecklich, aber das muss sie nicht wissen. Das ist einzig und allein mein Geheimnis.

»Es war eine sehr kurze Nacht, aber genug, um heute gut wieder in den Tag starten zu können. Darf ich dich in den Speisesaal begleiten? Dort wird sich mein Zwillingsbruder Emanuel um dich kümmern.«

»Dass Emanuel dein Zwillingsbruder ist, hätte ich niemals gedacht.« Ich halte noch während des Redens eine Hand vor den Mund. »Bitte entschuldige!«

Sie lächelt. »Macht doch nichts. Keiner hat das je geglaubt und wenn es meine Eltern nicht mit eigenen Augen gesehen hätten, dann die wahrscheinlich auch nicht. Heute Abend kann ich dir meinen Vater vorstellen, er musste geschäftlich übers Wochenende verreisen, ist aber pünktlich zu unserem Valentinstagfest wieder hier.« Erst jetzt verstehe ich die komplette Familiensituation. Lucia und Emanuel sind die Kinder des Hotelchefs. Und Leonardo? Er auch? Ich beschließe, sie ein anderes Mal danach zu fragen.

»Euer Valentinstagfest?«

»Ja, mein Vater liebt den Valentinstag, und der muss bei ihm richtig groß gefeiert werden.«

»O wow, das klingt ja interessant und nach einer tollen Idee.« Ich bin begeistert.

»Es ist immer sehr lustig. Du solltest heute Abend unbedingt dabei sein.«

»Ja, ich wäre gerne dabei. Außer es geht um Tanzen oder so, dann würde ich lieber passen«, entgegne ich ihr und muss lachen. Sie stimmt in mein Lachen ein.

»Lass dich überraschen, ich schreibe dich mit auf die Liste. Genieß dein Frühstück.« Lucia ist so aufmerksam, ihr Vater kann stolz sein, dass er zwei so fleißige und dazu auch noch freundliche Kinder seine Nachfolger nennen kann. Mein Tisch steht am Fenster und von dort kann ich fast den gesamten Gardasee sehen. Die Morgensonne wirft sanfte Strahlen auf das glitzernde Wasser. Am liebsten würde ich darin schwimmen. In einem Monat vielleicht, oder besser zwei, dann herrschen wärmere Temperaturen. Emanuel nähert sich mir und begrüßt mich mit einem Lächeln.

»Guten Morgen, haben Sie gut geschlafen? Wie darf ich Ihnen heute Morgen behilflich sein?«

»Guten Morgen. Ja, sehr. Ich hoffe Sie auch? Eine Tasse Kaffee wäre wundervoll.«

»Ja doch, es war zwar eine sehr kurze Nacht, aber genug, um heute gut in den Tag starten zu können. Einen Kaffee. Natürlich, sehr gerne.« Als er seinen Satz zu Ende gesprochen hat, muss ich lachen. Er sieht mich mit großen Augen an, so als hätte er etwas falsch gemacht, und ich habe das Gefühl, dass ich die Situation schnell auflösen sollte.

»Entschuldige, ich habe nur vorhin von Lucia genau dieselbe Antwort erhalten«, rechtfertige ich mich. Nun entspannen sich auch seine Gesichtszüge.

»O, ich verstehe. Ja, irgendwie glaubt niemand, dass wir Zwillinge sind, aber wir sind uns sehr ähnlich.« Er macht sich auf den Weg in die Bar, um meinen Kaffee zuzubereiten. Mit einem verstohlenen Blick schaue ich ihm nach, um vielleicht Leonardo zu entdecken, aber er scheint heute keinen Bardienst, sondern nur Gartendienst zu haben.

»Einen Kaffee, hier bitte. Darf es auch noch ein Omelette oder Ähnliches sein?«

»Ja, das wäre wundervoll. Ein Omelette mit frischen Kräutern, Käse und etwas Schinken bitte.« Er notiert meine Bestellung auf seinem Block.

»Ausgezeichnete Wahl. Ich bin gleich zurück!« Emanuel macht sich auf den Weg, um meine Bestellung aufzugeben. Ich wende mich der Aussicht zu und nehme mein Handy aus der Tasche und suche im Internet nach der Burg in Malcesine. Der Tagebucheintrag meiner Mutter muss gestern irgendetwas in mir ausgelöst haben, warum sonst sollte ich von einer Burg träumen. Innerhalb von Sekunden habe ich Zugriff auf Informationen und Bilder dieser historischen Burg, die sich majestätisch auf einem Hügel am Ufer des Gardasees erhebt. Während ich durch die Fotos blättere und mehr über die Geschichte der Burg lese, werde ich von einem warmen Gefühl begleitet. Dort war früher meine Mutter. Ich könnte ein Teil von ihrer Geschichte erkunden und beschließe, heute einen Ausflug dorthin zu machen. Voller Aufregung stehe ich auf und mache mich auf den Weg zum Buffet. Es ist eine wahre Augenweide. Es erstreckt sich entlang einer langen eleganten Theke und bietet für jeden Geschmack etwas an. Eine reiche Auswahl an frischem Brot, von Weißbrot bis kernigem Vollkornbrot oder Croissants und andere Backwaren, die nur darauf warten, mit Butter und Konfitüre bestrichen zu werden. Eine Vielzahl von Müslisorten, von einfachen Haferflocken bis hin zu Granola stehen bereit, begleitet von Joghurt und frischem Obst, darunter Beeren und Bananen. Auch die Käse- und Aufschnittauswahl kann sich sehen lassen. Es gibt sogar Lachs und davon lege ich mir ein großes Stück auf meinen Teller. Nachdem er so voll ist, dass kein Weiß mehr durchblickt, gehe ich zurück zu meinem Tisch. Dort hat Emanuel bereits das Omelette abgestellt und es riecht einfach herrlich. Genüsslich beginne ich von allem zu essen und höre erst damit auf, als kein Krümel Brot mehr in meinen Magen passt. Zufrieden blicke ich auf meinen Teller und stelle fest, dass ich schon lange nicht mehr so frei und voller Freude gegessen habe, denn normalerweise stressen mich meine Kontrollaugen und die »Vergissmeinnicht«-Liste viel zu sehr. Und da fällt mir ein, dass ich diese in meinem Zimmer vergessen habe. Ich muss über meinen eigenen Fauxpas lachen, denn normalerweise passieren mir solche Anfängerfehler nicht. Dann wird das Frühstück eben morgen bewertet. Mit einem vollen Bauch und einem zufriedenen Lächeln auf den Lippen verlasse ich den Frühstückssaal und mache mich auf den Weg zur Rezeption.

»*Ciao*. Hat das Frühstück geschmeckt?«

»Es war einfach köstlich. Ihr könnt stolz auf all das sein«, sage ich und deute mit dem Finger auf die Lobby.

»Ja, das sind wir auch. Das Frühstück ist allein Emanuels Werk. Er hat es jahrelang modifiziert, um zu diesem grandiosen Ergebnis zu kommen.«

»Das merkt man. Man spürt die Liebe in diesem Haus, und das gibt es nicht mehr in vielen Hotels.«

»Freut mich sehr, das zu hören. Hast du schon einen Plan für heute?«

Ich überlege kurz, wo ich anfangen soll. »Ich möchte zur Scalierburg nach Malcesine. Fährt ein Bus bis dahin oder soll ich die Fähre nehmen?«

»Du hast Glück, ich muss nachher sowieso noch in die Stadt, um etwas zu erledigen, und wenn du magst, nehme ich dich mit.« Die Idee klingt verlockend, und ich nicke begeistert.

»Das wäre großartig, danke! Sag mir einfach, wann. Hast du vielleicht einige Tipps, was ich dort alles ansehen sollte?« Lucia erklärt mir geduldig den Weg zur Scalierburg, gibt mir einige Tipps für die Besichtigung und überreicht mir eine Karte der Umgebung.

»Sehen wir uns in einer halben Stunde? Da müsste meine Ablöse kommen.«

»Perfekt, vielen Dank!« Mit einem Lächeln mache ich mich auf den Weg in mein Zimmer, um mir die Zähne zu putzen und mich für den bevorstehenden, aufregenden Tag vorzubereiten.

Sechs

»Komm, steig ein, die Fahrt dauert circa eine Stunde.«

»Danke, du weißt gar nicht, wie froh ich bin, dass du mich mitnimmst.«

»Das mache ich sehr gerne«, antwortet Lucia mit einem Lächeln und steigt in das große Auto. Ein Mercedes GLC. Ich staune nicht schlecht, als ich es sehe.

»Ich bin schon sehr gespannt auf die Burg.« Ich lege meinen Sicherheitsgurt um und wir fahren los. Wir folgen der Uferstraße, die sich eng an den See schmiegt. Der Gardasee glitzert in der Morgensonne und die Berge spiegeln sich verzerrt im klaren Wasser wider. Die Fahrt ist gesäumt von üppigen Zitronenbäumen, die Limone seinen Namen gegeben haben, und von charmanten kleinen Dörfern, die sich an den Hang schmiegen.

»Malcesine ist wirklich wunderschön. Du musst unbedingt im Sommer einmal hierherkommen, da wimmelt es in den kleinen Gassen nur so von Touristen. Alle Bars und Restaurants sind gut besucht und die gute Laune sprüht nur so aus den Gesichtern der Menschen! Und der gesamte Gardasee ist voller Wassersportler. Überall sieht man Kite- und Paragliding-Schirme auf dem Wasser.«

»Wow, das klingt wahnsinnig schön. Ich wollte schon immer einmal einen Paragliding-Flug machen. Ab wann startet die Frühlingssaison hier am See?«, frage ich sie neugierig.

»Ungefähr in zwei bis drei Wochen, da wird dann das Wetter milder und die Natur erwacht zu neuem Leben, die Blumen beginnen zu blühen und die meisten Gäste kommen mit ihren Fahrrädern oder Wanderschuhen.«

»Das stelle ich mir sehr schön vor, wenn alles so langsam wieder aus seinem Dornröschenschlaf erwacht. In einem der Prospekte habe ich gelesen, dass ihr auch jetzt um diese Jahreszeit Wanderungen anbietet. Irgendwie würde es mich reizen, eine davon mitzumachen.«

»Es ist jedes Jahr ein sehr besonderer Moment. Wenn es von Frühling auf Sommer umschlägt, so Ende Mai, dann gibt es hier am Gardasee überhaupt kein Halten mehr. Dann sind alle komplett aus dem Häuschen und in ihrem Element. Aber unsere Saison läuft das gesamte Jahr durch, liegt wahrscheinlich an unserem großartigen Spa- und Winterwanderangebot. Wenn du willst, kann ich dich zu einer der geführten Wanderungen der nächsten drei Wochen anmelden.«

»Sehr gerne. Ich möchte hier, so viel es geht, erleben. Vielleicht könntet ihr mir auch eine geführte Wanderung durch die Ortschaft geben, ich möchte alles darüber erfahren«, sage ich und muss dabei lachen. Auch Lucia stimmt mit ein.

»Wenn du möchtest, könnte ich den Wanderführer bitten, seine Route durch das gesamte Städtchen zu machen.« Die Zeit im Auto vergeht wie im Fluge und Malcesine nähert sich von Minute zu Minute. Die Fahrt ist ein wahres

Vergnügen, denn die Straße verläuft konstant entlang des Gardasees. Wir nähern uns dem Städtchen und die Scalierburg erhebt sich majestätisch auf einem Hügel am Seeufer. Letztendlich parken wir das Auto in der Nähe des historischen Zentrums.

»Ich muss kurz in die Stadt und einige Blumengestecke für heute Abend abholen, du wirst sehen, es wird ein wahres Fest. Wenn du magst, kannst du mich begleiten, oder ich suche dich nachher in der Stadt. Ganz wie du willst!«

»Wenn es für dich in Ordnung ist, dann würde ich schon einmal allein starten und du meldest dich einfach, wenn du alle Besorgungen gemacht hast?«, frage ich sie voller Vorfreude darauf, das Städtchen zu entdecken. Sie nickt zustimmend.

»Tippe mir hier bitte deine Nummer ein, dann rufe ich dich an, wenn ich so weit bin«, sagt sie und hält mir ihr Smartphone hin. Und nachdem ich ihr meine Kontaktdaten gegeben habe, verabschiedet sie sich in die linke Richtung, ich laufe der Scalierburg entgegen. Die engen Gassen, die dort hinführen, sind von tollen Geschäften und Restaurants umgeben. Je näher ich dem prächtigen Bauwerk komme, umso eindrucksvoller wird der Ausblick auf den See. Ich nehme mein Handy zur Hand und beginne ein paar Fotos von der Schönheit dieser Stadt zu machen. Für den restlichen Weg folge ich der Schilderung zur Burg. Der Weg führt bergauf und schon bald erreiche ich den Eingang. Vor mir erstrecken sich die mit Sicherheit dreißig Meter hohen Mauern und ich staune. Die Burganlage ist gut erhalten und bietet zahlreiche Möglichkeiten zur Erkundung.

Aber ich möchte den Punkt suchen, den meine Mutter so außergewöhnlich gefunden und ihren Geheimplatz genannt hat. Ich nehme das Tagebuch aus meinem Rucksack und blättere zu der Seite, die ich gestern Abend gelesen habe, und suche nach der richtigen Passage.

… Dafür geht man in den oberen Stock und läuft zum Aussichtspunkt. Aber wer glaubt, dass es sich hier schon um die schönste Aussicht handelt, liegt falsch, denn dafür man muss den mit Steinen auf dem Boden eingemauerten Halbkreis betreten, dann zu der Mauer laufen, die einen Dreizack bildet (Achtung! Es muss der rechte Dreizack sein) und anschließend steckt man seinen Kopf rechts von dem Dreizack durch das Loch und blickt auf den See.

Ich folge der Beschreibung meiner Mutter und laufe wie ein Schnitzeljäger durch die Burg. Es dauert einen Moment, bis ich die Aussichtsplattform und den darauf mit Steinen eingemauerten Halbkreis entdecke. Als ich endlich davorstehe, erschließt sich mir auch der Dreizack. Es handelt sich um die Zinnen der Burg. Dreizack. Bei dem Gedanken, wie meine Mutter das Schloss beschrieben hat, muss ich lachen. Sie meint die Zinnen, die auf jeder Festungsanlage zu finden sind und nicht nur als Dekoration dienten, sondern auch als Schutz zur Verteidigung. Ich stelle mich hinter den »Dreizinn« und strecke meinen Kopf aus der rechten Öffnung. Von hier kann man den gesamten See, die umliegenden Berge und das malerische Dorf Malcesine erblicken. Dieser Ausblick berührt mich und mir wird ganz flau im Magen, wenn ich daran denke, dass genau hier meine Mamma gestanden hat. Diese Tatsache verleiht dem Ort eine noch größere Bedeutung. Es ist, als ob ich einen Schritt in die Vergangenheit meiner Mutter gemacht hätte. Ich liebe es. Ich liebe alles hier. Die Erinnerungen aus dem Tagebuch werden lebendig und ich fühle mich ihr sehr nahe. In meinen Augen bilden sich Tränen, die ich versuche zu unterdrücken. Wie sehr ich mir wünsche, sie noch einmal zu umarmen und ihr zu sagen, wie sehr ich sie liebe.

»Hier bist du. Ich bin schon die ganze Burg abgegangen«, ertönt eine zarte Stimme hinter mir. Schnell wische ich mir die Tränen von der Wange, bevor ich mich zu Lucia umdrehe.

»*Ciao*. Ich komme aus dem Staunen gar nicht mehr heraus. Der Ausblick lässt sich auf keinem Foto festhalten. Ich bin total überwältigt«, versuche ich meine sicherlich roten Augen zu rechtfertigen. Sie lächelt mich liebevoll an.

»Ja, der Gardasee strahlt etwas Magisches aus und auch wenn ich ihn jeden Tag sehe, bin ich immer wieder aufs Neue überwältigt«, sagt sie und gesellt sich zu mir an die Zinnen.

»Konntest du alle Besorgungen erledigen?«

»Ja, alles bereits gut und sicher im Auto verstaut. Hast du noch Lust auf ein Stück Kuchen? Ich kenne da eine ausgezeichnete Pasticceria.«

»O ja, Kuchen wäre wundervoll«, sage ich und verabschiede mich mit einem letzten Blick von der Lieblingsaussicht meiner Mutter. Gemeinsam laufen wir zurück in das Städtchen und betreten eine kleine Konditorei, in der ein verlockender Duft von frischem Gebäck und Schokolade in der Luft liegt. Die Einrichtung besteht aus altem Holz, das eine warme und einladende Atmosphäre ausstrahlt. Wir setzen uns an einen Tisch am Fenster, um die Aussicht auf die engen Gassen und den Gardasee zu genießen. Eine ältere, etwas mollige Frau stellt sich an unseren Tisch.

»*Buongiorno*, was darf ich euch bringen?« Genauso würde ich mir eine Oma vorstellen. Mit blumiger Schürze, kurz geschnittenen grauen Haaren und etwas breiteren Hüften.

»*Ciao* Antonia. Für mich bitte eine heiße Schokolade mit Sahne und ein Stück deines Karottenkuchens. Aber bitte den mit dick Zitronenglasur obendrauf.« Ich blicke noch schnell in Richtung der Auslage, bevor mich die äl-tere Dame mit geradem Blick ansieht.

»*Buongiorno*«, begrüße ich sie. »Für mich auch bitte eine Schokolade mit Sahne und dazu am besten den schokoladigsten Kuchen, den Sie haben.« Sie nickt uns zu, nachdem sie das letzte Wort auf ihren kleinen Block geschrieben hat, und stapft zurück hinter die Theke. Ich wende meinen Blick ab und konzentriere mich auf das Geschehen vor der kleinen Konditorei, bis mich Lucia aus meinen Gedanken reißt.

»Es sind gerade alles Einheimische hier. Du müsstest sehen, wie es hier im Sommer zugeht, da kann man sich vor Touristen nur in Sicherheit bringen.« Sie blickt durch die zwar gut besuchte, aber immer noch nicht aus allen Nähten platzende Pasticceria.

»Das kann ich mir nur zu gut vorstellen. Ich kann nicht glauben, dass ich noch nie hier war. Es ist alles so wunderschön und ich glaube, dass es im Sommer noch viel schöner sein wird«, antworte ich und blicke verträumt auf den See.

»O ja, die Sommer hier sind super. Du musst unbedingt kommen und alles mit eigenen Augen sehen. Aber noch lieber mag ich den Frühling. Da erwacht das gesamte Gebiet aus dem Winterschlaf und verwandelt sich in ein buntes Blumenmeer. Die Tage werden wieder länger und die Sonne von Tag zu Tag wärmer. Und wie herrlich dann die Zitronenbäume bei uns in Limone duften. Überall, und ich übertreibe nicht, wirklich überall riecht es nach Zitrusfrüchten. Die Gassen füllen sich langsam mit Touristen, die die ersten warmen Tage genießen. Es werden Feste gefeiert und Veranstaltungen organisiert. Einheimische feiern die Rückkehr des warmen Wetters mit Musik, traditionellem Essen und sehr viel Wein. Dann gibt es auch mehr Wassersportangebote und der halbe Gardasee ist voller Kitesurfer und Paraglider. Es ist einfach eine Freude und das Schöne ist, es dauert nicht mehr lange bis dahin. In drei bis vier Wochen beginnt der Frühling«, sprudelt es aus Lucia heraus. Ich kann mich vollkommen in ihre Erzählungen hineinversetzen.

»Das klingt alles so, als möchte man dabei sein. Vielleicht kriege ich am Ende meiner Reise noch ein kleines bisschen Frühling mit.«

»Ja, bestimmt. Es wird jetzt schon jeden Tag etwas angenehmer. Drei Wochen Urlaub am Gardasee sind toll.

Allerdings hast du mit Februar eine weniger schöne Zeit erwischt. Abgesehen von uns haben alle Hotels geschlossen und dementsprechend gibt es weniger Freizeitangebote. Aber ich finde es schön, dass du bei uns bist.«

»Ich bin sehr gerne bei euch.«

»Das ist schön zu hören.« Sie lächelt.

»Und du und dein Zwillingsbruder führt das Hotel mit deinen Eltern?«

»Jein. Meine Mutter hat uns verlassen, als wir noch klein waren. Sie ist mit einem anderen Mann weggegangen und besucht uns meistens nur zu den größten Feiertagen. Aber das ist okay so, denn mein Vater hat sich immer rührend um uns gekümmert, auch wenn er neben dem Hotel viel zu tun hatte. Und bis vor Kurzem war auch meine Nonna noch eine große Hilfe, sie ist aber leider verstorben«, erzählt Lucia frei heraus.

»Oh, das tut mir sehr leid. Entschuldige, dass ich gefragt habe«, sage ich voller Scham.

»Macht nichts. Sie hatte einen Schlaganfall und durfte sofort und ohne Leiden von dieser Welt gehen. Einen schöneren Tod hätte ich ihr nicht wünschen können. Aber ja, wie du vermutlich weißt, ist es sehr komisch ohne sie, aber ich bin froh, so einen tollen Bruder und Vater zu haben. Aber ich bin auch um diese Momente froh, wie mit dir hier zu sitzen und eine heiße Schokolade zu genießen. Apropos, wo bleibt sie denn?«, fragt sie und blickt über den Tresen. Genau in diesem Moment hievt Antonia, die Besitzerin der Pasticceria, das Tablett auf ihren Arm und macht sich auf den Weg zu uns. Die heiße Schokolade ist mit Schlagsahne und Schokoladenstreuseln verziert. Auch der Kuchen ist liebevoll angerichtet und sieht zum Anbeißen aus.

»*Grazie mille*«, erklingen Lucia und ich im Chor und müssen dabei lachen. Alles riecht bezaubernd und ich kann es kaum erwarten loszulegen. Der erste Schluck ist ein wahrer Genuss – cremig, reichhaltig und köstlich. Die Schokolade wärmt mich von innen und ist genau das, was ich an diesem kühleren Tag gebraucht habe. Und als ich eine Gabel von dem Kuchen in meinen Mund schiebe, ist es um mich geschehen. Wenn es eine greifbare Zutat namens Liebe wirklich gäbe, wäre sie hier drin.

Nachdem wir alles aufgegessen haben, machen wir uns auf den Weg zurück zum Auto.

»Danke, dass du mich begleitet hast«, sagt Lucia, als sie die Autotür hinter sich geschlossen hat.

»Ich danke dir, dass ich diesen ersten Weg in der großen weiten Welt des Gardasees nicht allein machen musste.« Wir beide lachen und sie startet den Motor. In Gedanken verabschiede ich mich von Malcesine und der Scalierburg mit dem Wissen, sicher nicht das letzte Mal hier gewesen zu sein. Das Wasser glitzert in der Sonne und der Gardasee zeigt sich von seiner schönsten Seite. Ich kann nicht aufhören, aus dem Fenster zu schauen, um diese zauberhafte Aussicht zu genießen. Es hat mir eine große Freude bereitet, das Städtchen zu erkunden, und für morgen habe ich mir fest vorgenommen, auch Limone genauer unter die Lupe zu nehmen. Vielleicht kann ich ja herausfinden, wo genau und in welchem Haus meine Mama gelebt hat.

Sieben

Als wir ins Hotel zurückkehren, ist das gesamte Team in heller Aufregung, da es sich bei dem Valentinsdinner um ein ganz besonderes Ereignis handelt. Emanuel ist schon den halben Tag damit beschäftigt, den Speisesaal auf Vordermann zu bringen, und in der Küche brodelt es in den Töpfen in Rosa- und Rottönen.

»*Ciao* Manu, wir sind zurück«, ruft Lucia in den Speisesaal. Emanuel tätigt gerade letzte Handgriffe an den festlich gedeckten Tischen. Sie sind mit elegantem Geschirr, funkelnden Gläsern und roten Rosenblättern geschmückt. In der Mitte jedes Tisches steht eine Vase, in die die vielen Blumen gestellt werden, die wir heute aus Malcesine geholt haben. Ich liebe genau diese Atmosphäre in einem Hotel und beneide die beiden ein bisschen, dass sie das Tag für Tag erleben können.

»Wäre es für euch in Ordnung, wenn ich etwas mithelfe? Ich liebe es zu dekorieren«, frage ich Lucia vorsichtig. Ich rechne schon mit einem Nein, denn wer will schon einen Gast zum Arbeiten auffordern.

»Wenn du das möchtest, dann sehr gerne. Wir könnten definitiv noch etwas Unterstützung gebrauchen.«

Emanuel nickt zustimmend und fügt hinzu: »Ja, es gibt noch so viel zu tun.«

Ich freue mich, mich ihnen anzuschließen, und wir machen uns gemeinsam an die Arbeit. Während Emanuel noch die letzten Servietten zu Rosen faltet, arrangieren Lucia und ich die Blumen.

»Es kommt nicht oft vor, dass uns Gäste helfen«, sagt Emanuel plötzlich aus dem Nichts und lächelt mich dabei an.

»Es macht mir nichts aus, ich tue das sogar sehr gerne. Als Kind und als Teenager habe ich mir immer gewünscht, ein eigenes Hotel zu haben«, gestehe ich ihm.

»O ja, die Vorstellung von einem Hotel ist wunderschön, aber es ist nicht immer einfach, das kannst du mir glauben. Für mich gibt es trotzdem keinen schöneren Beruf als den hier!« Er sieht sich im Speisesaal um.

»Das merkt man, sehr sogar«, antworte ich und blicke ebenfalls umher.

Nachdem die Tische fertig sind, widmen wir uns der Bar. Wir dekorieren sie mit roten und weißen Ballons und schmücken sie mit Herzen und Girlanden. Die Atmosphäre wird immer romantischer, je weiter wir vorankommen. Die Windlichter, die wir in die Mitte der Tische gestellt haben, flackern sanft, die Tische sind festlich gedeckt, und die Blumen verbreiten einen herrlichen Duft.

»Danke, dass du uns geholfen hast«, sagt Lucia, als wir den Raum verlassen und sie wieder ihre gewohnte Position hinter der Rezeption einnimmt.

»Es hat mir großen Spaß gemacht. Danke für den schönen Tag heute. Ich werde mich jetzt noch etwas in die Sauna und den Whirlpool legen und mich dann für mein romantisches Abendessen allein zurechtmachen«, witzle ich.

»Ich lade dich ein, mit uns zu essen. Es dauert zwar ein wenig, bis alle Gäste versorgt sind, aber anschließend haben wir ein großes und sehr lustiges Valentinsessen mit all unseren Mitarbeitern. Bitte sag ja«, fleht sie mich schon fast an.

»Das würde mich sehr freuen.« Ich winke ihr zum Abschied zu und begebe mich zu meinem Zimmer. Ich muss zugeben, dass ich mich sehr auf das Essen freue. Aber noch mehr freue ich mich auf eine heiße Sauna und einen hoffentlich guten Aufguss. Im Zimmer schlüpfe ich aus meinen Klamotten und sogleich in meinen Bikini und werfe mir den kuschligen Bademantel über. Mit Badelatschen und der Saunatasche, gefüllt mit dem Tagebuch sowie einer Flasche Wasser und einem Handtuch in der Hand mache ich mich auf den Weg in den Wellnessbereich des Hauses. Der Wellnessbereich ist ein wahres Paradies der Ruhe und Entspannung. Sanftes Licht füllt den Raum und leise Musik im Hintergrund trägt zur beruhigenden Atmosphäre bei. Der Ruheraum ist in verschiedene Bereiche unterteilt, die jedem Gast die Möglichkeit bieten, seine eigene Wohlfühloase zu finden. Liegen, mit kuscheligen Decken und weichen Kissen ausgestattet, laden zum Entspannen ein. Panoramafenster öffnen den Blick auf einen sorgsam gestalteten Garten, der das Gefühl von Ruhe und Harmonie verstärkt. Ich suche mir eine Liege aus, lege mein Handtuch darauf und lasse mich nieder. Es haben sich bereits ein paar Gäste im Ruheraum bequem gemacht. Wir sind alle hier, um uns zu erholen und den Alltagsstress hinter uns zu lassen. Die Vorfreude auf den geplanten Aufguss steigt. Um kurz vor siebzehn Uhr machen sich alle Interessierten auf den Weg in die große Panoramasauna, von der sich ein weitläufiger Blick auf den Gardasee bietet. Als ich die Tür zur Sauna öffne, steht der Saunameister mit dem Rücken zu mir. Er trägt ein weißes schmales Handtuch um die Hüften und ist ansonsten splitterfasernackt. Ich bin gerade dabei, mich an ihm vorbeizuschleichen, um an einen der begehrten Plätze auf den oberen Reihen zu gelangen, als er sich zu mir umdreht und wir beide zusammenstoßen. Das Wasser, das er in einem Kübel in den Händen gehalten hat, verteilt sich quer über den ganzen Boden und ein angenehmer Duft breitet sich aus. War es Zitrone oder doch Orange? In meiner Verzweiflung, schnell alles mit dem Handtuch, welches ich eigentlich als Sitzunterlage nehmen wollte, aufwischen zu wollen, bemerke ich gar nicht, wer vor mir steht. Erst als er sich zu mir auf den Boden kniet und mir zu verstehen gibt, dass nichts passiert ist, realisiere ich, mit wem ich kollidiert bin.

»Lass ruhig. Das trocknet schon von allein«, sagt Leo, der mir dabei tief in die Augen blickt und seine Hände an meine gelegt hat. Irgendetwas ist anders als das letzte Mal. Die Augenfarbe kommt heute noch intensiver zur Geltung. Oder ist es sein nackter Oberkörper, der sie noch mehr zum Vorschein bringen lässt? Ein kleines bisschen Aufregung steigt in mir empor. In meinem Bauch kribbelt es, aber ich schiebe die Schuld auf die heiße Schokolade von vorhin. Vielleicht war die Milch nicht mehr die frischeste oder so. Er sieht weiter ununterbrochen in mein Gesicht und wartet auf eine Reaktion von mir. Doch ich starre ihn einfach nur an, ohne ein Wort zu sagen. *Lass ruhig,* hallt seine Stimme in meinem Kopf nach. Warum muss der Idiot sich so unberechenbar bewegen? Und die noch bessere Frage ist: Was macht er hier? Ist er das Allroundtalent des Hotels und wird überall dort eingespannt, wo man ihn gerade braucht? Oh, das Gras ist zu lang gewachsen? Leonardo, bitte kümmere du dich darum. Es wären Koffer in die Zimmer zu schleppen, bitte, Leo, würdest du das erledigen? Nach dem Abendessen brauchen die Gäste eine Bar mit Cocktails, Leo, dabei bist du unser Mann und in der Zwischenzeit, wo du nicht viel zu tun hast, könntest du dich noch um die Sauna kümmern? Viele werden seinen Anblick mit Sicherheit genießen, doch mir geht er langsam auf den Wecker, wenn er nicht damit aufhört, sich in meinen Weg zu stellen.

»Guten Abend! Schön, dass ihr heute alle hier seid. Bitte nehmt ruhig in der Zwischenzeit Platz, während ich mich um neue Utensilien für den heutigen Aufguss kümmere. Irgendwie kamen die gerade zu Schaden«, sagt er in den Raum und blickt am Ende seines Satzes zu mir. Wärme schießt mir ins Gesicht. Ich bin sicher, dass sich meine Wangen knallrot färben.

Wie bestellt und nicht abgeholt stehe ich noch an meinem Platz, als Leo mit neuem Wasser in der einen Hand und drei großen Schneebällen in der anderen zurückkehrt. Vorsichtig legt er alles auf seinem Tisch ab, weit genug von mir entfernt, denkt er sich bestimmt. Meines Erachtens ist er an dem Zusammenstoß mehr schuld als ich. Auf dem Arm trägt er ein sauberes Handtuch, das er mir aus zwei Metern Entfernung zuwirft und mir signalisiert, dass ich es als Sitzunterlage verwenden kann. Ich tue, wie mir geheißen wird, und setze mich auf einen noch freien Platz in der ersten Reihe.

»So, wenn wir alle vollzählig sind, schließe ich die Türen. Wir werden gleich mit dem Aufguss starten. Es steht natürlich jedem frei, wann er die Sauna verlässt. Sollte es zu heiß werden, dann bitte ich euch, den Raum zu verlassen. Der heutige Aufguss steht unter dem Motto *Liebe* und ich werde versuchen, so viel Liebe, wie es nur geht, mit diesem Aufguss an euch zu verteilen. Beginnen werde ich mit einem zarten Rosenduft, dann folgen weitere Durchgänge mit aromatisiertem Jasmin und abschließend mit erfrischender Zitrone. Ich wünsche euch einen guten Aufguss und gut Schwitz.« Er nimmt einen der überdimensionalen Schneebälle in die Hand und legt ihn auf die heißen Steine. Sofort steigt Dampf auf und ein angenehmer Duft erfüllt den Raum. Wärme umhüllt mich und meine Nasenspitze und ich spüre, wie meine Haut zu arbeiten beginnt und sich auf das bevorstehende Schwitzen vorbereitet. Während Leonardo den Aufguss zelebriert, kreuzen sich unsere Blicke. Sein intensiver Blick fängt meinen ein und für einen Moment scheinen wir die Welt um uns herum zu vergessen. Die Hitze der Sauna verstärkt die Spannung zwischen uns und ich frage mich, ob er genauso fühlt wie ich. Ich versuche immer wieder, den Blick von ihm abzuwenden, doch es gelingt mir nicht, denn seine Bewegungen sehen so schön und geschmeidig aus, dass man sie einfach betrachten muss. Als er den letzten Schneeball auf die heißen Steine wirft, umhüllt mich ein Geruch von frischen Zitronen. Ich erkenne diesen Duft, denn er wird an mehreren Stellen des Hotels genutzt. Sicherlich stammt er von den hauseigenen Zitronenbäumen, die laut Lucia überall im Garten wachsen. Ich genieße die letzten Momente und atme tief ein und aus und lasse mich fallen. Der Aufguss ist ein erhebendes Erlebnis, und ich koste jeden Moment davon aus. Leider ist er zu schnell vorbei.

»Vielen Dank, dass ihr alle dabei wart, ich hoffe, es hat euch gefallen. Draußen zwischen den Zitronenbäumen habe ich noch ein kleines Getränk für euch vorbereitet. Bis zum nächsten Mal«, sagt er und sammelt seine Utensilien ein, die er dann vor der Sauna abstellt. Die ganze Horde Menschen, die gerade eben noch in der Sauna gesessen hat, läuft wie Schäfchen nach draußen und versammelt sich um den Getränketisch im Garten.

»Und passend zum Motto haben wir heute einen roten Granatapfelsaft. Schenkt euch gerne nach, wenn er euch schmeckt. Solltet ihr Fragen haben, stehe ich euch jederzeit bereit«, sagt Leo und verteilt die Gläser an die Gäste. Um ihn hat sich bereits ein Grüppchen junger Damen in meinem Alter gebildet, welche ihn mit ihren Blicken anschmachten. Eine davon ist sicher darauf aus, ihr Valentinsdinner mit ihm zu verbringen. Oder sogar die Nacht? Schnell versuche ich diese Gedanken wieder loszuwerden. Warum stört er mich eigentlich? Mir doch egal, was er macht. Ich greife mir durch die Menge hindurch einen Saft und nippe langsam daran. Es ist hier draußen kälter als gedacht und meine Lippen zittern bereits, doch das Schlachtfeld der aufreizenden Damen möchte ich noch nicht verlassen. Wiederholt fällt Leos Blick auf mich und ich schäme mich etwas dafür, dass meiner in diesen Momenten auch jedes Mal auf seinem liegt. Er drängelt sich durch die Menschen zu mir und bleibt vor mir stehen.

»Deine Lippen haben sich schon etwas bläulich verfärbt. Wenn du frierst, dann wäre es von Vorteil, nach drinnen zu gehen«, sagt er mit besorgter Stimme.

»Nein, mir ist gar nicht so kalt«, antworte ich mit zitternden Lippen und wickle mein Handtuch enger um mich. Warum habe ich Doofi meinen Bademantel vergessen? Er lächelt mich an.

»Also normalerweise, wenn ich friere, dann sehe ich genauso aus wie du, aber bitte, ich bin ja nur der Laie«, sagt er mit einem Zwinkern und wendet sich von mir ab, um zu dem Hühnerhaufen zurückzukehren. Ich habe seinen Plan, mich loszuwerden, um mit den vielen Tussis allein zu sein, schon verstanden. Um ehrlich zu sein, interessiert es mich gar nicht und da ich wirklich friere, trete ich den Weg nach drinnen an. Ich lege mich jedoch nicht auf eine der Liegen, nein, ich schnappe mir meine Sachen und laufe direkt in mein Zimmer. Dort dusche ich schnell, lasse mich anschließend auf das Bett fallen und ärgere mich über sein Verhalten. Vielleicht sollte ich Lucia und Emanuel vorschlagen, dass sie sich einen neuen Mitarbeiter suchen sollen, der für sie alle Aufgaben erledigt. Ich blicke auf mein Handy, das mir verrät, dass ich noch mehr als genug Zeit habe, bis das »Mitarbeiterdinner« beginnt. Zuerst werden alle Gäste, zu denen ich normalerweise auch gehören würde, versorgt und anschließend gibt es ein großartiges Dinner für die Mitarbeiter und deren Partner. Natürlich gibt es ein paar Back-up-Mitarbeiter, die sich um die Gäste kümmern, aber es sind alle zur Feier eingeladen. Bisher hatte ich nichts gegen den Valentinstag. Wenn ich in einer Beziehung war, habe ich ihn genossen und in meinen Zeiten als Single habe ich ihn mit meiner Mutter verbracht. Dieses Jahr ist es irgendwie komisch ohne Mama. Ich war heilfroh über Lucias Einladung, mit ihnen zu feiern. Als ich so in dem Bett liege und vor mich hin philosophiere, fällt mein Blick auf die Wellnesstasche, aus der das Tagebuch hervorblitzt. Eine Seite werde ich lesen, nur eine. Für dich Mama, damit wir den Tag trotzdem miteinander verbringen.

Limone, 7. Juni 1994

Kuckuck, Tagebuch,
ich hatte gestern keine Zeit, mich zu melden, dabei hast du bestimmt schon sehnsüchtig auf meine Erzählung von Malcesine gewartet, oder? Es war einfach traumhaft, so viel kann ich dir verraten. Ich wollte auf jeden Fall zu meinem Lieblingsplatz hoch und den schönsten Ausblick auf den Gardasee erhaschen. Und dann kam der Moment, den ich mit Sicherheit nie mehr vergessen werde. Marco drückte mir einen Kuss auf meinen Mund und es fühlte sich so gut an. Überall in mir kribbelte es. Ich war überglücklich – aber das war noch nicht alles, denn als wir wieder zurück nach Limone kamen, hat er mich bis nach Hause begleitet und wir haben noch stundenlang in unserem Garten gesessen und geredet. Mit seinem Taschenmesser hat er ein Herz in einen der Bäume in unserem Garten geschnitzt. Er sagte, dass dieses Herz und dieser Baum unsere Liebe signalisieren sollen. Jetzt halte ich jedes Mal, wenn ich unsere Straße entlanglaufe, danach Ausschau. Es versteckt sich zwischen den Bäumen und Sträuchern und vor der türkisfarbenen Hauswand ist es nicht leicht zu entdecken. Ja türkis, du hast richtig gehört. Mama hatte die blendende Idee, das Haus so zu streichen, um sich von den anderen Häusern abzuheben, aber auch, damit es leichter gesehen und gefunden werden kann. Sie findet weiße oder gelbe Häuser, so wie die anderen alle sind, langweilig. Ich könnte alles vor Freude in der Luft zerreißen, so glücklich bin ich. Hoffentlich endet dieses Gefühl nie und ich darf ihn auch in fünfzig Jahren noch lieben.
Deine Am(ore)alia

»Könnt ihr beide euch heute bitte um den Nachmittagsansturm kümmern? Ich muss nach Riva einige Besorgungen machen«, sagt Franco, der Chef des Hotels, zu mir und dem Schönling. Wir beide nicken und machen uns auf den Weg in den Garten. Seit gut einer Woche arbeite ich hier und es läuft von Tag zu Tag besser. Auch mit dem Schönling. Manchmal ist er ein kleines bisschen witzig. Und am meisten liebe ich es, im Garten des Hotels zu arbeiten, denn dieser ist ein wahrer Schatz am Ufer des Gardasees. Sobald man durch die Gartentore tritt, wird man von der unvergleichlichen Schönheit dieses Ortes verzaubert. Der Garten ist mit Oliven- und Zitronenbäumen bepflanzt, die ihre schattigen Äste über die Stühle und Tische ausbreiten, um den Gästen einen kühlen Rückzugsort vor der Nachmittagssonne zu bieten. Die Stühle und Tische sind sorgfältig angeordnet und laden die Gäste dazu ein, sich niederzulassen und den atemberaubenden Blick auf den Gardasee zu genießen. Man kann das glitzernde Wasser des Sees sehen, die Spaziergänger auf der Promenade beobachten oder einfach nur die Schönheit der Umgebung in sich aufnehmen. Lichterketten sind im Garten aufgehängt und fügen dem Ambiente eine gemütliche Note hinzu. In den Abendstunden sorgen sie für eine romantische Atmosphäre, die die Gäste verzaubert. Ich schlendere durch den Garten und genieße die Arbeit. Der Schönling hat sich hinter die Außenbar begeben und bereitet die Getränke und Eisbecher zu, die ich bei den Kunden aufnehme.

»Amalia, du musst schneller sein, sonst verlieren wir die Bestellungen an unsere Konkurrenz«, sagt er mit einem

Zwinkern, dabei ist er derjenige, der meine vielen Aufnahmen nicht abarbeiten kann. Ich kann nicht anders, als über seine Neckereien zu lachen.

»Vielleicht sollte ich mich teilen, dann könnte ich die Gäste bedienen und dir helfen«, antworte ich und strecke die Zunge raus.

»Ich wäre dir sehr dankbar, wenn du mir kurz helfen könntest. Die wollen alle so schwierige Eisbecher.«

Ich grinse. Es ist ja nicht so, als würde ich sie den Leuten aufdrängen. »Wie bitte? Ich habe dich leider nicht sehr gut verstanden.« Er verdreht seine Augen.

»Würdest du mir bitte, bitte, bitte helfen?«

Ich schmunzle und nicke.

»Klar, ich helfe dir natürlich sehr gerne aus der Patsche!«

Er gibt mir einen Schubs und lacht und auch ich stimme mit ein. So doof, wie er noch in der Schule war, ist er eigentlich gar nicht.

Zurück in Limone bei Liara

Als ich das Tagebuch zur Seite lege, grinse ich breit. Es enthüllt nicht nur die Schönheit dieses Ortes, sondern auch Amalias Emotionen und Erlebnisse. Und Geheimnisse, von denen sie mir wahrscheinlich nie erzählt hätte. Es ist, als ob ich einen Blick in ihre Vergangenheit werfe und ein besseres Verständnis für sie und meine eigenen Wurzeln gewinne. Ihre Worte lassen Raum für Spekulationen und ich frage mich, wer dieser geheimnisvolle junge Mann war. Auch lässt mir die Frage keine Ruhe, wer mir dieses Tagebuch geschickt hat. Verwundert und glücklich lege ich das Tagebuch zur Seite und hüpfe von dem Bett. Aus meinem Rucksack krame ich den Laptop, denn eigentlich sollte ich etwas arbeiten, auch wenn mir dies die letzten Tage einfach nicht gelungen ist. So kenne ich mich gar nicht und deshalb zwinge ich mich jetzt an den Computer, um zumindest ein kleines bisschen von meiner »Vergissmeinnicht«-Liste abzuarbeiten. Die Arbeit läuft träge und ich kann es kaum erwarten, mich von ihr zu lösen und an der Mitarbeiter-Valentinsfeier teilzunehmen. Nach guten zwei Stunden schließe ich meinen Laptop und stehe auf. Ein Blick in den Spiegel sagt mir, dass es nötig ist, mich aufzuhübschen. Ich steige in die Dusche und lasse das warme Wasser meine Verspannungen lösen. Es tut gut nach dem angenehmen Saunagang. Aus meinem Koffer suche ich das elegante rote Kleid heraus, das ich zu besonderen Anlässen anziehe. Der heutige Abend fühlt sich definitiv nach einer solchen Gelegenheit an. Ich lasse meine Haare locker über meine Schultern fallen und füge ein dezentes Make-up hinzu. Der Blick auf die Uhr verrät, dass es fast zehn Uhr abends ist. Mein Herz klopft vor Aufregung, als ich das Hotelzimmer verlasse und den Flur hinuntergehe, um zur Treppe zu gelangen. Geräusche dringen bereits aus dem kleineren Speisesaal, in dem die Feier stattfinden wird. Dieser wird nur dann benutzt, wenn das Hotel zu 100 % ausgebucht ist, so hat es mir Lucia zumindest erklärt. In die Musik mischt sich Lachen und ich muss lächeln. Als ich an der Rezeption ankomme, steht Lucia hinter dem Tresen.

»*Ciao* Liara, da bist du ja endlich. Ich habe auf dich gewartet, damit du nicht allein die große unbekannte Feier stürmen musst. Ich mag das auch nie.« Mir fällt ein Stein vom Herzen, denn ich muss mich auch immer zu so etwas überwinden.

»Danke, das weiß ich sehr zu schätzen. Hattest du noch einen entspannten restlichen Nachmittag?«

»Je nachdem, was man unter entspannt versteht,« wirft sie lächelnd in den Raum. »Zwei Kunden hatten Extrawünsche, was das Valentinsfest angeht, aber der Rest war nett und hat sich über unsere Idee gefreut.«

»Wie könnte es auch anders sein. Ich jedenfalls bin schon sehr gespannt auf den heutigen Abend und freue mich riesig, dass ich dabei sein darf.«

»Es freut uns auch sehr, dass du dabei bist. Wollen wir?«, fragt sie mich mit großen Augen. Ich nicke zustimmend und folge ihr in den kleinen Speisesaal. Schon von Weitem erklingt das fröhliche Stimmengewirr der Mitarbeiter, die

Cocktails schlürfen und sich angeregt unterhalten. Das gedämpfte Licht und das Brummen der Gespräche verleihen dem Raum eine gemütliche Atmosphäre.

»Ich finde die Idee übrigens super, dass auch die Partner der Mitarbeiter kommen dürfen«, sage ich, während wir den Raum betreten.

»Ein Job im Gastgewerbe ist nie einfach, denn an den schönen Feiertagen muss man meistens arbeiten, und so fanden wir diese Lösung am besten. Zuerst eine Runde arbeiten und dann alle zusammen feiern. Und es kommen meist wirklich alle Partner«, erzählt sie mir volle Freude. Ich schaue in die Runde, kenne jedoch nur einzelne wenige Gesichter. Das stört mich jedoch nicht, denn Lucia und Emanuel haben mich so liebevoll bei sich aufgenommen, dass ich mich allein deswegen wie zu Hause fühle. Die meisten sind wahrscheinlich Kollegen aus der Küche oder dem Zimmerservice. Doch meine Augen suchen vor allem nach einer bestimmten Person – Leo. Ich kann ihn nirgends entdecken und irgendwo tief in meinem Herzen finde ich das schade. Jedes Mal, wenn er mir über den Weg läuft, breitet sich ein angenehmes Gefühl in meiner Magengegend aus und ich weiß nicht, an was das liegen könnte. Ich lasse meinen Blick über die bunten Cocktails und die glücklichen Gesichter der Anwesenden schweifen und beschließe, mich vorerst einfach von der fröhlichen Stimmung anstecken zu lassen. Zusammen mit Lucia schnappe ich mir an dem Tisch, wo jeder seine Cocktails selbst mixen darf, ein Glas und folge ihren Anweisungen für einen Aperol Spritz.

»Ihr seid hier ja geradezu wahnsinnig nach diesem Getränk«, sage ich lachend.

»Das kann man wohl sagen. Wenn du die Uferpromenade an den kleinen Bars und Kaffees entlangspazierst, wirst du es von allen Seiten orange leuchten sehen.«

»Ja, das kann ich mir sehr gut vorstellen. Na gut, dann lass ich mir von der Aperol-Meisterin zeigen, wie das funktioniert.« Ich necke sie freundlich, aber sie springt sogleich auf meine Neckereien an und verwandelt sich von einer Sekunde in die nächste zur Aperol-Spritz-Lehrerin.

»Man nehme für den italienischen ›Veneziano‹ ein wunderschönes und bitte einwandfrei sauberes Ballonglas und fülle es etwa ein Drittel mit Eiswürfeln. Sehr wichtig, damit das Getränk später auch schön gekühlt ist. Es werden anschließend 60 Milliliter Aperol über die Eiswürfel ins Glas gegossen und ungefähr 90 Milliliter Prosecco obendrauf.« Ich folge ihren Ausführungen und wenn ich einen Block bei mir getragen hätte, dann hätte ich alles sorgfältig notiert. »Theoretisch könnte man ihn auch durch einen trockenen Schaumwein ersetzen, aber traditionell wird er so gemacht, unser lieber Freund. Vervollständige das Getränk, indem du *vorsichtig* Sprudelwasser hinzugibst, um das Glas zu füllen. Zwischen 30 und 60 Milliliter. Schließlich wird das Ganze mit einer Scheibe Orange garniert und tadaa – wir halten den besten Aperol Spritz in den Händen«, sagt sie voller Freude. Jeden ihrer Schritte habe ich gleichzeitig befolgt und nehme das erste Mal meinen eigenen echt italienischen ›Veneziano‹, wie er ebenfalls genannt wird, in die Hand. Ich rieche daran und der Sommer springt mir förmlich entgegen. Mit einem »*Salute*« stoßen wir mit unseren Gläsern an und die klirrenden Geräusche vereinen sich mit dem allgemeinen Geselligkeitsrummel im Raum. Als ich das Glas vom Mund nehme, habe ich ein Lächeln auf den Lippen.

»Gut, oder?«

»Einfach der Wahnsinn.« Ich trinke gleich noch einen großen Schluck aus meinem orangegefüllten Ballonglas. Wir mischen uns unter die Menge und Lucia stellt mir ihre Mitarbeiter vor.

»Eine wichtige Person fehlt noch, aber keine Sorge, mein Vater müsste gleich zu uns stoßen«, sagt sie und unsere Schritte führen uns zu Emanuel und seiner Frau, die inmitten einer Gruppe stehen. Sie hat lange blonde Haare, die sie als Zopf trägt, und grasgrüne Augen. Neben Emanuel sieht sie etwas kleiner aus, ist aber bestimmt einen Meter siebzig groß und sehr sportlich. Als wir zu ihnen stoßen, begrüßt sie mich mit einem warmen Lächeln.

»Anna, darf ich dir Liara vorstellen? Sie wird noch gut die nächsten zweieinhalb Wochen bei uns sein und ich habe sie heute eingeladen, damit sie Valentinstag nicht allein feiern muss.« Anna streckt mir ihre Hand entgegen und ich ergreife sie höflich.

»*Ciao* Liara. Das ist wirklich eine gute Idee von Lucia. Schön, dass du den heutigen Abend mit uns verbringst«, erwidert sie, immer noch meine Hand haltend. Sie kommt näher an mich und flüstert mir ins Ohr. »Ich bin seit einem Jahr mit Emanuel verheiratet und er hat mich die Jahre davor auch schon hierhergeschleppt, aber ich habe es keine Sekunde bereut. Nur das Spiel am Ende, das bereue ich jedes Jahr.«

»Oh, welches Spiel?«, frage ich lauter als beabsichtigt und Lucia und Emanuel lachen.

»Ein Spiel, bei dem Paare gegeneinander antreten und das beste Paar einen Preis erhält«, erklärt mir Emanuel belustigt.

»Keine Sorge, jeder bekommt einen Partner zugelost, außer diejenigen, die bereits einen haben«, fügt Lucia der Unterhaltung bei.

»Da bin ich aber gespannt«, sage ich und muss lachen. Emanuel und Lucia entfernen sich von Anna und mir und treten vor die Menge.

»*Ciao*, schön, dass ihr alle hier seid! Wir haben uns schon sehr auf den heutigen Abend gefreut«, kommt es von Lucia.

»Ja, es ist großartig, euch alle so vollzählig hier zu haben«, fügt Emanuel hinzu. Na ja, vollzählig. Ich blicke in die Runde, kann Leo aber immer noch nirgends entdecken. Die Geschwister schütteln Hände, umarmen einige Gäste und tauschen herzliche Worte aus.

»Kommt, setzt euch bitte, wir haben einen wunderbar gedeckten Tisch für euch vorbereitet«, ruft Lucia aus und zeigt auf die stilvoll gedeckte Tafel am hinteren Ende des Raums. Die Mitarbeiter und Gäste lassen ihre Blicke zu dem Tisch schweifen und Ohs und Ahs erfüllen den Raum.

»Genießt den Abend und lasst es euch schmecken. Wir haben eine Menge leckeres Essen und Getränke für euch zubereitet«, sagt Emanuel und bittet alle zum Tisch, als hinter ihm ein Herr mittleren Alters auftaucht und die beiden in die Arme nimmt. Das muss bestimmt ihr Vater sein. Seine elegante Präsenz ist sofort spürbar und ich kann nicht anders, als von seiner Ausstrahlung fasziniert zu sein. Seine Bewegungen sind geschmeidig und sein Auftreten strahlt eine natürliche Autorität aus, die die Aufmerksamkeit aller Mitarbeiter und Gäste auf sich zieht.

»Ich wünsche euch allen auch einen wunderschönen guten Abend. Doch wie ich sehe, braucht es mich hier gar nicht mehr, denn meine beiden Kinder haben alles wundervoll unter Kontrolle. Es ist mir trotzdem eine aufrichtige Freude, euch heute hier zu begrüßen. Dieses Hotel ist nicht nur ein Ort des Komforts und der Gastfreundschaft, sondern auch eine große Familie und ihr alle seid ein wesentlicher Teil davon. Ein Abend wie dieser erinnert uns daran, wie wichtig es ist, gemeinsam zu feiern und unsere Bindungen zu stärken. Lasst uns die Freude am Zusammensein genießen und auf all die schönen Momente anstoßen, die wir bereits geteilt haben und noch teilen werden. Bitte, setzt euch an die Tische und habt Spaß!« Seine Stimme klingt warm und herzlich, und er spricht mit einer Leidenschaft, die die Zuhörer in ihren Bann zieht. Mit einem gemeinsamen »Salute« und einem herzlichen Applaus wird seine Rede beendet. Alle strömen zu den Tischen, nur Anna und ich bleiben zurück. Als sich Lucia und ihr Vater nähern, werde ich leicht nervös. Ich habe bereits vielen Hotelchefs die Hand geschüttelt, aber noch nie in meinem Leben wurde ich so liebevoll aufgenommen.

»Papà, darf ich dir Liara vorstellen? Ich habe sie heute zu uns eingeladen«, sagt Lucia.

»Es ist mir eine Freude, Sie kennenzulernen, Signora Liara. Mein Name ist Paolo und ich bin der Vater der zwei Hotelchefs hier«, sagt er und blickt dabei zu Lucia und im zweiten Moment zu Emanuel, der irgendwo im Raum umherschweift.

»Setzen wir uns?«, fragt mich Lucia. Ich nicke zustimmend und folge ihr zur großen Tafel, auf deren Mitte ein riesengroßes Buffet angerichtet ist. An einigen der Stühle haben sich schon Mitarbeiter niedergelassen, die begierig das Essen in der Mitte des Tisches begutachten. Lucias Blick fällt auf einen jungen Herrn in Kochschürze, der ebenfalls mit verliebten Augen zu ihr blickt.

»Du musst dich nicht neben mich setzen«, sage ich und zwinkere ihr so zu, dass sie meine Anspielung versteht. Ihre Wangen färben sich rötlich.

»War das jetzt so auffällig?«

»Nur, wenn man euch genau beobachtet«, versuche ich sie zu beruhigen und schenke ihr dabei ein Lächeln.

»Es geht noch nicht lange zwischen uns. Und ich bin mir auch gar nicht sicher, ob es nicht blöd ist. Francesco arbeitet bereits seit über fünf Jahren bei uns als Chefkoch und es ist so, als wäre aus dem Nichts Amor über uns hergefallen. Es war an einem Abend, an dem ich mir in den Kopf gesetzt habe, dass ich unbedingt lernen muss, wie man eine Sbrisolona zubereitet. Das ist ein Mandelkuchen. Und dann ist es irgendwie passiert.« Auch er sieht ab und an zu ihr, während er mit seinem anderen

Kochkollegen spricht, und jedes Mal, wenn sich ihre Blicke treffen, erscheint zwischen ihnen dieses zaghafte, aber niedliche Lächeln.

»Unverhofft kommt oft.« Ich necke sie.

»Darf es das? Ich bin immerhin die Nachfolgerin meines Vaters und er ein Angestellter«, kommt es nachdenklich von ihr und das Feuer, das sich bis gerade eben noch in ihrem Lächeln versteckte, erlischt.

»Ich finde, dass du heute nicht an solche Sachen denken solltest und einfach den Abend genießen musst. Alles andere wird sich ergeben!« Stolz auf meine Worte setze ich mich neben Lucia. Mein Blick schwebt über den Esstisch. Eine lange weiße Tafel erstreckt sich durch den Raum und ist mit einer schimmernden roten Tischdecke bedeckt, die sofort die Liebe in der Luft widerspiegelt. Auf der Mitte des Tisches befindet sich ein üppiger Blumenstrauß aus tiefroten Rosen, der von grünen Blättern umrahmt wird und einen betörenden Duft verströmt. Daneben befindet sich ein großes Silbertablett mit einer köstlich gefüllten Lachsforelle, die mit frischen Kräutern und Zitronenscheiben dekoriert ist. Neben dem Fisch stehen Schalen mit frischem grünem Salat, garniert mit Kirschtomaten und gerösteten Pinienkernen. Auf kleinen Appetizertellern sind delikate Vorspeisen wie Prosciutto mit Feigen und Ziegenkäse, Caprese-Spieße und zarte Jakobsmuscheln mit einer Butter-Zitronen-Soße kunstvoll angerichtet. Neben den Vorspeisen findet man warme duftende Baguettes in einem Korb und kleine Schälchen mit hausgemachter Knoblauchbutter. Daneben liegen zarte Rinderfiletsteaks mit einer reichhaltigen Rotweinsoße, begleitet von cremigem Kartoffelgratin und gedünstetem Spargel mit Mandelsplittern. Auf einem weiteren kleinen Tisch befinden sich die vielen süßen Verführungen: Erdbeer-Tiramisu in kleinen Gläsern, Schokoladenmousse mit Himbeersoße und frische, mit Puderzucker bestäubte Beeren.

»Wow«, entkommt es meinem Mund. Lucia lächelt.

»Genau so soll das klingen. Unsere Valentinsfeier ist mitunter ein Grund, wieso wir das Hotel bereits im Februar öffnen.« Alle setzen sich langsam an den Tisch. Ich blicke in die Runde. Alle Stühle sind belegt, nur einer nicht. Könnte dieser vielleicht für Leo sein? Wo ist er bloß? Er würde sich das alles hier mit Sicherheit nicht freiwillig entgehen lassen. Vertieft in Gedanken habe ich nicht gemerkt, dass Paolo mit mir gesprochen hat, der sich auf der anderen Seite neben Lucia gesetzt hat.

»Ob es dir bei uns gefällt?«, fragt er erneut. Ich nicke verlegen.

»O ja, sehr. Das Hotel ist einfach traumhaft und ich könnte mir vorstellen, dass es in einigen Monaten noch schöner sein wird, wenn die vielen Bäume, Blumen und Zitronenbäume davor erblühen.«

»Ja, das ist wahrhaftig ein wunderschöner Moment. Du solltest einfach in zwei Monaten noch einmal kommen«, sagt er und schiebt sich ein Stück vom Fisch in den Mund.

»Vielleicht sollte ich das, ja.«

»Darf ich fragen, wieso du dir genau diese Jahreszeit ausgesucht hast, zu uns zu kommen?«, fährt er fort.

»Ich würde sagen, es war Schicksal. Das eine hat zum

anderen geführt und jetzt sitze ich hier«, erkläre ich. Dass ich eigentlich nicht im Urlaub bin, sondern arbeite und die Vergangenheit meiner Mutter ergründe, muss niemand wissen.

»Ich war noch nie so satt. Vielen Dank, dass ich heute mit Sicherheit nicht schlafen kann«, sage ich zu Lucia und lege meine Gabel nieder. Sie lacht.

»Freue dich bloß nicht zu früh. Fürs Erste kommt noch der beste Nachtisch nach dem Nachtisch, den du dir erträumen kannst, und nachher starten die Valentinsspiele von Limea«, sagt sie mit erfreutem Gesicht. Ich schaue sie verwirrt an und das bringt sie so richtig zum Lachen. »Keine versauten Spielchen oder so.« Jetzt muss ich auch lachen, denn an etwas Versautes hätte ich nicht gedacht. Die Küchentür geht auf und fängt die Aufmerksamkeit aller Anwesenden ein. Unter beifälligem Raunen trägt das Hotelpersonal einen riesigen Kuchen in Herzform herein. Er ist ein wahres Meisterwerk der Patisserie mit einem glänzenden roten Fondantüberzug und zarten Verzierungen aus essbarer Goldfolie. Ein spontanes »Oh!« und »Wow!« geht durch die Menge, und die Gäste erheben sich, um einen besseren Blick auf das prächtige Kunstwerk zu erhaschen.

»Ein Hoch auf unseren wundervollen Francesco, der seinen Nachmittag damit verbracht hat, dieses Meisterwerk zu erschaffen«, sagt Paolo, der sich aus seinem Stuhl erhoben hat. Applaus ertönt und der so *tough* wirkende Francesco sieht gerührt aus. Die Blicke, die dabei zwischen

Lucia und ihm hin und her wechseln, könnten nicht feuriger sein und ich muss bei deren Anblick schmunzeln. Der Kuchen entpuppt sich als wahre Gaumenfreude, mit Schichten von luftiger Vanillecreme und frischen Beeren, die perfekt harmonieren. Nachdem alle ihren Teller leer gegessen haben, werden die Valentinsspiele von Limea aufgebaut. Paolo ist vorne mit dabei und voller Ehrgeiz und Einsatz.

»Wer ist bereit für die diesjährigen Valentinsspiele? Ich, euer Moderator und Schiedsrichter, sorge nun dafür, dass alles reibungslos verläuft. Ich bitte euch jetzt, euch eurem festen oder einem Partner anzuschließen und euch einen Teamnamen auszudenken«, sagt er von ganz vorne und ein hektisches Treiben entsteht im Raum. Lucia tritt in meine Nähe.

»Wie willst du unser Team nennen?«, fragt sie mich.

»O nein, vergiss es. Du wirst dich bestimmt nicht mir opfern, nur weil ich hier sonst nicht viele kenne. Und dass du dich vor einem Team mit Francesco drücken willst, bemerke ich ebenfalls. Schau, wie er nur darauf wartet, dass du zu ihm gehst.«

»Nein, ich möchte mit dir spielen. Du kennst hier sonst nicht viele«, versucht sie sich aus der Situation zu reden.

»Lucia, geh!«, drohe ich ihr beinahe.

Ihre Lippen verformen sich zu einem Lächeln. »Ja, ja, ja, du hast mich überredet«, sagt sie und läuft zu Francesco, der sich genauso freut wie sie. Ich blicke in die Runde, in der sich alle Pärchen gebildet haben. Emanuel und seine Frau Anna, Francesco und Lucia, zwei Hausmädchen, die ich erkannt habe, und viele weitere. Bis zum Schluss bleibe ich übrig und stelle mich etwas an den Rand, damit es nicht auffällt. Die Atmosphäre ist gelassen und fröhlich, da die Paare sich darauf freuen, gemeinsam Spaß zu haben. Paolo kommt in meine Richtung.

»Hat da jemand sein Valentinsdate noch nicht gefunden?«, fragt er lächelnd. Sofort versuche ich mich zu verteidigen.

»Das ist nicht schlimm. Ich sehe gerne zu«, sage ich. Er verneint sofort.

»Aber nein, er müsste gleich kommen. Hat soeben die letzten Gäste an der Bar verabschiedet«, sagt Paolo. Gerade als er seinen Satz zu Ende gesprochen hat, betritt er den Raum. In meinem Bauch kribbelt es. Ein Kribbeln, dass ich mir nicht erklären kann. Leo betritt den Raum mit einem charmanten Lächeln, das die Aufmerksamkeit vieler auf sich zieht. Sein lockeres Auftreten und sein selbstbewusstes Strahlen lassen ihn aus der Menge hervorstechen. Je näher er kommt, umso stärker wird das Kribbeln in meinem Bauch und ich spüre, wie mein Herz rast. Jeder, wirklich jeder hätte mein Partner werden können, aber wie soll ich gemeinsam mit ihm dieses Spiel meistern? Wir sind wie Feuer und Wasser, wie Stadt oder Land, wie Weiß oder Schwarz.

»Alle Gäste versorgt?«, fragt ihn Paolo, der seine Hand auf seine Schulter legt.

»Alle glücklich in ihre Zimmer verschwunden«, antwortet er mit einem Zwinkern. Seine schwarze elegante Hose und das weiße Hemd, das an den Oberarmen seine Muskeln betont, wirken heute noch attraktiver als sonst. Seine goldenen Locken fallen ihm ins Gesicht, und ein zitroniger Duft geht von ihm aus. Ich muss mich auf meine Atmung konzentrieren, um nicht neben den beiden umzufallen. *Was wird das eigentlich,* schießt es mir durch den Kopf. Du wirst bei anderen Männern auch nie so schnell schwach und solltest es bei einem Möchtegern wie Leo schon gar nicht werden. Paolo wendet sich zu mir. Schnell richte ich meine Schultern gerade, um zu verhindern, dass er bemerkt, wie verloren ich in diesem Moment in meinem Körper bin.

»Sie müssen wissen, Liara, dass Valentinstag bei uns eine große Tradition hat. Den Gästen, aber auch uns soll es an diesem Tag an nichts fehlen, denn an diesem Tag wird nur die Liebe gefeiert. Allen Gästen haben wir eine Flasche vom besten italienischen Sekt und in Schokolade gehüllte Erdbeeren in ihrem Zimmer bereitgestellt. Nicht, weil wir sie aus der Bar loswerden wollen, nein. Wir wollen, dass sie die Liebe feiern, denn so können wir sie auch feiern.«

Paolo ist ein netter und aufrichtiger Hotelier und alle Gäste, die in seinem Hotel übernachten, können sich wahrhaftig glücklich schätzen. »Sind alle bereit? Dann können wir starten!«, ruft er in die Menge. Als er sich von mir und Leo entfernt, kommt eine Mischung aus Aufregung und Verlegenheit in mir auf.

»Dann sind wir wohl ein Team«, stellt er freudlos fest, ohne mich dabei eines Blickes zu würdigen.

»Wir können gern ein anderes Paar fragen, ob sie tauschen möchten. Dann hätte ich die Chance zu gewinnen«, kommt es etwas zu schroff aus meinem Mund. Von einer Sekunde auf die andere dreht er seinen Kopf in meine Richtung und blickt mir intensiv in die Augen. Meine Antwort hat ihm anscheinend nicht gefallen, denn auf einmal zeichnet sich Kampfgeist in seinem Gesicht ab.

»Niemals. Wir gewinnen das Ding, aber dafür müssen wir uns ranhalten«, kommt es wie aus der Pistole geschossen. Ich nicke nur. Wenn man den Stolz eines Mannes verletzt, dann geht er erst recht in den Kampfmodus. Da ich mich noch darauf konzentriere, mich nicht von der Anwesenheit von Leo stören zu lassen, kriege ich nur teilweise mit, was Paolo erklärt.

»Nochmals ein herzliches Willkommen zu den Valentinsspielen von Limea. In wenigen Minuten geht es los und wir hoffen, dass alle einen Abend voller Spaß und Liebe erleben werden.« Spaß und Liebe. Dass ich nicht lache. Wenn ich Glück habe, dann schlagen wir beide uns nicht gegenseitig die Köpfe ein. Ein begeisterter Applaus ertönt durch die Reihen.

»Ich habe eine Reihe von unterhaltsamen Paarspielen vorbereitet, bei denen ihr eure Fähigkeiten, eure Zusammenarbeit und natürlich eure Liebe zueinander unter Beweis stellen könnt. Bei jedem Spiel könnt ihr Punkte sammeln und das Paar mit den meisten Punkten gewinnt einen ganz besonderen Preis. Lasst uns gleich loslegen!« Alle anderen Paare stehen schon in den Startlöchern und sind bereit, alles zu geben. Nur Leo und ich stehen wie bestellt und nicht abgeholt in diesem Raum und warten darauf, alles endlich hinter uns zu bringen.

»Wir starten mit dem Quiz. Bitte stellt euch alle nebeneinander in einer Reihe auf. Ich stelle die Fragen und das erste Paar, das diese Klingel hier läutet, darf antworten. Bei jeder richtigen Antwort erhält es einen Punkt auf sein Punktekonto. Vergesst jedoch nicht, euch abzusprechen.« Alle begeben sich in Startposition, um so schnell wie möglich bei der Klingel zu sein. Auch Leo und ich mischen uns in die Menge, er begeisterter als ich.

»Lass mich das mal machen. Wahrscheinlich geht es wie jedes Jahr um Fragen zur Hotellerie und da kenne ich mich besser aus als du!« Kurz zögere ich. Was glaubt er, wer er ist?

»Wie bitte?«

»Ich weiß nicht, ob es dir aufgefallen ist, aber ich mache sehr viel in diesem Hotel hier«, gibt er mit einem schnippischen Lächeln zurück.

»Na gut, wenn du kämpfen willst, dann kämpfen wir!« Voller Ehrgeiz stelle nun auch ich mich in die erste Reihe. Ich werde diesem Klugscheißer schon zeigen, was ich kann.

»So, wenn alle bereit sind, dann starten wir mit der ersten Frage: Was ist ein ›RevPAR‹ in der Hotelbranche und wie wird er berechnet?« Im Raum wird es ruhig und man hört nur leises Getuschel zwischen den Paaren.

»Dann geh mal oder soll ich?«, sage ich so cool wie möglich zu Leo, in dessen Kopf es noch rattert. Da er sich keinen Zentimeter bewegt, laufe ich zur Glocke und klingle. Er fixiert mich mit skeptisch gerunzelter Stirn.

»Oh wie schön, Liara. Gleich die erste Frage. Bitte, was ist die Antwort?«, sagt Paolo und tritt einen Schritt näher an mich heran.

»Revenue per Available Room; Umsatz pro verfügbarem Zimmer«, schießt es aus mir heraus.

»Bingooo. Der erste Punkt geht an das Team Liara und Leo. So macht man das. Nehmt euch ein Beispiel daran«, sagt er und zwinkert mir zu. Ich stelle mich neben Leo und kann den Ärger riechen, der ihn soeben überfallen hat.

»Nicht schlecht, nicht schlecht«, würgt er heraus. Zufrieden verschränke ich die Arme und warte auf die nächste Frage.

»Die nächste Frage lautet: Welche international anerkannte Organisation vergibt Sternebewertungen an Hotels, basierend auf ihren Einrichtungen und Dienstleistungen?« Es entsteht wieder ein Geflüster im Raum und auch Leo und ich reden das erste Mal miteinander.

»Das weiß ich, das ist die ISO«, sagt er und sprintet nach vorne.

»Nein, falsch. Der Guide Michelin «, rufe ich ihm hinterher. Er läutet die Glocke und gibt seinen Antworttipp ab.

»Leider falsch. Liaras Antwort wäre richtig gewesen. Da ihr allerdings ein Team seid und nur die Antwort zählt, die ihr nach dem Erklingen der Glocke abgebt, kann ich den Punkt leider nicht zählen«, sagt Paolo. Mit genervten Schritten kehrt Leo zurück.

»Dafür, dass du sehr viel in diesem Hotel hier machst, weiß ich aber auch ganz schön viel«, necke ich ihn. In seinem zerknirschten Gesicht entsteht ein kleines Lächeln, dass ich positiv werte und unsere Zusammenarbeit etwas erleichtert.

»Und da kommen wir auch schon zur letzten Frage dieses Spiels: Welche berühmte Hotelkette betreibt das ›Burj Al Arab‹ in Dubai, oft als eines der luxuriösesten Hotels der Welt bezeichnet?« Leo und ich schauen uns an. An seinen Lippenbewegungen kann ich die Lösung ablesen. Beide stürmen wir zu der Klingel, aber auch Lucia und Francesco stürzen sich darauf. Ein kleiner Kampf entsteht. Leo schafft es, die Klingel zu erlangen, doch Francesco ist ihm dicht auf den Fersen. Mit einem großartigen Wurf wirft er die Klingel in meine Richtung und zu meinem Erstaunen schaffe ich es, sie zu fangen. Voller Adrenalin in meinen Blutbahnen klingle ich das Ding.

»Ritz-Carlton. Ritz-Carlton«, kommt es ganz außer Atem aus meinem Mund. Leos Blick spricht Bände und ich kann das erste Mal ein bisschen Stolz darin erkennen.

»Das war unfair«, schreit Lucia lachend dazwischen.

»Es tut mir leid, Lucia, aber dieser Punkt geht an Liara und Leo. Herzlichen Glückwunsch«, sagt Paolo amüsiert. Ab jetzt herrscht Krieg gegen Lucia und Francesco. Doch auch die anderen Teams schlagen sich tapfer und bis zum Ende liegen wir alle ungefähr gleich.

»Woher weißt du eigentlich so viel über dieses Business?«, fragt mich Leo aus dem Nichts.

»Berufserfahrung«, antworte ich ihm mit einem Zwinkern. Seine Wangen färben sich rötlich. Schnell weicht er meinem Blick aus.

»Du arbeitest bei dir zu Hause also auch in einem Hotel?«, fragt er etwas zögerlich.

»Kann man so sagen.« Ich lächle in mich hinein und bin gerade dankbar, dass ich mich für dieses Studium und den Job entschieden habe.

»Jetzt kommen wir zu dem letzten Spiel des heutigen Abends. Das große Finalspiel. Ich hoffe, ihr seid alle bereit, denn jetzt geht es um eine Blindverkostung. Das heißt, einer von euch zieht sich eine Maske auf und der andere zieht aus diesem Glas einen Cocktail, den er zubereiten muss. Rät der Partner richtig und nennt alle Zutaten, gewinnt er dieses Spiel. Da ihr alle punktemäßig eng beieinanderliegt, entscheidet der Sieg in diesem Spiel über das Gewinnerteam des Abends. Jener Partner, der glaubt, das Getränk erraten zu haben, steht auf und schreit es heraus«, erklärt Paolo. Wir begeben uns alle hinter einen Tisch, auf dem die notwendigen Utensilien bereitstehen.

»Also ich bin dafür, dass du die Maske aufsetzt.« Er sieht mich mit seinen honigfarbenen Augen an. Ich werde leicht nervös.

»Aber ich kenne die meisten Cocktails gar nicht!«

»Ich weiß, dass du das schaffst«, sagt er mit einem schrägen Lächeln. Er reicht mir die Augenmaske und ich setze mich auf einen der Stühle, bei denen sich auch schon Lucia und Anna eingefunden haben.

»Männer«, sagt Lucia lachend. Gespannt setzen wir unsere Masken auf und warten aufgeregt auf unser Getränk. Ich höre, wie alle die Zettelchen aus dem Glas ziehen und sich anschließend auf den Weg zum Mixen machen. Für einige Minuten herrscht totale Stille im Raum, bis alle ihre Cocktails fertiggestellt haben. Anschließend bekommen wir Versuchskaninchen sie gereicht. Noch immer herrscht Stille im Raum und ich kann nur Leos warme Hände spüren, die das Glas vorsichtig in meine übergeben. Sie fühlen sich so weich an und am liebsten würde ich sie festhalten. Ich nehme das Glas und führe es zu meiner Nase. Ich kann einen Hauch von Limette riechen und eine frische Note strömt in meine Nase. Langsam nehme ich einen Schluck und lasse die kühle Flüssigkeit in meinem Mund kreisen. Ich kenne diesen Geschmack. Ich kenne ihn. Und plötzlich fällt es mir ein. Das Getränk, das mir Leo vor ein paar Tagen anstelle meines Mojitos gemacht hat. Schnell hüpfe ich von meinem Stuhl auf und rufe: »Eindeutig Gin Tonic. *Dol Gin. Er kommt direkt aus dem Herzen der Dolomiten. Dieses kostbare Destillat wird mit 24 ›Botanicals‹ aus Südtirol hergestellt. Ein faszinierender Gin, der durch seine Aromenvielfalt und seinen natürlichen Charakter überzeugt. Zusammen mit …«, verdammt, ich versuche mich an den Text zu erinnern, »zusammen mit … Schweppes Indian Tonic Water, einem Stück Limettenschnitz und einigen Pfefferkörnern ergibt sich daraus der perfekte Gin Tonic!«* Ich reiße meine Maske von den Augen und blicke in Leos Gesicht. Ein warmes Lächeln breitet sich auf seinem Gesicht aus und Freude leuchtet in seinen Augen. Er kommt auf mich zu und umarmt mich.

»Das war einfach nur unglaublich. Wir haben es geschafft!« Auch ich strahle vor Freude und ein kleines bisschen vor Stolz. Lucia und Emanuel kommen uns entgegen, um uns zu unserem souveränen Sieg zu gratulieren. Paolo gesellt sich ebenfalls zu der Runde.

»Liara, wenn du möchtest, kannst du direkt morgen bei uns im Hotel beginnen. Ich zahle dir auch, was du willst«, sagt er lachend und gratuliert zum Sieg.

»Der diesjährige Hauptpreis geht also an Liara und Leo. Ihr bekommt ein Abendessen in unserer Almsuite inklusive Acht-Gänge-Menü unseres Chefkochs«, sagt Paolo und beendet die Valentinsspiele von Limea. Wir bedanken uns. Bis zu diesem Moment habe ich noch gar nicht über den Preis nachgedacht. Langsam begreife ich, dass ich einen Abend mit Leo gewonnen habe.

»Also hätten wir gewonnen, hättest du für mich kochen müssen?«, sagt Lucia zu Francesco und hält sich die Hand vor den Mund.

»Und das hätte ich sehr gerne gemacht«, sagt er voller Inbrunst und sieht sie dabei mit einem solch verliebten Blick an, wie man ihn aus Filmen kennt.

»Ihr solltet alle mitkommen«, schlage ich vor und sehe dabei zu Lucia und Emanuel und dann erst zu Leo. Die beiden zucken mit den Schultern und willigen ein, Leo hingegen verändert seinen Blick nicht. Ob er mit mir allein dort hochwollte? Kann ich mir kaum vorstellen. Aber er wirkt nicht gerade glücklich über meine Idee.

»Abgemacht, dann machen wir also einen Abend zu sechst«, sagt Emanuel und grinst bis zu beiden Ohren.

»Abgemacht«, wirft auch Lucia ein.

Der Valentinsabend im Limea neigt sich langsam dem Ende zu. Nach und nach verabschieden sich die Gäste der Feier. Am Ausgang stehen für jedes Paar eine Flasche Sekt und ein Schälchen mit Schokolade überzogenen Erdbeeren bereit. Der kleine Speisesaal des Hotels, der vorher von Gelächter und fröhlichen Gesichtern erfüllt war, wird ruhiger, während die Uhr unaufhaltsam tickt.

»Ich bin todmüde. Bitte entschuldigt mich, aber wenn ich nicht sofort in mein Bett gelange, schlafe ich hier im Stehen ein«, sage ich in die Gruppe. Nachdem ich die Gute-Nacht-Wünsche von allen eingesammelt habe, mache ich mich auf den Weg zum Treppenhaus, als eine Hand mein Handgelenk hält.

»Gut gemacht«, kommt es leise aus Leos Mund.

»Danke.« Es sind nur wenige Zentimeter, die uns voneinander trennen und ich kann die Wärme seines Körpers spüren, die durch seine Hand fließt, mit der er meine immer noch hält.

»Ich freue mich auf den Abend. Die Almhütte hat etwas Besonderes.« In diesem Moment lässt er mich los. Mit einem letzten Lächeln gehen wir getrennte Wege. Er geht zum Ausgang und ich die Treppen hoch in mein Zimmer. Dort wartet bereits das Tagebuch meiner Mutter auf meinem Kopfkissen. Obwohl ich sehr müde bin, lese ich noch eine Seite daraus.

Limone, 25. Juni 1994

Sehr geehrtes Tagebuch,
ich habe es die letzten Tage nicht geschafft, mich bei dir zu melden. Ich war so damit beschäftigt, zu leben und glücklich zu sein, dass ich dich total vergessen habe. Du möchtest mit Sicherheit wissen, was passiert ist? Das dachte ich mir schon! Mit Marco könnte es nicht besser laufen. Wir treffen uns jeden Abend zusammen mit Lucia und Pablo und legen uns mit unseren Handtüchern an den Strand und genießen die Abendsonne. Von seinen Küssen kann ich auch nicht genug bekommen und ich muss gestehen, dass ich ihn liebe. Leider schaffe ich es nicht, beziehungsweise getraue mich nicht, ihm das zu sagen. Auch von seiner Seite ist noch nichts gekommen, deswegen warte ich ab und genieße die Zeit, die ich mit ihm verbringe. Abgesehen davon ist noch viel mehr passiert, liebes Tagebuch (ja, du hast richtig gehört, ich nenne dich so), aber das erzähle ich dir ein anderes Mal.
Bis bald,
deine A.

»Ich muss heute zusammen mit dem Schönling die Abendschicht übernehmen, vielleicht könnte ich nachkommen?« Genervt laufe ich neben Linda die Strandpromenade entlang. Heute wäre eine Strandparty, doch ich muss arbeiten und kann erst sehr viel später nachkommen.

»Aber ich will nicht ohne dich dort auftauchen! Ich komme dich einfach gegen zweiundzwanzig Uhr im Hotel abholen und dann gehen wir gemeinsam zu der Party?« Linda stampft auf den Boden.

»Wenn du das möchtest, dann sehr gerne«, sage ich und lächle sie an.

»Ja, Pablo geht mit den Jungs und da möchte ich mich nicht aufdrängen.« Wir kommen vor dem Hotel an und bleiben dort stehen.

»Das verstehe ich. Also sehen wir uns nachher hier? Ich freue mich, bis später!« Ich drücke meiner Freundin einen Kuss auf die Wange und laufe ins Hotel. Ich bin spät dran und muss mich auch noch umziehen.

Glücklicherweise vergeht die Abendschicht sehr schnell und ich muss gestehen, dass das auch ein bisschen die Schuld vom Schönling ist. Mit ihm vergeht die Zeit wie im Fluge, denn ich habe immer etwas zu lachen. Um kurz vor zehn sehe ich, wie Linda vor dem Garten wartet und mir zuwinkt.

»Ich komme gleich, muss mich nur noch umziehen«, sage ich und haste in das Hotel. Frisch umgezogen kehre ich zurück.

»Wäre es für dich in Ordnung, wenn er mitkommt? Er hat mich soeben gefragt«, sage ich und zeige auf den Schönling. Linda sieht mich mit großen Augen an.

»Was ist das überhaupt zwischen euch beiden?« Ich verstehe nicht, was sie mir damit sagen will. »Zwischen euch kann man förmlich die Funken sprühen sehen.« Ich erröte leicht und zögere einen Moment, bevor ich antworte.

»So ein Blödsinn. Ich kann ihn nicht ausstehen, das weißt du doch. Außerdem liebe ich Marco über alles.« Linda lächelt und gibt mir einen freundschaftlichen Schubs.

»Wenn du das sagst, dann glaube ich dir!«

Acht

Zurück in Limone bei Liara

Am nächsten Tag weckt mich der Gesang der Vögel, die sich auf dem Baum vor meiner Balkontür einen gegenseitigen Wettbewerb liefern. Es ist das erste Mal seit langer Zeit, dass ich mich vollkommen ausgeruht fühle. Das ist das erste Mal seit Langem, dass ich keinen dieser verdammten Albträume hatte. Warum bloß? Weil ich einen der schönsten Abende seit Langem erlebt habe? Ein Gefühl der Erleichterung überkommt mich, als ich mich im Bett ausstrecke und die Augen noch für einen kurzen Moment schließe. Die Sonnenstrahlen dringen durch die Vorhänge und tauchen mein Schlafzimmer in ein warmes, beruhigendes Licht. Die Dunkelheit und Sorgen, die sonst in meinem Schlafzimmer hausen, sind für diesen Morgen erloschen. Mit einem Lächeln stehe ich auf, bereit, diesen neuen Tag mit einer positiven Einstellung und neuer Energie zu begrüßen. Heute will ich den Baum finden, den meine Mutter in ihrem Tagebuch beschreibt, und ich werde ihre kleine Stadt erkunden. Voller Tatendrang hüpfe ich ins Bad, schäle mich aus meinem Pyjama und putze meine Zähne. Dann schlüpfe ich in meine Jeans und stülpe einen Pullover über. Morgens ist es hier noch sehr frisch, aber wenn die Sonne hervorkommt, wärmt sie die kalten Wintertage langsam auf und es scheint, als stände der Frühling vor der Tür.

Der Speisesaal ist gut besucht. Ein Blick auf die Uhr verrät mir den Grund. Ich habe ohne Unterbrechung bis zehn Uhr geschlafen. Das sollte in die Geschichtsbücher eingehen.

»Einen wunderschönen guten Morgen der Limea-Valentinstag-Siegerin. Wie fühlen Sie sich heute nach einer so spannenden und anstrengenden Nacht?«, scherzt Emanuel mit mir.

»Es war jede Anstrengung wert, würde ich sagen«, antworte ich ihm lachend.

»Darf ich dir Kaffee bringen?«

»O ja, sehr gerne!« Es dauert keine zwei Minuten und er kehrt mit einer Kanne Kaffee zu meinem Tisch zurück. »Möchtest du auch eine Eierspeise?«

»Nein, danke heute nicht.«

»Wie sieht dein Plan für heute aus?« Ich überlege einen Moment.

»Heute werde ich Limone unsicher machen und jedes kleine Eck dieser wunderschönen Stadt erkunden.«

»Gute Idee und das Wetter ist auch ideal. Es hat jetzt bereits zehn Grad und wenn die Sonne höher steht, werden es vielleicht sogar fünfzehn. Bis später zum Abendessen«, sagt er und verabschiedet sich von meinem Tisch. Ich schnuppere an meinem Kaffee und nehme einen großen Schluck davon. Was Leo wohl gerade macht? Ob er hier im Hotel ist? Ich ertappe mich bei meinen Gedanken an ihn und um mich davon abzulenken, gehe ich zum Buffet und fülle meinen Teller mit allem, was ich finden kann. Eine große Platte mit Wurst, Käse, Speck und frisches Brot stehen vor mir auf meinem Tisch und ich freue mich endlich, meinen hungrigen Magen damit zu füllen. Ich nehme mein Handy aus meiner Hosentasche und schicke meinen Mädels ein Selfie von mir und dem großzügig gedeckten Frühstückstisch. Es dauert nur wenige Sekunden und eine Antwort der beiden trifft ein.

Mit wie vielen Personen frühstückst du? :D

O Mann! Ich will auch. Schönen Urlaub *;) Vermiss dich!*

Ich sende den beiden ein Herz zurück und widme mich wieder meinem Königsmahl, so lange, bis kein Bissen mehr Platz hat. Ein Verdauungsspaziergang wird mir jetzt mit Sicherheit guttun, doch vorher zwinge ich mich an meinen Schreibtisch, um einen weiteren Blick auf die »Vergissmeinnicht«-Liste zu erhaschen. Ich nehme mir kurz Zeit, um meine Eindrücke und Beobachtungen aufzuschreiben, bevor ich mich auf den Weg nach draußen mache. Das Frühstück verdient eine glatte Eins und auch der Service unter den wachsamen Augen von Emanuel. So viel Mühe und Herz steckt er in diesen Bereich, dass es als Gast ganz klar und eindeutig spürbar ist. Um den Rest werde ich mich später oder morgen kümmern, denn Limone erwartet mich und ich kann es kaum erwarten, die charmante Stadt am Gardasee zu erkunden.

Mein erster Halt führt mich zu den engen Gassen des historischen Zentrums. Die pastellfarbenen Gebäude mit ihren schmiedeeisernen Balkonen und den farbenfrohen Blumenarrangements verleihen der Stadt ein malerisches Flair. Ich schlendere durch die Gassen, vorbei an kleinen Boutiquen und Cafés. Das lebhafte Treiben ist ansteckend. Das Geschnatter der Passanten umgibt mich und fließt in die entspannte Stimmung ein. Das Tagebuch meiner Mutter halte ich fest in meinen Händen und suche zwischen den Häusern das türkise, von dem sie gesprochen hat. Ich komme an einen kleinen Platz, von wo man einen wunderschönen Ausblick auf den See erhaschen kann. Ich genieße die Sicht auf das klare Wasser und die umliegenden Berge. In der Mitte des Platzes ist ein kleiner Hafen, in dem mehrere Fischerboote vor Anker liegen. Sie schaukeln auf den Wellen und ich könnte ihnen stundenlang zusehen, denn der Anblick ist unheimlich beruhigend. Und plötzlich, als ich den Blick über den Platz schweifen lasse, sehe ich das türkise Gebäude, von dem meine Mutter geschrieben hat. Es liegt eingereiht neben den anderen und sieht so wunderschön aus, dass ich am liebsten sofort dort einziehen würde. Als reines Wohnhaus würde ich es nicht bezeichnen, eher als kleines Hotel. Meine Mutter hat mir nie davon erzählt. Davor befindet sich ein kleiner Garten, in dem Zypressen und Zitronenbäume wachsen. Das Gebäude besteht aus drei Stockwerken, die allesamt mit Balkonen ausgestattet sind. Die Zimmertüren sind auf den See gerichtet und bieten einen außergewöhnlichen Ausblick. An der Hausmauer wächst ein Baum empor, der von kahlen Ästen umgeben ist. Ich kann nicht genau erkennen, um welchen Baum es sich handelt. Aber als ich mich ihm nähere und meine Augen über den Stamm schweifen lasse, entdecke ich das eingeritzte Herz, das die Liebe zwischen meiner Mutter und Marco verewigen sollte. Ich bin von dem Anblick und davon, dass meine Großmutter wahrscheinlich ein kleines Hotel in der Mitte von Limone betrieben hat, überwältigt. Wem es wohl heute gehört? Ich laufe zur Eingangstür und versuche es anhand der Namen auf der Klingel herauszufinden. Leider vergebens. Nochmals blicke ich an dem Gebäude hinauf. Plötzlich öffnet sich die Tür. Erschrocken weiche ich einen Schritt nach hinten.

»Kann ich Ihnen irgendwie helfen?«, fragt mich eine sehr hübsche junge Frau. Sie strahlt Freundlichkeit aus und ihre langen Haare und die dunkelbraunen Augen erinnern mich an die Disneyfigur Mulan. So wunderschön, nur in echt und hier vor mir.

»Können Sie mir vielleicht sagen, ob hier eine Frau Ambrosi gewohnt hat?«

Sie überlegt einen Moment, schüttelt dann aber bedauernd den Kopf.

»Nein, leider weiß ich nichts von einer Frau Ambrosi. Auch nicht hier in der Nähe. Sie sollten bei der Gemeinde nachfragen, vielleicht können die helfen. Ich wünsche noch einen schönen Tag.« Sie geht an mir vorbei, läuft zu einem Auto, das in der Nähe geparkt ist, und holt mehrere Kartons daraus. Also ist sie die neue Besitzerin hier. Enttäuscht entferne ich mich von dem Haus und setze mich auf eine Bank, die auf den Hafen und den See ausgerichtet ist. Könnte es ein anderes Haus sein? Nein, die Beschreibung passt perfekt und auch das eingeritzte Herz habe ich gefunden. Vielleicht hat die junge Frau recht und ich sollte wirklich bei der Gemeinde nachfragen, aber ob die mir mehr dazu sagen dürfen, bezweifle ich. *Aus Datenschutz-Gründen dürfen wir Ihnen leider keine Auskunft geben,* hallt es bereits durch meinen Kopf. Wie gerne wäre ich hier aufgewachsen. Jeden Morgen aufzuwachen und auf den See zu blicken, stelle ich mir wie den Himmel auf Erden vor. Warum hat meine Mutter das alles verlassen? Ein Hotel? Ich könnte jetzt womöglich Hotelchefin sein. Ich habe so viele Fragen und niemanden, der sie mir beantworten kann. Während ich in Gedanken einen leichten Zorn auf meine Mutter entwickle, bemerke ich eine Bewegung vor dem Haus. Dieses Mal kommt nicht wie erwartet die junge Dame heraus. Es ist Leo. Er schleppt einen Stoß zusammengefalteter leerer Umzugskartons in Richtung des geparkten Wagens. Mein Herz macht einen Satz. Ich verstecke mich, so gut es geht, hinter meinem Tagebuch. Ich weiß, dass das totaler Blödsinn ist, er kann mich mit Sicherheit trotzdem sehen. Ich habe Glück, denn sein Blick ist nur auf das Auto gerichtet. Also ist die hübsche Frau wahrscheinlich seine Freundin? Ein Gefühl von Eifersucht steigt in mir hoch. Warum hat er mir gestern diesen intensiven Blick zugeworfen, wenn er in festen Händen ist? Ich beobachte weiter, wie er sich voll beladene Kartons schnappt und in dem Haus verschwindet. Mein Blick schweift zurück zu dem alten Zuhause meiner Mutter und ich seufze. Manchmal ist das Leben voller unerwarteter Wendungen und

Geheimnisse, die man erst nach und nach entdeckt. Mit schwerem Herzen und leichter Enttäuschung setze ich meinen Spaziergang fort. Die engen Gassen und charmanten Häuser wirken nun nicht mehr so einladend wie noch vor einer halben Stunde und ich kann die Umgebung nicht wirklich genießen. Meine Gedanken wandern immer wieder zu Leo und seinem charmanten Lächeln zurück.

Ein Hauch von Traurigkeit umhüllt mich, wenn ich an die Frau denke, die gerade mit Leo spricht. Ich versuche, das Gefühl zu ignorieren, doch eine leise Eifersucht schleicht sich in meine Gedanken. Bin ich etwa verliebt? Nein, das kann nicht sein. Schließlich kann ich ihn eigentlich nicht ausstehen. Die Verwirrung in meinem Inneren wächst. Ich lenke meine Gedanken ab, indem ich mich auf die Landschaft konzentriere, die sich vor mir erstreckt. Das blaue Wasser wirkt beruhigend und lässt meine Anspannung etwas abklingen. Ich folge einem schmalen Pfad, der mich in die Höhe führt, und atme die Frische der Bergluft ein. Die Gedanken an Leo verblassen langsam, während ich die beeindruckende Naturlandschaft Limones in vollen Zügen aufsauge. Vielleicht ist es an der Zeit, sich auf die Schönheit des Augenblicks zu konzentrieren und die Fragen in meinem Herzen für einen späteren Zeitpunkt aufzuschieben.

Bei meinem Spaziergang durch die Gassen stoße ich auf einen Friedhof, der von alten Bäumen umgeben ist. Neugierig mache ich einen kurzen Abstecher und betrete den Friedhof. Die Grabsteine erstrecken sich vor mir, tragen

Geschichten vergangener Leben und längst vergessener Erinnerungen. Es ist still, fast ehrfürchtig ruhig, als ich mich langsam durch die Reihen bewege. Meine Augen suchen nach meinem Familiennamen, nach einer Verbindung zu meiner Vergangenheit. Doch es ist schwerer, als ich gedacht habe. Die Buchstaben auf den Grabsteinen sind verwittert, einige sogar fast unleserlich geworden. Die Zeit hat ihre Spuren hinterlassen. Ich verweile an einigen Gräbern, lese die Namen und versuche, mir vorzustellen, wer diese Menschen waren und welches Leben sie geführt haben. Ich schlendere weiter zwischen den Reihen entlang, doch finde nirgends einen Hinweis auf meinen Familiennamen. Es ist, als wäre meine Familie hier nie verwurzelt gewesen. Mit einem leichten Seufzen verlasse ich den Friedhof und setze meinen Spaziergang durch Limone fort. Die Suche nach meinen familiären Wurzeln bleibt vorerst unvollendet. Vielleicht ist es ein Zeichen, dass ich sie nicht finden soll.

Nachdem ich mir ausreichend die Beine vertreten habe, kehre ich den Rückweg zum Limea an. Im Hotelrestaurant finde ich einen ruhigen Tisch mit Blick auf den Gardasee. Die Fenster lassen das Tageslicht hereinströmen und werfen sanfte Reflexionen auf das Wasser.

»*Ciao*. Und wie gefällt dir die Stadt?«, fragt Lucia, die sich meinem Tisch genähert hat. Ich freue mich, sie zu sehen.

»*Ciao* Lucia. Einfach traumhaft. Ich kann mir gar nicht vorstellen, wie schön das Ganze im Sommer sein muss.«

»Ja, im Sommer hat es nochmals seinen ganz eigenen Charme. Dann kommen die Gassen noch viel besser zur Geltung, weil sich überall Pflanzen an den Wänden hoch schlängeln und die ganze Stadt voller Blumen ist, die vielen Bars und Restaurants mit Menschen gefüllt sind und eine sehr ausgelassene Stimmung herrscht.«

»Das kann ich mir sehr gut vorstellen. Ich komme in ein paar Monaten mit Sicherheit nochmals!«

»Das würde uns sehr freuen. Du bist immer herzlich willkommen. Ach ja, bevor ich es vergesse: Heute Abend findet unser traditioneller Pasta-Abend statt. Papà kocht und die Nudeln schmecken einfach herrlich.« Schon beim Gedanken daran läuft mir das Wasser im Mund zusammen.

»Eine sehr gute Idee. Ich freue mich schon. Wäre es möglich, auch jetzt noch eine Kleinigkeit zu bekommen?«

»Selbstverständlich! Soll ich dir die Karte bringen?«

»Das wäre klasse, vielen Dank!« Lucia begibt sich an den Tresen, holt eine Karte aus einer der Schubladen und kehrt damit an meinen Tisch zurück. Die Speisekarte bietet eine Vielzahl von Köstlichkeiten. Ich entscheide mich für eine leichte Cremesuppe aus Kartoffeln und Kichererbsen und einem Glas erfrischenden Weißwein. Während ich mein spätes Mittagessen genieße, schweifen meine Gedanken noch einmal zurück zu meinem Friedhofsbesuch. Obwohl ich keine Spur meiner Familie gefunden habe, war der Besuch dennoch bewegend und hat mich mit einer gewissen Ruhe erfüllt. Es ist seltsam, wie Orte und Erinnerungen miteinander verknüpft sind.

Den Nachmittag habe ich mir für die Arbeit freigehalten, denn die macht sich schließlich nicht von allein, und deshalb mache ich mich auf den Weg zurück in mein Zimmer. Als ich den Speisesaal verlasse und mich der

Treppe in den oberen Stock nähere, sehe ich Leo am Eingang. Es wirkt beinahe so, als hätte er auf mich gewartet. Er steht dort mit einem herzlichen Lächeln auf den Lippen. Ich bekomme einen Stich ins Herz.

»*Ciao*«, sagt er verlegen. Sein unerwartetes Erscheinen bringt mich aus dem Konzept und ich muss mich beherrschen, um nicht nervös zu wirken. Ich denke an die junge Frau und das macht die Situation kompliziert.

»Leo«, erwidere ich, meine Stimme ist etwas kühler. Er lächelt immer noch und scheint meine Reserviertheit nicht zu bemerken.

»Der gestrige Abend war wirklich schön. Du bist eine interessante Frau, Liara.« Für einen Moment sind wir beide still, denn ich weiß nicht, was ich sagen soll, dabei wartet er auf meine Antwort. »Ich muss an die Arbeit.« Er drückt sich an mir vorbei und läuft in Richtung Speisesaal. Ich blicke ihm hinterher und es wirkt fast so, als wäre ich an Ort und Stelle angewurzelt. In mir brodelt eine Mischung aus Enttäuschung und Verwirrung. Es ist schwer, in seiner Nähe zu sein. Das war es schon heute Vormittag, aber jetzt ist es noch schwerer. Wir sind wie Magnete, die sich abstoßen, aber trotzdem suchen. Ich mache mich auf den Weg zu meinem Zimmer, um wieder allein zu sein, meine Gedanken zu sortieren und meine positiven Erfahrungen im Hotel zu notieren.

»*Buona sera*«, begrüßt mich Emanuel, als ich am Abend an meinem Tisch Platz nehme. »Heute haben wir einen ganz besonderen Abend. Den Pasta-Abend. Papà zaubert in der

Küche verschiedene Nudelgerichte, die dann nach und nach an den Tisch serviert werden. Welche genau, verrate ich dir noch nicht. Lass dich überraschen. Darf ich dir schon Wasser bringen? Mit Sprudel, richtig?«

»*Ciao* Emanuel! Oh, das klingt interessant und ziemlich lecker. Ja, mit Sprudel, vielen Dank.« Der Speisesaal ist gut gefüllt und beinahe alle Gäste haben schon ihren Platz eingenommen.

»*Ecco*, eine Flasche Wasser für die Dame. Heute werde ich deinen Tisch leider nicht übernehmen können, denn eine Bedienung ist krank geworden. Ich kümmere mich um ihre Tische, aber ich habe für einen guten Ersatz gesorgt«, sagt er zwinkernd und zeigt auf Leo, der gerade mit Tellern in der Hand aus der Küche tritt. Ein Hauch von Aufregung durchzuckt mich, als er sich mir nähert und mir sein charmantes Lächeln präsentiert.

»Guten Abend, Liara. Einmal klassische Spaghetti Carbonara, perfekt al dente und mit einer cremigen Eigelb-Parmesan-Soße«, sagt er und stellt den Teller vor mir ab.

»Es riecht einfach herrlich.«

»O ja, beim Thema Pasta kann keiner Paolo das Wasser reichen, auch Francesco nicht.« Genüsslich schiebe ich eine Gabel nach der anderen in den Mund und lasse den Geschmack auf meiner Zunge zergehen. Als ich auf den leeren Teller blicke, der soeben schwungvoll von Leo abgeräumt wird, würde ich mir eine Portion als Nachschlag wünschen. Wenig später folgt er mit einem weiteren Teller. Jedes Mal, wenn er an meinen Tisch kommt, macht mein Herz einen kleinen Hüpfer.

»Einmal Tagliatelle mit frischem Trüffel, delikat und aromatisch.« Ich beginne zu lachen.

»Was ist?«

»Nichts, nichts. Alles gut.« Leider kann ich nicht aufhören.

»Du lachst mich aus, also sag mir zumindest warum?«

»Nein ich lache dich nicht aus. Ich finde nur, dass du das ruhig öfter machen könntest. Die Worte kommen nur so aus deinem Mund geschossen.« Nun stimmt auch er ein.

»An der Ausgangstür der Küche steht ein endlos langes Menü, wo genau steht, was ich sagen soll«, gibt er mir mit einem Zwinkern als Antwort und entfernt sich vom Tisch. Es geht noch einige Teller so weiter. Ravioli mit einer Füllung aus Kürbis und Speck, welche von einer buttrigen Salbeisoße begleitet werden, dann Linguine ai Frutti di Mare mit einer Mischung aus Meeresfrüchten in einer würzigen Tomatensoße und zu guter Letzt Gnocchi mit Gorgonzolasoße für diejenigen, die etwas Kräftigeres bevorzugen. Nachdem ich alles brav aufgegessen habe, kommt Leo nochmals auf mich zu.

»Möchtest du einen Blick in die Küche werfen und sehen, wie alles zubereitet wird? Paolo hat nach dir gefragt und würde sich freuen, dich zu empfangen.« Ein Lächeln breitet sich auf meinem Gesicht aus und ich nicke zustimmend.

»Ja, gerne, das würde ich wirklich gerne sehen.« Leo führt mich in die Küche, wo Paolo emsig mit Töpfen und Pfannen hantiert. Die Düfte und Geräusche der Küche sind belebend und ich bin fasziniert, wie geschickt Paolo mithilfe der anderen Köche die verschiedenen Gerichte zubereitet.

»*Ciao* Liara. Schön, dass du meiner Einladung gefolgt bist. Normalerweise steht hier Francesco, aber einmal in der Woche koche ich für unsere Gäste. Ich hoffe, es hat dir geschmeckt?« Ich lächle ihn an und komme aus dem Staunen nicht heraus. Es ist eine praktische Küche. Sie ist funktionell eingerichtet. Die Edelstahlgeräte und die Maschinen sehen gut gepflegt aus und alles hat seinen festen Platz. Auf den Herdplatten dampft es in Töpfen und Pfannen. Es herrscht ein harmonisches Zusammenspiel zwischen den Köchen, die mit Hingabe und Können die frischen Zutaten in kulinarische Meisterwerke verwandeln. Der Duft von Kräutern, Gewürzen und frisch zubereitetem Essen erfüllt die Luft.

»Es war sehr lecker. Die Tagliatelle mit Trüffel waren besonders köstlich.« Paolo, der gerade in einem Topf rührt, schaut auf und erwidert mein Lächeln. Er trägt eine weiße Kochschürze und eine Mütze, wie man sie von Köchen kennt.

»Frische Zutaten und die Leidenschaft für die italienische Küche sind das Geheimnis.« Er zwinkert.

Neun

Überall um mich herum stehen Kerzen. Nebel und Stille verhüllen den Friedhof, auf dem ich stehe. Die Grabsteine sind verwittert und verblasst und die Bäume beugen sich bedrohlich über mich. Plötzlich steht meine Mutter zwischen den Grabsteinen, das todesbleiche Gesicht vom flackernden Schein der Kerzen erleuchtet. Ausdruckslos schaut sie mich an und wendet sich langsam um. Ich rufe nach ihr und laufe ihr hinterher. Doch die Entfernung zwischen uns vergrößert sich. Mit einem Mal öffnen sich die Gräber und knöcherne Hände greifen nach mir. Verzweifelt versuche ich voranzukommen. Meine Schreie verhallen in der unheilvollen Stille des Friedhofs.

Schweißgebadet schrecke ich aus meinem Albtraum hoch. Verdammt, schon wieder. Mein Herz rast und meine Hände zittern. Ich versuche, die schrecklichen Bilder aus meinem Kopf zu verdrängen, doch es gelingt mir nur schwer. Ich könnte wetten, dass es sich bei dem Friedhof in meinem Traum um jenen gehandelt hat, den ich gestern besucht habe. Aber dann stellt sich mir die Frage, warum mir meine Mutter dort erscheint? Eine ältere Version von ihr. Ihre Haare sind silbergrau und die Linien auf ihrem Gesicht erzählen von den Jahren, die sie bereits gelebt hat. War es meine Großmutter? Nein, es war definitiv meine Mutter, das habe ich an der Narbe an ihrem Kinn erkennen können. Es wäre doch Zufall, wenn meine Nonna genau dieselbe haben würde. Schnell versuche ich die Gedanken zu verdrängen und greife nach meinem Handy. Es ist nach sechs Uhr morgens und draußen dämmert es. Da ich so oder so hellwach bin, beschließe ich aufzustehen und mir den Sonnenaufgang vom Hafen aus anzusehen. So leise wie möglich schlüpfe ich in meine Klamotten, binde mir meine Schuhe, ziehe den Mantel über und schleiche mich aus dem Hotel. Die Stadt schläft noch tief und fest und es sind nur einzelne wenige Lichter in den Häusern zu sehen. Die Straßen sind leer und still. Ein Hauch von Aufregung begleitet mich, während ich mich dem Ufer des Gardasees nähere. Der Hafen liegt etwa fünf Minuten Fußweg vom Hotel entfernt. Die frische Luft tut mir gut, denn ich werde wach und die Angst des Albtraums weicht langsam. Dort angekommen finde ich einen ruhigen Platz am Wasser und setze mich auf eine Mauer, gegen die die Wellen klatschen. Die Dämmerung umgibt mich, doch allmählich verblassen die Sterne und das Dunkel der Nacht verwandelt sich in zarte Orangetöne. Mein Blick fällt immer wieder zu dem Haus, aus dem Leo gestern gekommen ist. Dort brennt bereits Licht und ich kann die Silhouette eines Menschen hinter dem Fenster erahnen. Glücklicherweise nur von einer Person und es beruhigt mich, denn es gibt mir Hoffnung, dass er hier allein wohnt. Ich richte meinen Blick zurück aufs Wasser und komme mir bei dem Gedanken an Leo blöd vor. Was hat der Kerl bloß an sich? Geduldig warte ich, bis sich am Horizont die Sonne hinter den Bergen erhebt. Die ersten Strahlen brechen hervor und der Himmel färbt sich in ein warmes Orange und Rosa. Der Gardasee spiegelt die Farben des Himmels wider und das Wasser glitzert in der Morgendämmerung. Ich liebe den Sonnenuntergang, aber für mich ist der Aufgang ein bisschen wertvoller, denn die Welt legt sich einem zu Füßen. Da man sowieso schon wach ist, kann man frisch und munter in den Tag starten.

»*Buongiorno*«, sagt eine vertraute Stimme hinter mir. Ich zucke zusammen und drehe mich um.

»Leo. Scheiße, hast du mich erschreckt!« Er lächelt verlegen.

»Ja, das kommt davon, wenn man sich um diese Uhrzeit herumschleicht.« Ich stoße mit meinem Ellenbogen gegen seinen Arm.

»Sagst ausgerechnet du. Was schleichst du dich denn um diese Zeit schon herum?« Ich weiß, dass er hier wohnt, aber das muss er ja nicht wissen. Ich stecke meine Hände zurück in die Manteltaschen, weil mir kalt ist. Die Situation zwischen uns ist komisch.

»Ich habe dich schon aus meinem Fenster beobachtet …«, sagt er und zeigt auf das türkise Gebäude auf der anderen Seite des Hafens, »und dachte mir, dass du vielleicht Gesellschaft haben möchtest.« Jetzt muss ich verlegen lächeln.

»Und da du wusstest, dass ich heute um diese Uhrzeit hier sein werde, hast du dir auch sicherheitshalber so früh den Wecker gestellt?«

Er lehnt sich neben mich und richtet seinen Blick ebenfalls aufs Wasser. »Erwischt. Ich habe heute die Frühschicht angeboten, da wir ja nachher, weil wir so verdammt gut gespielt haben, zu der Almhütte wandern und dort zu Abend essen. Nur falls du das vergessen haben solltest.« O Mann, dieser Idiot.

»Ganz zufällig kann ich mich noch sehr gut daran erinnern.« Wir schweigen einen Moment, während wir beide den Anblick des Sonnenaufgangs genießen. Ich durchbreche das Schweigen. »Wie kommt es eigentlich, dass du so viel für das Hotel machst?« Er lacht auf.

»Tja, da bin ich wohl so reingerutscht. Seit der Grundschule bin ich Lucias bester Freund. Als Kind war ich immer bei ihr und ihrer Familie. Ich fand total faszinierend, wie alles im Hotelbetrieb abläuft. Und ja, dann haben sie mich eingestellt und ich mache seitdem alles, was es gerade braucht. Aber irgendwann will ich mein eigenes Hotel eröffnen. Ich mache seit einem Jahr meinen Abschluss nach, musst du wissen. Ich bin nicht der geborene Schüler und es fällt mir dementsprechend schwer. Die Abschlussprüfung ist leider noch schwerer als gedacht. Ich soll eine Präsentation halten. Zum Glück habe ich noch ein bisschen Zeit. Ohne Abschluss ist alles viel schwieriger. Man kann zwar ein Unternehmen gründen, aber mit geht es einfacher. Eine ältere Dame aus dem Dorf vermietet mir ihr altes Hotel und ich bin überglücklich, es übernehmen zu dürfen.« Ich genieße, dass er von sich und seinem Leben erzählt.

»Ich war auch nie eine Einser-Schülerin, aber meine Mutter hat darauf bestanden, dass ich studiere. Ich habe vor fünf Jahren mein Tourismusmanagement-Studium beendet, also ja, ich kann verstehen, wie du dich fühlst.« Er sieht mich mit großen Augen an.

»Daher wusstest du so viel beim Spiel. Jetzt wird mir so einiges klar. Du Schlawinerin!« Ich beginne zu lachen.

»Warum? Es war ja auch zu deinem Vorteil«, sage ich mit einem Zwinkern. »Wenn du magst, kann ich mir deine Abschlusspräsentation mal ansehen?«

»Das würdest du?«, fragt er voller Freude.

»Klar, gerne!« Er erhebt sich von der Mauer und geht einen Schritt zurück.

»Das wäre toll, danke. Ich sollte jetzt langsam los, du weißt ja, wie meine Vorgesetzten sind. Streng und so«, sagt er mit einem sanften Lächeln im Gesicht und verabschiedet sich. Leo entfernt sich von mir und dem Hafen. Ich kann nicht anders, als ihm nachzublicken. Trotz des unangenehmen Starts unseres Kennenlernens habe ich das Gefühl, dass da eine positive Spannung zwischen uns ist. Ein Lächeln huscht über mein Gesicht. Ich muss mir eingestehen, dass ich Leo mag. Schnell verwerfe ich den Gedanken wieder, als in dem Haus ein weiteres Licht aufgeht. Wusste ich es doch! Enttäuschung durchdringt meinen Körper.

Limone, 7. Juli 1994

Liebes Tagebuch,
was für ein Glück bist du nicht nachtragend. Entschuldige bitte, dass ich dich als scheiße bezeichnet habe. Lass uns noch mal von vorne beginnen. Ab jetzt nenne ich dich lieb …
Heute habe ich die Zusage von der Universität in Verona bekommen. Die haben mich tatsächlich genommen und ab Oktober darf ich dort Tourismusmanagement studieren. Ich habe mich selten so gefreut. Auch die Arbeit im Hotel gefällt mir sehr gut, ich glaube, dass es das richtige Studium für mich sein wird. Wie sagt Mamma immer so schön: »Erst wenn du etwas Gescheites studiert hast, kannst du mit deinem Leben machen, was du willst.« Und ja, sie hat irgendwie recht. Eine gute Ausbildung ist der Grundstein einer erfolgreichen Karriere. Tja, das war die gute Nachricht des heutigen Tages, da gibt es aber noch eine, die mir mein Herz zerrissen hat …
Vielleicht erzähle ich dir davon.
In Glückseligkeit und voller Trauer,
deine A.

»Ich habe eine Überraschung für dich«, sagt Marco liebevoll. Ich stelle mich auf meine Zehenspitzen, um einen Kuss von ihm zu erhaschen.

»Verrätst du mir, was es ist?« Er grinst.

»Nein. Komm, ich zeige es dir!« Es ist bereits kurz vor einundzwanzig Uhr und die Abenddämmerung hat eingesetzt. Die Straßen von Limone sind von warmem Licht erleuchtet, und die Stadt strahlt in einem romantischen Glanz. Marco führt mich durch die engen Gassen, bis wir schließlich vor dem Eingang zur »Limonaia del Castel« stehen. Es handelt sich um einen historischen Zitronengarten im Zentrum von Limone. Hier wird demonstriert, wie früher Zitronen angebaut und geerntet wurden.

»O wie schön! Hier oben soll es abends besonders romantisch sein«, sage ich und sehe ihn an.

»Deshalb bin ich mit dir heute hier.« Er nimmt meine Hand, nachdem wir an der Kasse Eintritt bezahlt haben. Der Eingang zur Limonaia wird von zahlreichen Laternen und Lichterketten gesäumt, die den Weg zu diesem verzauberten Ort weisen. Durch die Tür gelangen wir in einen üppigen Zitronengarten, der von Kerzen und Lichtern erhellt wird. Der Duft von Zitronenblüten erfüllt die Luft. Die Szenerie ist wie aus einem Märchen.

»Es ist so unbeschreiblich schön hier«, sage ich und drehe mich einmal im Kreis.

»Komm, lass uns ganz bis nach oben gehen, dann zeige ich dir meine Überraschung.« Ich folge ihm. Aufregung steigt in mir hoch. »Schließ deine Augen, ich führe dich!« Er legt seine Hände von hinten auf mein Gesicht und ich lasse mich von ihm über einen unebenen Steinboden leiten. Er hält mich gut fest, damit ich nicht stolpere. »Bist du bereit?« Ich nicke und er nimmt seine Hände von meinen Augen. Vor mir liegt der Gardasee. Die Lichter der Städte und das Licht des Mondes spiegeln sich in seiner Oberfläche. Die umliegenden Berge ragen majestätisch empor und die Stadt Limone wirkt so ruhig wie noch nie zuvor.

»Es ist einfach wunderschön.«

»Ja, das finde ich auch.« Er drückt mir einen Kuss auf meinen Hinterkopf und hält mich, die Arme schützend um mich gelegt, fest. Ich blicke nach links. Er hat eine Decke inmitten der Zitronenbäume ausgebreitet und ein wunderschönes Picknick vorbereitet hat. Auf der Decke stehen in Schälchen serviert frisches Brot, Oliven, Käse, Trauben und Prosciutto. Neben den kulinarischen Genüssen liegen auch zwei Gläser und eine Flasche Wein bereit. Sprachlos drehe ich mich zu ihm um und ziehe seinen Kopf an mich heran. Ich küsse ihn leidenschaftlich und genieße, wie sich seine Lippen synchron auf den meinen bewegen.

»Setz dich!«, sagt er. Wir setzen uns auf die Decke und er öffnet die Flasche Wein.

»Vielen Dank für diesen wunderschönen Abend.« Ich trinke einen Schluck und blicke auf die Weiten des Gardasees hinaus. Als ich mich ihm zuwende und in die Augen sehe, wird Marcos Gesicht plötzlich ernst.

»Amalia, es gibt etwas, das ich dir sagen muss.« In seiner Stimme klingt ein Hauch von Angst. »Ich habe gestern erfahren, dass ich morgen nach Amerika gehen werde, denn ich habe an der Yale ein Stipendium erhalten. Es ist für mich und auch für meine Eltern eine überraschende Nachricht gewesen, dass ich es tatsächlich geschafft habe. Ich kann es selbst kaum fassen.« Die Worte treffen mich wie ein Schlag. Ich kann kaum Luft holen. Die Vorstellung, dass Marco mich verlassen wird, ist kaum zu ertragen. Mein Herz ist schwer.

»Wie spät wirst du fahren?« Ich kämpfe mit mir, damit ich nicht zu heulen und zu schluchzen beginne.

»Morgen Abend. Ich habe mich schon vor ein paar Wochen um Visum und Unterkunft gekümmert, aber die definitive Zusage habe ich erst heute bekommen, das musst du mir glauben. Aber bevor ich gehe, möchte ich diese kostbaren Momente mit dir genießen. Dieser Abend hier ist unser letzter gemeinsamer Abend für eine Weile und ich möchte ihn besonders machen.« Er beugt sich über mich und küsst mich. Ich bin zu gelähmt, um mich zu wehren und alles, was in dieser Nacht geschieht, geschieht aus Liebe.

Zurück in Limone bei Liara

Als ich das Tagebuch schließe, laufen mir große Tränen über die Wangen. Wie schlimm muss es für meine Mutter gewesen sein, ihren geliebten Marco zu verlieren? All die Hoffnungen, Träume und Pläne, die sie vielleicht mit ihm hatte, lösten sich in Luft auf. Es schmerzt mich sehr, ihre Worte zu lesen.

Der Vormittag vergeht zum Glück wie im Flug und bereits um kurz nach eins will ich mich mit Leo, Lucia, Francesco, Emanuel und Anna vor dem Hotel treffen. Ich schaffe es endlich, mich von dem Tagebucheintrag abzulenken. Ich habe meine Bergschuhe, eine dicke Leggins und Sportklamotten angezogen, mit denen ich gut wandern kann. Vor dem Hotel wartet bereits Lucia.

»*Ciao*!« Sie winkt mir zu.

»*Ciao* Liara. Wie schön, dass zumindest du erscheinst«, sagt sie und sieht mich besorgt an.

»Warum? Ist etwas passiert?« Ich erschrecke mich.

»Nein, passiert zum Glück nichts. Emanuel muss heute für Marianna einspringen, sie ist leider noch krank, deshalb kann er uns nicht begleiten und Anna möchte nicht allein mitkommen. Leo wollte einspringen, aber er hat sich den freien Nachmittag mehr als verdient.«

»Schade. Das hätte den beiden sicher gefallen.«

»Wenn alles gut geht, dann kommen sie vielleicht nach. Aber wo bleiben bitte Leo und Francesco?« Ich zucke mit den Schultern. Die Sonne steht hoch am Himmel und für die Jahreszeit ist es angenehm warm. Die Vorfreude auf den Ausflug liegt in der Luft, als die beiden Männer schließlich erscheinen.

»Endlich, da seid ihr ja«, sagt Lucia und stemmt ihre Hände in die Hüften.

»Er ist schuld. Musste noch seine Schokoladencreme holen«, sagt Leo und zeigt auf Francesco.

»Mousse. Schokoladenmousse! Und du wirst es mir nachher noch danken«, wirft er ihm mit einem Zwinkern zu. Die Jungs tragen sehr große und ich wette auch schwere Rucksäcke, da fühle ich mich mit meinem kleinen Rucksack peinlich berührt.

Wir verlassen die Stadt Limone und machen uns auf den Weg zur Alm, die hoch über der Stadt liegt. Der Pfad, den wir wählen, führt uns durch die engen Gassen, die die Stadt durchziehen und sich in Serpentinen den Berg hinaufwinden. Das Aufsteigen über die steilen Wege erfordert eine gewisse Anstrengung und bereits nach wenigen Metern wünschte ich mir, dass ich etwas sportlicher wäre und mehr Kondition mitbringen würde. Ich habe zwar eine schlanke Figur, sollte aber trotzdem um meines Körpers willen etwas mehr Sport betreiben. Ich versuche, mein lautes Atmen zu unterdrücken und folge den anderen, so gut es geht. Während wir höher steigen, werden die Häuser weniger. Wir kommen an Olivenhainen und Zitronenplantagen vorbei, die an den Hängen gedeihen, momentan jedoch noch im Winterschlaf liegen. Die Berge erstrecken sich in der Ferne, der Blick auf den Gardasee ist beeindruckend. Je höher wir kommen, umso langsamer werde ich und umso schwerer fällt mir die Wanderung. Wir haben gewiss mehrere Hundert Höhenmeter zurückgelegt. Es ist mir ein Rätsel, wie Lucia und die anderen den Berg geradezu hinaufrennen. Meine Atmung wird schwerer und meine Beine brennen. Leo bemerkt meine Müdigkeit und verlangsamt seine Schritte. Er dreht sich zu mir um und sieht mein angestrengtes Gesicht.

»Geht's?«, fragt er mit einem spöttischen Lächeln.

»Jaja, alles gut. Geh ruhig vor zu den anderen, ich komme nach«, antworte ich ihm in der Hoffnung, dass er tut, was ich sage. Es ist mir peinlich, von ihm so gesehen zu werden.

»Ich glaube dir nicht, denn dein Kopf ist feuerrot. Allein lassen will ich dich nicht, nicht dass du noch umkippst!« Ich fächere mir mit den Händen etwas Luft zu.

»Ha ha ha, sehr witzig. Glaub mir, ich schaff das!« Er lacht.

»Kommt da das Mädchen aus der Stadt in dir hervor?«, fragt er mit einem Zwinkern.

»Sag das noch mal. Das wirst du mir büßen«, sage ich und gehe im Laufschritt an ihm vorbei. Dass das keine so gute Idee war, bemerke ich schon nach wenigen Metern, denn er kann mühelos mit mir Schritt halten. Und ich muss gestehen, dass mich das ordentlich ärgert.

»Kurze Pause?«, fragt er mich mit einem Lächeln. Ich nicke.

»Pause!«

»Darf ich?« Er nimmt mir den Rucksack von den Schultern und wirft ihn auf seinen eigenen. Aus der

Seitentasche kramt er eine Flasche Wasser hervor und reicht sie mir.

»Hier! Nimm einen Schluck, dann schaffen wir die letzten Meter auch noch mit links.« Ich nehme das Wasser entgegen und trinke einen großen Schluck.

»Danke«, keuche ich. »Ihr seid so schnell.«

»Übung. Im Sommer gehe ich mit den Gästen beinahe täglich hier hoch, im Winter nur circa einmal die Woche.« Ich schaue ihn mit großen Augen an.

»Soso, also auch noch Wanderführer? Ist es überhaupt erlaubt, so viele Jobs zu haben?«, necke ich ihn.

»Ich bin nun mal ein Multitalent. Viele würden sich um mich reißen!« Leo lächelt über seine eigene Aussage und setzt seinen Weg neben mir in einem gemäßigteren Tempo fort.

»Wenn ich gewusst hätte, dass wir ein Wettrennen gewinnen, dann hätte ich schlechter gespielt«, sage ich scherzhaft.

»Jetzt sammle mal nicht die gesamten Lorbeeren ein. Wenn ich dir damals nicht diesen Gin Tonic gemixt hätte, hätten wir verloren. Es sind nur noch zwei bis drei Kurven, dann sind wir da«. Unsere Augen treffen sich für einen flüchtigen Moment, und plötzlich erfüllt ein merkwürdiges Kribbeln meinen Bauch. In seinen Augen lese ich eine tiefe Wärme und Verbundenheit, die mich verwirrt und gleichzeitig fasziniert. Mein Herz schlägt schneller und ich kann nicht sagen, ob es daran liegt, dass es wieder steiler wird oder ob mich Leos Nähe einschüchtert. Endlich erblicke ich Lucia und Francesco, die es sich bereits vor der Almhütte gemütlich gemacht haben. Die frische Bergluft erfüllt meine Lungen und die atemberaubende Aussicht verschlägt mir die Sprache. Die Häuser liegen weit unter mir wie winzige Puppenhäuser mit glitzernden Dächern, von der Sonne angestrahlt. Die Straßen sind feine Linien im Mosaik der Landschaft und der See strahlt in dunklem Blau.

»Wir haben uns schon Sorgen gemacht, aber ihr habt so vertraut gewirkt, dass wir euch gerne eure Zweisamkeit lassen wollten«, schreit Lucia, als wir ungefähr hundert Meter entfernt sind.

»Sie wollte schon die Bergrettung rufen«, erwidert Francesco neckend.

»Leo konnte nicht mehr und da habe ich mit ihm zusammen eine kleine Pause gemacht. Nicht dass er mir noch umkippt oder so«, sage ich und zwinkere Leo zu. Dieser lächelt mich an und stellt zuerst meinen Rucksack und dann seinen eigenen, der gewiss zwanzig Kilo mehr wiegt, auf dem Boden ab.

»Und damit er beim Umkippen weich landet, hast du ihm sicherheitshalber auch noch deinen Rucksack gegeben, oder?«, fragt Francesco neugierig.

»Ganz genauso habe ich mir das gedacht«, antworte ich lachend.

»Wer will Prosecco?« Lucia zieht eine Flasche Prosecco aus ihrem Rucksack und stellt sie vor sich auf den Tisch. Dann springt sie auf, geht in die Hütte und kommt mit vier Gläsern zurück. Wir nehmen uns alle ein Glas und sie schenkt fröhlich bis zum Rand ein.

»Willst du uns abfüllen?«, fragt Leo, der sich auf der Bank vor der Hütte niedergelassen hat.

»Es soll ja ein interessanter *Sleepover* werden, oder nicht?«, fragt sie zwinkernd.

»Oh, wir schlafen also auch hier?«, frage ich und in meiner Stimme schwingt ein Hauch Verzweiflung mit. »Ich habe gar keine Zahnbürste eingepackt und mein Pyjama liegt auch im Hotelzimmer.«

»Klar. Das ist das Tollste hier oben. Man kann die Lichter von den kleinen Städtchen sehen, die den Gardasee beleuchten, und Sterne zählen funktioniert auch wunderbar«, schwärmt sie vor sich hin. »Einen Pyjama kann ich dir leihen, das ist kein Problem, und eine neue Zahnbürste müsste auch noch hier sein.« In meinem Magen zieht sich bei dem Gedanken, mit drei anderen Personen in einer Hütte zu übernachten, alles zusammen. Was, wenn ich einen Albtraum bekomme und alle mitkriegen, wie ich die Kontrolle über mich verliere. Aus Verzweiflung trinke ich das Glas Prosecco in einem Zug aus.

»Da hatte wohl jemand großen Durst«, sagt Lucia und füllt mir schnell nach. Leo und Francesco tragen in der Zwischenzeit ihre Rucksäcke nach drinnen und packen die vorbereiteten Speisen aus, um sie zu kühlen. Ich muss wohl das Beste aus der ganzen Situation machen. Mein Blick fällt auf die Almhütte. Sie ist ein wahres Juwel inmitten der rauen Berglandschaft. Es gibt sogar Strom und fließend Wasser, erzählt mir Lucia. Ihr äußeres Erscheinungsbild ist rustikal und charmant. Das grobe Holz der Fassade passt perfekt in die Umgebung und verleiht der

Hütte einen authentischen Alpencharme. Das Dach ist mit dicken Holzschindeln gedeckt, die im Laufe der Jahre eine Patina entwickelt haben. Auch Lucia und ich folgen den anderen in die warme Stube. Beim Betreten fühle ich mich sofort in eine andere Welt versetzt. Der große Raum in der Mitte der Hütte ist der gemütliche Mittelpunkt. Die offene Feuerstelle, die von Stein umrahmt wird, ist das Herzstück des Raumes. Ein loderndes Feuer knistert leise und verbreitet eine wohlige Wärme, die sich im ganzen Raum ausbreitet. Um die Feuerstelle herum stehen rustikale Holzsitzbänke mit dicken Kissen, auf denen man es sich gemütlich machen kann. Hier kann man stundenlang sitzen, plaudern und das Flackern der Flammen genießen. Über der Feuerstelle hängt ein großer Kupferkessel, der den Raum mit einem sanften Glanz erhellt. Die kleine urige Kochnische auf der Rückseite des Raums ist mit allem ausgestattet, was man für einfache, aber köstliche Mahlzeiten in den Bergen benötigt. Ich bin schon sehr gespannt, wie Francesco hier unser Siegermahl zaubern will. Ein alter Holztisch mit groben Planken und ein paar Stühle runden das Ganze ab.

»Wenn du magst, zeige ich dir gleich, wo du schlafen kannst«, sagt Lucia und zieht mich mit sich mit. Wir betreten den hinteren Bereich der Hütte und ich komme aus dem Staunen nicht mehr heraus. Die drei Zimmer der Hütte sind einfach, aber gemütlich eingerichtet. Das Holz der Bettrahmen ist mit floralen Mustern verziert. Auf den dicken Matratzen liegen kuschelige Decken und ebensolche Kissen. Die Fenster bieten gleichzeitig einen atemberaubenden Blick auf die umliegenden Gipfel und Täler.

»Dieses hier ist dein Zimmer. Das da hinten meins und dort wird Francesco schlafen. Leo schläft sicher gerne auf der Couch im Aufenthaltsraum.«

»Wahnsinn, wie schön hier alles ist!« Mein Mund formt sich zu einem O. »Wenn ihr wollt, kann auch ich dort schlafen, dann kann Leo das Zimmer haben«, füge ich hinzu.

»Kommt gar nicht infrage. Du bist unser Gast.« Mit Wehmut in der Stimme fährt Lucia fort: »Die Hütte war das Juwel meiner Großmutter. Sie hat sie gehegt und gepflegt, als wäre es ihr größter Schatz gewesen«, erzählt sie wehmütig.

»Das klingt wunderschön«, antworte ich. Wir kehren zu den anderen zurück, die es sich bereits vor dem Feuer gemütlich gemacht haben. Die Flasche Prosecco steht auf dem Holztisch vor ihnen, umgeben von einigen kleinen Snacks und frischem Obst.

»Keine Sorge. Ich habe bereits nachgefragt, das hier gehört noch nicht zu unserem Menü«, sagt Leo stolz und zeigt auf die Köstlichkeiten vor sich. Ich lächle und setze mich an das Feuer, um meinen verschwitzten Rücken zu trocknen. Das Prasseln des Feuers und unser Lachen vermischen sich zu einer wunderbaren Melodie.

»Wenn ihr so weit seid, dann beginne ich zu kochen.« Francesco springt auf und klatscht die Hände zusammen. Leo und ich blicken uns in die Augen und nicken.

»Ich helfe dir«, sagt Lucia und folgt ihm in die Küche. Wir beide bleiben zurück und keiner getraut sich etwas zu sagen. Wir sitzen gemütlich im Wohnbereich, das Feuer knistert vor sich hin und verbreitet eine angenehme Wärme.

Ein leichter Hauch von Prosecco liegt in der Luft. Oder steigt er schon in meinen Kopf? Auf meiner Haut prickelt es angenehm, wenn ich zu Leo blicke. Aber der Gedanke, dass er eine Freundin hat, liegt mir wie ein Stein im Magen und so möchte ich am liebsten aus seiner Nähe verschwinden.

»Gibt es für mich auch etwas, bei dem ich euch helfen kann?«, frage ich. Lucia und Francesco sind in ihrem Element und bereiten die ersten Teller vor.

»Nein, wir haben hier alles im Griff. Vielen Dank«, sagt Francesco, der gerade mit einem Spritzbeutel einen Teller verziert.

»Leo könnte dir, solange es noch einigermaßen hell ist, unseren Almpool zeigen«, gibt Lucia von sich, die voller Tatendrang kleine Tomaten in Stücke schneidet. »Leo, vergiss dabei den geheimen Raum nicht.« Sie zwinkert ihm vom Herd aus zu, konzentriert sich aber sogleich wieder auf ihr Schneidebrett.

»Aye aye, Käpt'n!«, kommt es aus Leos Mund. Er erhebt sich aus seinem gemütlichen Sessel am Feuer und gibt mir ein Zeichen, mit ihm zu kommen. Genau das wollte ich nicht damit erreichen. Zeit allein mit Leo. Ich kann seine intensiven Blicke nicht ausstehen und mein Kribbeln, das dabei entsteht, noch weniger.

»Kommst du?« Ich schlüpfe in die Hausschuhe, die ich vorhin von Lucia bekommen habe, und folge ihm nach draußen.

»Bin ja schon hier.« Seine Mundwinkel beginnen zu zucken.

»Was?«

»Nichts, nichts!« Er geht einen Schritt weiter, aber ich kann sehen, dass ihn etwas an mir schrecklich amüsiert.

»Sag es mir!« Ich protestiere und er lacht.

»Du hast deine Schuhe verkehrt herum angezogen.« Er zeigt auf meine Füße und tatsächlich, erst jetzt bemerke ich meinen Fauxpas. Leo grinst und unter seinen Augen bilden sich wunderschöne Lachfalten. Schnell wechsle ich die beiden Schuhe und beschleunige meinen Schritt. Er ist bereits hinter der nächsten Ecke verschwunden. Ich folge ihm auf die Rückseite der Hütte und trete auf eine Wiese, in deren Mitte ein Glashaus steht. Das Licht der Dämmerung scheint hinein und das Wasser im Pool funkelt darin wie ein kristallklarer Bergsee.

»Das ist das kleine Paradies im Glashaus. Hier kann man sich in der Stille der Nacht treiben lassen und den Sternenhimmel genießen. Es ist der perfekte Ort, um zur Ruhe zu kommen und die Schönheit der Natur zu bewundern. Wenn du magst, dann zeige ich dir nachher die Stelle im Wasser, von der man die Sterne am besten sehen kann. Es ist einfach magisch.« Ich entferne mich einen Schritt von ihm. Es wäre noch schöner, mit ihm zusammen in diesem Pool zu schwimmen und die Sterne zu beobachten. Und das auch noch ohne Bikini. Die arme Freundin zu Hause.

»Ja, mal sehen. Vielleicht können die anderen später ja mitkommen«, antworte ich viel zu schnell und auch ziemlich scharf. Er bemerkt meine abweisende Aussage, lässt sich aber nichts anmerken. Stattdessen gehen wir um das Glashaus herum zu einer alten Holzscheune, die sich dahinter verbirgt. Von außen wirkt der Schuppen verwittert und voller Geschichten vergangener Tage. Das Holz ist ausgeblichen und das Dach ist morsch. Ein bisschen schief ist es auch, sodass der Eindruck entsteht, es könnte jeden Moment einstürzen.

»Sollen wir jetzt Holz holen?«, frage ich verwundert und blicke an dem Gebäude hoch. In Leos Gesicht erstrahlt ein Lächeln. »Lachst du über mich?«

Er verneint. »Nein, komm ich zeige dir unseren geheimen Ort. Den dürfen die Hotelgäste normalerweise nicht sehen, denn es ist Lucias, Emanuels und mein Paradies. Und für unsere Freunde. Aber bilde dir jetzt bloß nichts ein.« Er zwinkert, öffnet die hölzerne Tür und enthüllt das Innere der Scheune. Mein Mund verformt sich zu einem lautlosen O. Der Raum ist modern und luxuriös ausgebaut, ein wahres Spieleparadies. In der Mitte des Raumes steht ein Billardtisch, der von eleganten Lampen umgeben ist. An den Wänden hängen Dartboards und Regale, die mit verschiedenen Gesellschaftsspielen gefüllt sind. Es gibt auch eine Ecke mit bequemen Sesseln und einem großen Fernseher.

»Wahnsinn«, stottere ich sprachlos. »Du weißt gar nicht, wie sehr ich Billard liebe.« Ich laufe zu dem Tisch und berühre mit meiner Hand die Oberfläche des Tisches. Erinnerungen an meine Studienzeit werden wach. »Als wir noch zur Uni gegangen sind, haben wir uns jeden Mittwoch zum Billardspielen verabredet. Aber es war kein normales Spiel, denn immer, wenn man getroffen hat, musste der andere einen Shot exen. Und so wurden wir mit der

Zeit zu richtigen Profis. Aber oft waren wir stockbesoffen. Einfach herrlich.« Fasziniert von dem Raum bemerke ich gar nicht, dass Leo nach hinten geht, aus einer beleuchteten Vitrine eine Flasche Limoncello herausholt und sich damit zu mir gesellt.

»Herausforderung angenommen. Wir haben zwar keine Shotgläser, aber ein großer Schluck direkt aus der Flasche dürfte auch seinen Teil beitragen«, sagt er und stellt die Flasche mit Schwung auf den Tisch.

Ich muss lachen. »Du willst wirklich jetzt und hier den Kampf gegen mich aufnehmen?« Siegessicher stelle ich mich vor ihn.

»O ja, denn irgendwie habe ich das Gefühl, dass du mir aus dem Weg gehen willst!«

»Wie kommst du denn auf so etwas?«, sage ich und versuche, meinen Blick von ihm zu nehmen.

»Siehst du, schon wieder!«

»Blödsinn. Lass uns spielen«, protestiere ich. Wir stehen nebeneinander, die Billardqueues in den Händen, bereit für eine Partie, die wir so schnell nicht vergessen werden. Ich lächle Leo an, während ich die weiße Kugel in die Hand nehme und sie auf den grünen Filz lege.

»Bereit?«.

Er nickt und richtet seinen Blick auf die farbigen Kugeln. »Bereit. Lass uns sehen, wer das bessere Händchen hat. Oder soll ich sagen, den besseren Magen?« Er zeigt auf den Limoncello und grinst. Das Klackern der Kugeln, als ich die erste Kugel anstoße, erfüllt den Raum. Die rote Kugel rollt geschickt zu einer der Taschen und versenkt sich mit einem zufriedenstellenden Plonk-Geräusch. Ich lache und zwinkere Leo zu.

»Ein Punkt für mich. Du musst einen Schluck Limoncello trinken!«

Er genehmigt sich einen großen Schluck des zitronigen Likörs. »Nur fair. Aber ich werde mich revanchieren, das verspreche ich!« Die Runden vergehen, und die Stimmung wird immer ausgelassener. Leo und ich sind voller Ehrgeiz, aber gleichzeitig haben wir viel Spaß miteinander. Jeder Fehlschuss wird von fröhlichem Gelächter begleitet, und ich genieße den spielerischen Wettstreit und das Gefühl des Limoncellos. Schließlich nähert sich das Ende des Spiels. Ich stehe vor einer schwierigen Entscheidung. Die schwarze Kugel liegt nahe der Ecktasche, aber ein riskanter Stoß ist erforderlich, um sie zu versenken. Ich zögere einen Moment und sehe Leo herausfordernd an.

»Ich wage es!« Mit einem leichten Stoß schicke ich die weiße Kugel los. Gespannt warten wir, was passiert. Der Stoß ist perfekt, die Kugel rollt und versenkt sich mit einem glorreichen Plonk-Geräusch. Ich habe gewonnen! Voller Freude hüpfe ich herum und lande in Leos Armen. Dieser schenkt mir ein Lächeln. Sein Gesicht ist nur wenige Zentimeter von meinem entfernt und ich bilde mir ein, dass ich seinen warmen Atem auf meiner Stirn spüren kann. Die Spannung zwischen uns ist greifbar. In seinen Augen sehe ich die Spiegelung meines Lächelns und sein Gesicht offenbart die gleiche Freude.

Die Nähe zwischen uns ist elektrisch geladen und gleichzeitig unglaublich vertraut. Die Luft ist erfüllt von einer ungeklärten Anziehung, die in diesem Augenblick zwischen uns schwebt. Am liebsten würde ich ihn küssen, aber mein Verstand ist stärker und so reiße ich mich von ihm los. Das warme Gefühl, das er mir gerade noch mit seinem Körper gegeben hat, ist verschwunden und übrig bleibt nur der Gedanke daran.

»Beim Billard gewinnt nicht immer der Bessere«, sage ich, proste ihm mit der Limoncello-Flasche zu und gönne mir anschließend einen großen Schluck. Dann halte ich ihm die Flasche unter die Nase und auch er trinkt davon. In meinem leicht angetrunkenen Zustand wankt die Welt um mich herum.

»Das Essen wartet bestimmt, wir sollten zu den anderen. Sie fragen sich bestimmt schon, wo wir bleiben.«

»Bestimmt!« Seine Antwort klingt nicht überzeugt. Gemeinsam verlassen wir die geheime Hütte und kehren zu Lucia und Francesco zurück. Kaum haben wir die Hütte betreten, umfängt uns der Duft von frisch gebackenem Brot, herzhaftem Braten und Thymian. Es ist ein wunderbares Aroma, das die Vorfreude auf das bevorstehende Mahl noch verstärkt. Ich schließe meine Augen, um alles zu inhalieren. Auch der Tisch wurde in der Zwischenzeit gedeckt. Eine rustikale Tischdecke bedeckt den hölzernen Tisch und zahlreiche Messer, Gabeln und Löffel liegen neben den Tellern. Das Besteck glänzt im sanften Licht der Kerzen, die auf dem Tisch verteilt sind.

»Wow«, kommt es aus meinem Mund, als ich das Kunstwerk betrachte. Lucia sieht mich lächelnd an.

»Gefällt es dir? Ich meine natürlich euch, denn der Gewinn ist für euch beide bestimmt.«

Ich komme aus dem Staunen nicht mehr heraus. »Es ist einfach traumhaft, vielen Dank!«

Auch Leo freut sich. »Es ist schön, mal von euch beiden bedient zu werden«, sagt er lachend.

»Jetzt komm. Ich koche dir sehr oft deine Lieblingsmahlzeiten«, ruft Francesco vom Herd aus.

»Jaja, du hast recht. Ich darf mich bei den beiden eigentlich nicht beschweren«, sagt er in meine Richtung und setzt sich an den Tisch. »Lucia, wo bleibt mein Wein?« Wir alle lachen.

»Und genau darum hasse ich es, wenn du bei irgendetwas gewinnst«, gibt sie ihm zur Antwort und wuschelt durch seine Haare.

»Was habt ihr überhaupt gemacht? Ihr riecht, als hättet ihr alle Limoncello-Vorräte verputzt«, sagt Lucia plötzlich, die sich mir mit der Weinflasche nähert.

»Lucia, warum ist der Raum noch mal geheim? Weil darin geheime Dinge passieren«, sagt Leo als Antwort und nickt mir dabei zu.

»Soso. Dann hoffen wir mal, dass ihr die Weinbegleitung beim Essen noch schafft und wir euch nicht vorher ins Bettchen bringen müssen!« Sie schenkt Wein in mein Glas ein. Das Klirren der Gläser und das leise Plätschern des Weins fügen sich harmonisch in die entspannte Atmosphäre der Almhütte ein. Francesco tritt mit einem breiten Lächeln und vier Vorspeisentellern zu uns an den Tisch. Ich staune immer wieder, wie viele Teller geübte Menschen auf einmal tragen können. Auf den Tellern liegt kunstvoll arrangiert zartes Rindercarpaccio. Der Anblick lässt mir das Wasser im Mund zusammenlaufen.

»Das Fleisch macht den Unterschied, denn es kommt direkt von den Almen aus der Umgebung. Es ist so butterzart, dass es auf der Zunge zergeht!« Nachdem auch er sich zu uns gesetzt hat, beginnen wir mit dem Essen und tatsächlich, das Fleisch zergeht wie Butter im Mund.

»Also ihr wollt uns wirklich nicht verraten, warum ihr zu Schnapsdrosseln geworden seid?«, stichelt Lucia nochmals nach. Und schon wieder brechen Leo und ich in Gelächter aus. »Ach kommt schon Leute, was soll das?!« Sie stemmt ihre Hände in die Hüften und protestiert.

»Ich helfe, die Teller abzuräumen.« Leo und Francesco stehen auf, sammeln sie ein und tragen sie in die Küche.

»Komm schon, Liara, verrate du es mir. Du weißt, dass ich schrecklich neugierig bin!«

Ich freue mich, dass sie sich so für uns interessiert. »Lucia, warum ist der Raum noch mal geheim? Weil darin geheime Dinge passieren«, plappere ich Leo nach. Vom Spülbecken dringt Beifall.

»Auf dich kann man zählen, Liara«, schreit Leo aus der Küchenecke. Seine Aussage erfreut mich und ich schaffe es kaum, meinen Blick von ihm zu nehmen. Als die beiden an den Tisch zurückkehren, serviert Leo mir meinen Teller und Francesco stellt einen vor Lucia ab. Diesmal sind es hausgemachte Ravioli, gefüllt mit würzigem Bergkäse und frischen Kräutern, begleitet von einer leichten Tomatensoße.

»Oh wie gut das riecht. Am liebsten würde ich dich mit nach Hause nehmen, damit du mich jeden Tag bekochen kannst«, sage ich an Francesco gewandt.

Er lächelt mich verlegen an. »Vielen Dank, das ist sehr lieb von dir!«

»Aber lass ihn mal besser uns im Limea, was würden wir denn ohne ihn machen?«, schaltet sich Lucia dazwischen.

»Auch wieder wahr.« Während wir uns unterhalten und eifrig an unseren Weingläsern nippen, bemerke ich, wie Leo immer wieder meinen Blick sucht. Seine Augen strahlen eine wohlige Wärme aus und ich kann seine Aufmerksamkeit kaum ignorieren. Jedes Mal, wenn sich unser Blick direkt trifft, kribbelt es in meinem Bauch und ich muss mich beherrschen, nichts davon zu zeigen. Francesco unterbricht unseren innigen Moment mit dem dritten Gang. Ein perfekt gegrilltes Forellenfilet, zart und saftig, begleitet von gerösteten Bergkartoffeln und einer cremigen Dillsoße.

»Es muss ja Jahre dauern, so kochen zu lernen, oder?«, frage ich ihn verwundert.

»Jahrelange Übung und ein bisschen Talent, ja. Wie läuft es eigentlich mit deinem Abschluss, Leo? Hat er dir bereits erzählt, dass er irgendwann sein eigenes kleines Hotel eröffnen will?«. Francesco sieht mich an.

»Ja, er hat es erwähnt.«

»Ein paar Monate dauert es schon noch«, sagt Leo und sucht erneut meinen Blick. Dieses Mal sehe ich aber gekonnt weg. Also will er das Hotel, in dem meine Mutter gewohnt haben muss, wiedereröffnen.

»Aber ich weiß nicht, was ich dann ohne dich machen soll«, sagt Lucia traurig.

»Wenn mir die Arbeit ausgehen sollte, dann komme ich einfach zu euch und arbeite dort weiter«, tröstet er Lucia und legt dabei seine Hand auf ihre. Die Stimmung am Tisch ist ein kleines bisschen gekippt. Francesco versucht sie mit dem vierten Gang zu retten. Er serviert uns eine farbenfrohe Gemüsesuppe. Sie ist eine Mischung aus frischem Gemüse aus der Region, köstlich gewürzt und mit einem Hauch von Bergkräutern verfeinert. Mit der Suppe und dem dazu passenden Wein schafft er es, die Stimmung aus dem Tief zu ziehen. Als nächster Gang ein zartes Medaillon vom heimischen Wildschwein, begleitet von einer reichen Rotweinjus und einer Beilage aus knusprigen Rösti, serviert. Anschließend werden wir mit einer Auswahl von Bergkäsesorten verwöhnt, das mit frischem Obst und knusprigem Brot aufgetafelt wird. Der Duft von Käse erfüllt den Raum und wir probieren uns durch die verschiedenen Sorten. Ich bemerke immer wieder, wie sich Leos Blick auf mich legt. Meines Herzens wegen versuche ich es zu ignorieren. Als siebter Gang erscheint ein delikates Lammfilet, zart und saftig gegrillt. Als Beilage gibt es Kartoffelgratin mit Bergkräutern und frischen grünen Bohnen. Als achten und letzten Gang erwartet uns ein atemberaubendes Dessert. Ein Schokoladenküchlein mit flüssigem Kern, dazu eine Kugel hausgemachtes Vanilleeis und frische Beeren. Die Schokolade schmilzt verführerisch auf dem Löffel und die Kombination mit dem Vanillegeschmack ist ein perfekter Abschluss für unser Gewinneressen. Wahnsinn, was diese kleine Küche alles hergibt. Leos Blicke haben mich die ganze Zeit begleitet und ich kann nicht länger ignorieren, wie sie meine Gedanken gefangen nehmen. Die Spannung zwischen uns ist so intensiv, dass ich ihm am liebsten um den Hals fallen würde. Glücklicherweise rettet mich Lucia vor meiner Tat.

»Es ist schon spät und ich bin todmüde. Wir sollten das Aufräumen auf morgen verschieben«, sagt sie gähnend und erhebt sich.

»Gute Nacht.« Sie gibt Francesco einen Kuss auf die Wange. Ob sie wohl in getrennten Zimmern schlafen werden? Wahrscheinlich, denn sonst müsste Leo nicht auf dem Sofa übernachten. Auch ich verabschiede mich in die Runde. Mein Blick bleibt auf Leo hängen.

»Gute Nacht, Leo«, flüstere ich in seine Richtung.

Er lächelt und erwidert mir leise: »Gute Nacht!«

Ich betrete mein Zimmer und schließe die Tür hinter mir. Die Gedanken an Leo lassen mich nicht los und ich kann nicht aufhören, über die Blicke und die Spannung zwischen uns nachzudenken. Hundemüde werfe ich mich ins Bett, ziehe die schwere Decke bis zu meinem Kinn und schließe die Augen. Meine Gedanken drehen sich immer wieder um Leo. Sein Lächeln, seine Blicke – all das beschäftigt mich und lässt meinen Herzschlag schneller werden. Dieser Mann strahlt irgendetwas aus, das mich nervös macht. Sind es seine Blicke? Oder die ruhige, charmante Art? Um mich von Leo abzulenken, greife ich zum Tagebuch meiner Mutter, das ich in meinem Rucksack bis nach hier oben getragen habe. Es gehört mittlerweile zu mir und ich fühle mich leer, wenn ich es nicht dabeihabe. Ich schlage es auf und lese.

Limone, 17. Juli 1994

Liebes Tagebuch,
er ist wirklich fort. Einfach so gegangen, ohne mich. Ich kann nicht fassen, wie schnell das passiert ist. Vor ein paar Wochen war noch alles gut. Ich habe geglaubt, dass uns nichts trennen kann und jetzt ist er weg. Er ist in Amerika und ich bin hier in Limone zurückgeblieben mit einem gebrochenen Herzen und einer Leere in meiner Brust. Es ist, als ob ein Teil von mir fehlt, und ich weiß nicht, wie ich damit umgehen soll. Die Arbeit im Hotel, die mir so gut gefallen hat, nervt mich jetzt und der Schönling, den ich nicht mehr zum Würgen, sondern nur noch zum Kotzen finde, benimmt sich wieder wie ein Arsch, indem er mich einfach ignoriert. Wahrscheinlich hat er eine von seinen Puppen am Start und schwebt auf einem höheren Niveau. Wann werde ich Marco wiedersehen? Ich hoffe zutiefst bald. Das ist der einzige Gedanke, der mich noch über Wasser hält.
Es tut so weh, liebes Tagebuch!
Amalia

Mein Telefon klingelt, aber ich gehe nicht dran. Ich mache das jetzt bereits seit ein paar Tagen so und ich weiß, dass es unfair gegenüber Linda ist, aber ich habe keine Lust auf Schwimmen, Partys und Menschen. Am liebsten verkrieche ich mich unter meiner Decke und schluchze vor mich hin. Zehn Minuten später steht meine Mutter in der Tür und dahinter Linda, die ihren Kopf über die Schulter meiner Mutter streckt, damit sie in mein Zimmer sehen kann.

»Amalia, Besuch für dich«, sagt Mamma und verlässt das Zimmer. Danke für die Ankündigung, das sehe ich selbst, denke ich mir.

»Oh meine Süße«, sagt Linda und kommt zu mir ans Bett. Als sie mich umarmt, rollen weitere Tränen über meine Wangen. »Es wird alles gut werden.«

Ich schüttle den Kopf. »Nein, das wird es nicht.«

Sie hebt meinen Kopf mit ihrer Hand an, sodass ich ihr in die Augen sehen muss. »In diesem Moment scheint alles aussichtslos, das weiß ich. Aber irgendwann wird es weniger weh tun und du kannst die Sonne wieder strahlen sehen.«

»Ich hoffe, du hast recht.«

»Darf ich dich auf einen Eisbecher einladen? Du musst unbedingt auf andere Gedanken kommen.«

»Aber vorher muss ich duschen.«

»Ja, das wäre vielleicht nicht schlecht.« Linda riecht an mir und rümpft die Nase, zwinkert dann aber.

Zurück in der Almhütte bei Liara

»Alles wird gut werden, du wirst sehen. Lass dich fallen«, sagt meine Mutter, als wir an einem Abgrund in die Tiefe blicken. Sie hält meine Hand und zieht daran.

Mein eigener Schrei reißt mich aus dem Albtraum. Mein Herz rast vor Angst und meine Atmung geht schwer und unregelmäßig.

»Liara, ist dir etwas passiert?« Leo stürmt ins Zimmer und leuchtet mit seiner Handytaschenlampe direkt in mein Gesicht. Ich zucke zusammen. Er kommt näher und stellt sich neben mein Bett. Seine Hand ergreift meine und ich muss zugeben, dass er mich in diesem Moment etwas beruhigt. »Ich habe dich schreien hören und wollte sichergehen, dass alles in Ordnung ist.«

Ich nicke nur, denn zum Antworten fehlt mir die Kraft. »Danke«, presse ich nach kurzer Zeit hervor, während ich mich aufrichte.

Er lächelt mich sanft an und streicht mir eine Haarsträhne aus dem Gesicht. »Wofür?«

Ich bin erleichtert und dankbar, dass er gerade in dem Moment bei mir ist. »Dass du hier bist!« Die Dunkelheit des Albtraums verwandelt sich langsam in Wärme und ich genieße den Moment mit Leo.

»Möchtest du etwas Wasser?« Ich nicke. Er geht zur Tür und ich folge ihm. Aus dem Kühlschrank kramt er eine Flasche Wasser hervor.

»Zum Glück habe ich die anderen nicht geweckt. Das ist mir so peinlich, Leo.« Er sieht mich mit großen Augen an.

»Hast du die öfters?«

Ich zucke mit den Schultern. »Seit der Nacht, in der ich erfahren habe, dass meine Mutter gestorben ist. Ich dachte, dass mir eine Auszeit hier in ihrer Heimat in Italien helfen könnte, aber dem scheint nicht so. Die Albträume sind so beängstigend. Bisher habe ich noch keinem Fremden davon erzählt.« Ich zögere. »Es ist immer alles finster und irgendwo sehe ich dann meine Mutter. Ich bekomme das Gefühl, dass es mir die Luft zum Atmen nimmt.«

»Ich kenne das. Albträume sind schlimm und man hat keinen Einfluss darauf. Als Kind bin ich schlafgewandelt. Meine Mutter hatte große Angst, dass ich irgendwann in den See laufe.« Er wirkt nachdenklich. Seine Hand liegt auf meiner Schulter und ihre Wärme beruhigt mich.

Wir gehen zum Sofa und ich lasse mich darauf nieder. Leo, der neben mir steht, reicht mir seine Hand.

»Komm mit, ich möchte dir etwas zeigen.« Ich blicke ihn neugierig an, nehme sie und lasse mich hochziehen.

»Hier, nimm«, sagt er und reicht mir seine Jacke, die neben der Tür auf einem Kleiderhaken hängt. Erst jetzt bemerke ich, dass ich in dem AC/DC-Nachthemd, das ich von Lucia erhalten habe, vor ihm stehe. Verlegen blicke ich an mir herunter.

»Steht dir aber«, sagt er und lächelt mich an. Wir gehen nach draußen. Kaum sind wir durch die Tür, streift die Kälte der Nacht um meine Beine. Hier in den Bergen ist es noch viel kälter als unten am See.

»Was möchtest du mir zeigen?« Ich hüpfe ihm wie ein junges Reh nach. Er hält meine Hand fest und führt mich zu der Tür, die in den gläsernen Bau mit dem Pool führt. Wir treten ein. Das Wasser schimmert sanft und das weiche Licht der Sterne und des Mondes fällt durch das Glasdach und zaubert ein magisches Ambiente.

»Es ist wirklich ein sehr beruhigender Ort hier«, sage ich und atme tief ein. Ein Teil meiner Anspannung fällt von mir ab.

Er lächelt mich an, macht das Poollicht an und nähert sich dem Becken. »Komm!« Er schlüpft aus seinem Shirt und der Jogginghose und steht in Unterhosen vor mir.

»Was wird das?« Ich muss bei seinem Anblick lachen. Er nimmt Anlauf und springt kopfüber in das Nass. Wassertropfen treffen mich und meine Umgebung.

»Schwimmen, was sonst? Warmes Poolwasser und der Ausblick auf die Sterne heilen alle Wunden. Komm!« Er taucht seinen Kopf unter Wasser und als er hochkommt, schüttelt er sich wie ein nasser Hund. Dabei fallen ihm die Haare in die Stirn. Im Licht kann ich erkennen, dass sie seinem Gesicht einen wunderschönen Touch verleihen. Das Wasser perlt von seiner Haut ab und ich versuche meinen Blick von seinem trainierten Oberkörper abzuwenden. Es erinnert mich an den Aufguss und wie sehr ich damals schon seinen Körper bewundert habe. Seine Anwesenheit allein bringt meinen Puls zum Rasen und mein Herz zum Höherschlagen. Wie gerade eben durch meinen Albtraum, nur eben in schön. Ich stehe immer noch in meinem Nachthemd und mit seiner Jacke über meinen Schultern am Beckenrand.

»Wovor hast du Angst?« Er schwimmt an den Rand

und legt seine Hände zärtlich auf meine Füße. Warmes Wasser spült über meine Zehen.

»Ich habe keinen Bikini«, sage ich verlegen und halte mich an meinem Nachthemd fest.

Sein Blick trifft auf meinen und ein Lächeln huscht über sein Gesicht. »Du brauchst keinen Bikini, komm einfach mit deiner Unterwäsche ins Wasser!«

Ich schüttle meinen Kopf. »Ich glaube, ich behalte Lucias Shirt an.« Er sieht mich immer noch mit diesem warmen Blick an und nickt. Ich werfe seine Jacke auf einen der Liegestühle, die neben dem Pool stehen.

»Wie du dich am wohlsten fühlst«, sagt er und streckt mir die Hand entgegen. Vorsichtig mache ich einen kleinen Schritt nach dem anderen. Mein Shirt saugt sich mit Wasser voll, aber das ist nicht unangenehm, denn das Wasser ist wohltuend warm. Das Nachthemd schmiegt sich an meinen Körper, als ich endlich vollständig im Wasser stehe. Es verleiht mir Geborgenheit. Ich sehe Leo in die Augen und er verfolgt jeden meiner Schritte mit einem Lächeln.

»Das Wasser ist herrlich«, sage ich und lasse mich auf den Rücken fallen. Dabei spritzt das Wasser in alle Richtungen.

»Komm mit, ich zeige dir die Sterne.« Leo schwimmt in das linke Eck des Pools. Ich schwimme ihm nach und sehe, dass dieser Platz im Glashaus tatsächlich der ideale Ort ist, um die Sterne zu beobachten. Der klare Nachthimmel breitet sich über uns aus und die Sterne funkeln hell und zahlreich, als ob sie nur darauf warten, bewundert zu werden.

»Wow, mir fehlen die Worte!« Gemeinsam blicken wir in den Himmel.

Leo legt seinen Arm um mich und flüstert: »Schau, da ist der Große Wagen. Siehst du ihn?«

Ich folge seinem Finger und tatsächlich, da ist der Große Wagen, der sich voller Pracht vor uns erstreckt. Während wir gemeinsam zum Himmel blicken, spüre ich Leos warmen Atem auf meiner Schulter. Unsere Gesichter sind nur wenige Zentimeter voneinander entfernt und ich genieße das Gefühl, ihm so nahe zu sein. *Auch wenn es falsch ist*, schaltet sich mein Kopf dazwischen. Sein Blick gleitet von den Sternen zu meinen Augen und seine Lippen bewegen sich langsam auf meine zu, so nahe, dass ich seinen Körperduft noch stärker wahrnehme. Er steigt mir in die Nase und erfüllt mich mit Glück. Der Moment steht still, als sich unsere Lippen berühren, und ein elektrisches Prickeln meinen ganzen Körper durchfährt. Ich will mich der Intensität des Moments hingeben, doch die Zweifel in meinem Herzen gewinnen die Überhand. Ich löse mich von ihm und senke den Blick aufs Wasser.

»Du gehst mir aus dem Weg, Liara. Aber warum?«, fragt er mich mit leiser und gebrochener Stimme.

Nachdenklich hebe ich meinen Blick und sehe in seine honigfarbenen, wunderschönen Augen. »Ich kann nicht so tun, als gäbe es diese andere Frau in deinem Leben nicht. Ich möchte nicht, dass irgendjemand verletzt wird, verstehst du?«

In Leos Augen schimmert Verwirrung. »Ich verstehe dich nicht. In meinem Leben gibt es keine andere Frau außer dir. Schon seit dem Moment, als wir uns auf der Straße beinahe die Köpfe aneinandergestoßen haben, kann ich nur an deine Augen und dein wunderschönes Gesicht denken.«

Ich spüre, wie sich meine Wangen erhitzen, und ich bringe nicht mehr zustande als ein einfaches »Oh!«

»Wie kommst du denn eigentlich darauf?«

»Ich war am Hafen spazieren, ganz zufällig, und da habe dich mit einer jungen Frau an deinem Haus gesehen, wie ihr Umzugskartons geschleppt habt.« Ich werde verlegen und würde am liebsten unter Wasser tauchen und der Situation entfliehen.

Doch Leo nimmt sanft meine Hand und drückt sie. »Du hast mit Sicherheit meine Schwester gesehen. Sie wohnt einige Tage bei mir, hilft mir beim Einrichten und kümmert sich mit mir zusammen um den ganzen Papierkram, der auf mich zukommt.« Langsam beginne ich meine Zweifel loszulassen. »Ich mag dich, und zwar sehr!«

Ich bekomme, trotz dass ich im Wasser bin, zittrige Beine und mein Herzschlag beschleunigt sich, so schön ist das Gefühl.

»Ich mag dich auch!« Seine Hand, die soeben noch die meine gehalten hat, wandert zu meiner Wange und streift sie zärtlich. Er sieht mir tief in die Augen und kommt mit seinem Gesicht zu meinem, bis seine warmen, weichen Lippen auf meinen landen. Die Sterne funkeln über uns und das Plätschern des Wassers schafft eine ruhige und romantische Atmosphäre. Der Kuss ist ein zärtlicher Hauch, von dem Wärme ausgeht. Unsere Lippen bewegen sich synchron und ich kann die Leidenschaft zwischen uns spüren. Als wir uns schließlich voneinander lösen, sehe ich das Lächeln in seinem Gesicht, das ich so sehr an ihm mag.

»Und ich dachte schon, dass du mich nicht leiden kannst.« Er lächelt mich noch intensiver an.

»Das konnte ich dich anfangs auch nicht, muss ich gestehen. Du warst arrogant und überheblich. Also so behandelt man seine Gäste wirklich nicht!«

»Tja, aber du warst auch nicht wirklich freundlich. So eine richtige Stadttussi.«

Erstaunt blicke ich ihm in die Augen. »Wie bitte? Das hast du von mir gedacht?« Ich hebe die Augenbrauen.

Er zuckt mit den Schultern. »Tja, ein bisschen vielleicht. Wollen wir wieder ins Haus? Es ist schon ziemlich spät und ich muss gestehen, dass ich auch ziemlich müde bin«, sagt er und gähnt.

»Ja, ich auch!«, antworte ich und stimme in das Gähn-Konzert mit ein.

Als wir eingemummelt in Handtüchern in die Almhütte zurückkehren, erwartet uns eine wohlige Wärme. Die Glut in der Feuerstelle gibt noch Hitze von sich.

»Wäre es für dich in Ordnung, wenn ich mich in dienem Zimmer auf die Couch lege? Ich möchte nicht, dass du allein bist!« Er sieht mich liebevoll an und in meinem Bauch kribbelt es erneut.

»Es wäre schön, nicht allein zu schlafen. Aber mein Shirt ist nass und ich habe keines mehr dabei«, antworte ich verlegen.

»Ich kann dir eines von meinen leihen.« Er geht zu

seinem Rucksack und kramt ein weißes T-Shirt heraus.

»Danke, aber du musst so lange draußen warten, bis ich umgezogen bin.« Er stimmt zu. Und so schlafe ich in dieser Nacht glücklich neben Leo, der extra für mich auf der Couch liegt, um bei mir zu sein.

Am nächsten Morgen, nach dem Rest der Nacht, in dem ich nicht besser hätte schlafen können, wache ich allein im Zimmer auf. Leo muss sich bereits hinausgeschlichen haben. Das Morgenlicht strahlt durch das Fenster und es sieht nach einem wunderschönen neuen Tag aus. Ich strecke mich, bevor ich aus dem Bett hüpfe. Ein wohltuender Duft von Frühstück dringt durch den Spalt unter der Tür. Ich schlüpfe in meine Hose, werfe einen Pullover über und folge dem Geruch. Draußen sehe ich Leo, der in der Küche Eier zubereitet. Ich schleiche mich leise von hinten an ihn heran. Als ich mich ihm nähere, dreht er sich um und sieht mich lächelnd an. Er legt seine Arme um mich und küsst mich sanft.

»Guten Morgen. Die anderen schlafen noch«, flüstert er und streicht mit seiner Hand sanft über meine Wange. In diesem Augenblick hören wir Geräusche aus hinteren Teil der Hütte und kurz darauf kommen Lucia und Francesco ins Wohnzimmer herein. Sie begrüßen uns und ich schenke Lucia einen vielsagenden Blick, indem ich meine Augenbrauen leicht hebe. Francesco geht zu Leo und blickt ihm neugierig über die Schulter, was er in der Bratpfanne Gutes zaubert, und Lucia gesellt sich zu mir.

»Da wurde wohl nur ein Bett benutzt«, flüstere ich leise

und zwinkere ihr zu. Ihre Wangen färben sich rosa und sie kichert.

»Ach, du weißt gar nicht, wie schön es ist, sich zu verlieben!« Ich muss schmunzeln, denn ich kann ihr Gefühl momentan sehr gut nachempfinden.

»Wer will Eier?«, kommt es aus der Kochecke von Leo. Er macht sich sehr gut als Koch, das muss man ihm lassen und der Kochlöffel in der Hand steht ihm ausgesprochen gut. Gemeinsam setzen wir uns an den gedeckten Tisch und genießen das Frühstück, das Leo für uns zubereitet hat. Währenddessen beobachten wir, wie die Sonne am Himmel aufsteigt.

»Ich würde dir gerne meine Schwester vorstellen. Sie würde für uns kochen und anschließend kommen ein paar Freunde auf ein Glas Wein vorbei. Hättest du Lust zu kommen?«, flüstert mir Leo zu, der im Gegensatz zu gestern Abend direkt neben mir sitzt.

»Oh! Ja, wenn ich eure Gesellschaft nicht störe, dann komme ich sehr gerne!« Ich freue mich, noch mehr Zeit mit ihm verbringen zu dürfen.

»Ich würde mich sehr freuen, wenn du kommst. Isabella würde dich auch gerne kennenlernen. Denn ich hab ihr schon das eine oder andere von dir erzählt. Das Essen wird vielleicht nicht so ausgefallen sein wie bei Francesco, aber Isabella kocht auch lecker. Anschließend gehen wir zum Tanzen in eine kleine Dorfbar.«

Ich kann mir so ein Leben hier gut vorstellen. Ein kleines Städtchen, in dem jeder jeden kennt und man abends zusammen feiern geht. Auch in Hamburg geht man zusammen feiern, aber dort ist alles viel größer. »Ich komme sehr gerne.«

Leo schenkt mir ein liebevolles Lächeln und widmet sich anschließend wieder seinem Rührei. Lucia tritt unter dem Tisch gegen mein Schienbein und wirft mir schmachtende Blicke zu. Mit ihren Lippen formt sie *amore*. Bei ihrem Anblick muss ich lachen.

Nachdem wir alles aufgeräumt, abgespült und geputzt haben, machen wir uns auf den Rückweg.

»Ich bin sehr froh, dass wir die Valentinsspiele gewonnen haben«, sagt Leo aus dem Nichts, während er neben mir herläuft.

»Ja, des Essens wegen hat es sich auf jeden Fall ausgezahlt«, entgegne ich ihm schmunzelnd.

»Ach so, dir hat also das Essen von allem am besten gefallen?«.

Ich werde verlegen »Beinahe.«

Er überlegt einen Moment, bevor er mir antwortet. »Was noch?«

Nun bin ich es, die einen Moment überlegt. »Ich muss sagen, dass ich den Großen Wagen auch ziemlich toll fand.«

»Genau das mag ich so sehr an dir!«

»Was?«

»Dass man um dich kämpfen muss!«

Ich lächle fröhlich vor mich hin und genieße den Moment mit Leo sehr. Lucia und Francesco sind uns bereits einige Meter voraus.

Zehn

Zwei Tage später

Mein Herz klopft aufgeregt, als ich mich Leos türkisem Haus nähere. Ich freue mich, seine Schwester kennenzulernen, vor allem, weil ich dachte, dass sie seine Freundin ist. Trotzdem bin etwas aufgeregt. Vorsichtig klingele ich an der Tür. Ich höre Schritte und mein Herz hüpft mir beinahe aus dem Hals, als sie geöffnet wird. Leo steht in einem weißen Sweatshirt vor mir und seine noch nassen Haare sehen ziemlich heiß aus. Er muss gerade erst aus der Dusche gekommen sein. Er greift meine Hand und zieht mich an sich. Zärtlich drückt er mir einen Kuss auf den Mund. Ich kann von seinen warmen Lippen nicht genug bekommen.

»Komm, ich stelle dir meine Schwester vor.« Er zieht mich zum Treppenhaus und wir gehen drei Stockwerke nach oben. Es riecht köstlich nach Basilikum, Petersilie und Tomatensoße. Wir betreten einen Raum, in dem sich eine kleine Küche samt Esstisch befindet. »Isabella, darf ich vorstellen, das ist Liara.«

Isabella strahlt eine herzliche Freundlichkeit aus und streckt mir ihre Hand entgegen. »Piacere. Wir haben uns neulich vor dem Haus gesehen und du hast gefragt, wer hier vorher gelebt hat, richtig?« Ihre Direktheit macht mich verlegen. Verdammt, Leo weiß schon von den Albträumen. Dass das die Immobilie meiner Nonna sein muss, will ich ihm nicht verraten. Ich lächle und nicke zustimmend. Ich blicke zu Leo, kann aber erkennen, dass ihm die Frage, warum ich das wissen will, unter den Nägeln brennt.

»Schön dich kennenzulernen. Es riecht wahnsinnig gut hier, darf ich fragen, was das ist?« Ich versuche, gekonnt abzulenken. Mein Blick fällt dabei auf den Topf, den Isabella auf dem Herd stehen hat.

»Ich verrate es dir gleich beim Essen. Ein traditionelles italienisches Gericht.« Sie macht sich wieder an die Arbeit und Leo und ich setzen uns an den großen Tisch, der im angrenzenden Wohnzimmer steht. Ich schaue mich um. Ich glaube, der Kamin ist auf einem Foto in der Wohnung meiner Mutter zu sehen. Das muss sie sein. Die Wohnung strahlt eine charmante Einfachheit aus und trotz, dass sie noch nicht vollkommen eingerichtet wurde, besitzt sie eine gewisse Gemütlichkeit. Ein Sofa steht an der gegenüberliegenden Wand des Esstisches, mit einem Kissen und einer Decke, die gemütlich kuschelig wirkt. Die Fenster lassen viel Tageslicht herein und verleihen der Wohnung ein Gefühl von Heimkommen.

»Warum wolltest du wissen, wer hier vorher gewohnt hat?«, fragt mich Leo plötzlich und unterbricht die Stille. Mist, im Lügen war ich noch nie gut gewesen. Ich überlege einen Moment, entscheide mich dann für die Wahrheit.

»Ich glaube, dass meine Mutter hier früher gewohnt hat. Unser Nachname ist Ambrosi. Du weißt auch nicht, ob hier eine Frau mit diesem Namen gewohnt hat?«

Er schüttelt den Kopf. »Nein, nicht dass ich wüsste. Zuletzt hat eine Frau namens Fideli hier gewohnt …« Er kann seinen Satz nicht zu Ende sprechen, denn seine Schwester betritt mit einem Topf den Raum, aus dem ein köstlicher Geruch steigt.

»Ich hoffe, du magst es«, sagt sie und gibt mir eine große Portion auf meinen Teller. Auf dem Teller schichten sich selbst gemachte Pasta in reichhaltiger Tomatensoße, die mit Garnelen, Muscheln und Tintenfisch verfeinert ist. Köstlich.

»Es riecht schon wundervoll, es wird bestimmt auch so schmecken, vielen Dank!«

»Das Geheimnis sind die selbst gemachten Nudeln nach dem Rezept meiner Oma. Sie hat es schon von ihrer Großmutter geerbt. Probier!«

»Isabella ist die Einzige in der Familie, die das Talent geerbt hat.« Isabellas Augen leuchten auf.

»Ach nein Bruder, das ist nicht wahr. Keiner macht so gut Rühreier wie du!« Sie legt ihre Hand auf seinen Arm.

»Das kann ich bestätigen, die waren lecker! Aber, Isabella, die Nudeln sind einfach der Wahnsinn«, sage ich und komme aus dem Staunen nicht mehr heraus. Sogleich stecke ich mir eine weitere Gabel in den Mund.

»Vielen Dank. Ich hoffe, es war okay, dass ich Leo gebeten habe, dich zum Essen einzuladen. Er hat so viel von dir erzählt, dass ich dich kennenlernen musste.« Ich grinse.

»Isa, du musst nicht alles ausplaudern«, sagt Leo und grinst mich verlegen an.

»Ich habe mich sehr über die Einladung und darüber, dich kennenzulernen, gefreut.«

Im Laufe des Abends finden immer mehr Freunde den Weg zu Leos Wohnung, um zu feiern und die Zeit miteinander zu genießen. Die Wohnung füllt sich mit Lachen, Musik und fröhlichen Gesprächen. Leo stellt mich allen vor.

»Lasst uns in die Stadt gehen und feiern«, ruft Isabella in die Runde.

»Ich hoffe, ich überrumple dich nicht mit meinen ganzen Freunden«, flüstert mir Leo ins Ohr.

»Nein, ich fühle mich sehr wohl hier.« Er grinst mich mit breitem Gesicht an und drückt mir einen Kuss auf den Mund, und das vor all seinen Freunden. Gemeinsam machen wir uns auf den Weg in die Stadt, wo wir in eine belebte Bar einkehren. Die Stimmung ist ausgelassen und wir tanzen alle zu den Klängen der Livemusik. Der Abend steht unter dem Motto »90er Jahre« und der Song »Wannabe« von den Spice Girls heizt ordentlich ein. Leo kommt von hinten an mich heran und umarmt mich. Eng umschlungen tanzen wir.

»Gehen wir nach draußen?«, fragt er flüsternd. Ich nicke und folge. Wir schlendern am Wasser entlang und setzen uns auf eine Bank, wo wir die funkelnden Lichter auf der Oberfläche des Sees bewundern.

»An diesem Anblick werde ich mich nie sattsehen«, sage ich. Er hält meine Hand fest.

»Ich bin so froh, dass ich über dich gestolpert bin. Auch wenn wir uns noch nicht lange kennen, hast du mein

Herz bereits ein kleines bisschen erobert.« Wir sitzen Hand in Hand am Wasser und genießen die Ruhe des Augenblicks.

»Wir könnten morgen zum Gemeindebüro gehen«, sagt er und unterbricht die Stille zwischen uns.

»Was wollen wir denn da?« Ich sehe ihn fragend an.

»Fragen, wo deine Mutter gewohnt hat. Vielleicht können sie dir weiterhelfen!«

»Oh, das wäre lieb von dir«, sage ich und schmiege mich an ihn.

»Aber davor will ich dir noch etwas zeigen. Du müsstest allerdings ziemlich früh aufstehen, damit ich es dir zeigen kann. Aber natürlich nur, wenn du möchtest.«

»Seit ich in dem Hotel bin, gab es keine Sekunde, in der du nicht dort gearbeitet hast, und seit einigen Tagen hast du ununterbrochen frei. Wie schaffen die das bloß ohne dich?« Ich muss über meine eigenen Worte lachen.

»Alle sind vom Krankenstand zurückgekehrt und deshalb habe ich Lucia gebeten, mich so einzuteilen, dass ich viel Zeit mit dir verbringen kann«, gesteht er mir und seine Wangen werden dabei rot.

»Ich bin auch froh, dass du mich angerempelt hast!«

Leo begleitet mich zum Hotel. Je näher wir kommen, desto angespannter werde ich. Abrupt bleibt Leo stehen und sieht mich an.

»Was ist los?«, fragt er und sieht mir tief in die Augen.

Ich seufze und zögere einen Moment. Nach kurzem Schweigen schildere ich ihm, was mich bewegt. »Ich gehe nicht gerne schlafen. Auch letzte Nacht hatte ich wieder einen Albtraum. Es ist einfach unangenehm! In jedem Albtraum sehe ich meine Mutter. Ich fühle mich schuldig, weil ich nicht dabei war, als sie starb.«

»Das kann ich verstehen, aber du musst keine Angst haben, denn du bist stärker, als du glaubst. Der Tod ist etwas, das wir nicht kontrollieren können. Du konntest nicht vorhersehen, was passieren würde. Deine Liebe und deine Gedanken waren bei deiner Mutter, auch wenn du physisch nicht da sein konntest. Jeder geht auf seine eigene Art mit solchen Situationen um und es gibt kein Richtig oder Falsch. Du musst dir erlauben, zu trauern und dich gleichzeitig von jeglicher Schuld freimachen. Deine Liebe zu deiner Mutter ist stark und wird immer in deinem Herzen sein. Möchtest du, dass ich bei dir bleibe?«

Auch wenn ich mich dafür schäme, nicke ich. »Das würde mir helfen.« Seine Worte sind wie ein Lichtstrahl, der die Dunkelheit meiner Schuldgefühle durchdringt. Ich beginne zu verstehen, dass ich mir selbst vergeben muss, um die Vergangenheit hinter mir lassen zu können.

»Es macht keinen Unterschied, ich wohne ja bereits zur Hälfte in diesem Hotel«, sagt er, um mich aufzuheitern. Und er bleibt bei mir. Die ganze Nacht.

Elf

Ein schriller Ton durchdringt das Hotelzimmer und ich zucke erschrocken zusammen. Es ist noch dunkel draußen, als Leos Wecker klingelt. Ich drehe mich vorsichtig zu ihm um und sehe sein friedliches Gesicht im sanften Schein des Morgengrauens. Seine Hand liegt fest in meiner, genauso wie wir eingeschlafen sind. Sein Atem geht ruhig und gleichmäßig und ich nehme die Wärme seines Körpers auf. Mein Herz macht einen kleinen Hüpfer. Er ist tatsächlich die gesamte Nacht über bei mir geblieben.

Verschlafen öffnet er seine Augen und zieht mich näher an sich. »Liara, mach den lästigen Wecker aus. Es ist noch so früh!« Seine Stimme klingt noch sehr schläfrig.

»Du Schlaubi. Du hast ihn doch gestellt!«

»Ach ja, ich muss dir ja was zeigen.« Er springt aus dem Bett und schlüpft in seine Hose. »Komm!«.

»Bist du jetzt wach?«, frage ich ihn lachend.

»Es war so angenehm, im Bett neben dir zu liegen«, antwortet er achselzuckend. »Aber jetzt müssen wir los, sonst verpassen wir es.« Nun springe auch ich aus dem Bett und schlüpfe in meine Kleidung.

»Was machen wir denn, das wir verpassen könnten?« Meine Haare binde ich zu einem schnellen Zopf zusammen und ziehe mir meine Jacke über.

Leo nimmt mich an die Hand und zieht mich aus dem Hotelzimmer. »Du stellst immer zu viele Fragen.« Er stoppt für einen kurzen Moment und sieht mir in die Augen. »Liara, du musst mir vertrauen. Okay?« Er drückt mir einen liebevollen Kuss auf den Mund.

»Ich vertraue dir!« Und so folge ich ihm durch die Stadt zu seinem Haus. Als wir dort ankommen, bin ich außer Atem und muss mich für meine katastrophale Kondition wieder einmal loben. Wir gehen die drei Stockwerke des Hauses nach oben, wo sich Leos Wohnung befindet. Er steckt den Schlüssel ins Schlüsselloch und entsperrt die Tür. Von dort führt noch eine Wendeltreppe nach oben, ich folge ihm. Als wir vor einer braunen Holztür anhalten, werde ich etwas aufgeregt.

»Was machen wir hier?«, frage ich, sehe zu Leo und dann zu der Tür, die so klein ist, dass er sich bücken muss, um hindurchzugelangen.

»Ich zeige dir den schönsten Blick auf den Gardasee, weil du gestern ja gesagt hast, dass du von dem Anblick niemals satt wirst.« Er öffnet die Tür. Ich bleibe sprachlos stehen. Leo hat sich hier im Dachboden sein eigenes kleines Paradies geschaffen. Ein gemütliches Doppelbett steht in der Mitte des Raumes und über uns erstreckt sich ein Glasdach, durch das die erste Morgendämmerung hereinströmt. Große elegante Fenster reihen sich entlang einer Seite des Raumes und bieten einen herrlichen Blick auf den Gardasee. Auf dem Bett liegen weiche weiße Bettdecken und unzählige cremefarbene Kissen. Genauso habe ich mir als Kind immer das perfekte Bett vorgestellt. Zwei kleine Nachtkästchen schmücken die Bettenden. Ich betrete das Zimmer und gehe zur Glasfront. Keine zwei Meter vom Fenster entfernt beginnt der See. Ich suche den Hafen, doch der liegt außerhalb meines Sichtfelds.

»Willkommen in meinem kleinen Versteck. Komm«, sagt er und zieht mich mit sich aufs Bett. Wir legen uns beide hinein und er kuschelt sich an mich.

»Es ist magisch.« Ich staune und weiß nicht, wohin ich als Erstes schauen soll. Durch das Glasdach blitzen die ersten Sonnenstrahlen und erhellen den Raum. Die Farben des Himmels verändern sich von einem sanften Rosa zu einem warmen Orange.

»Am schönsten ist es, wenn es die Sonne hinter dem Berg hinaufgeschafft hat.« Er drückt mir einen Kuss auf meine Haare und ich genieße den Moment. Seine Hand streichelt meine Schulter. Gänsehaut bildet sich auf meinem Körper und mein Puls hämmert in meinen Adern. Er muss lächeln, als er es bemerkt. Ich liege mit meinem Kopf auf seiner Brust und höre seinen Herzschlag schneller werden. Er nähert sich mir mit seinem Gesicht an. In meinem Bauch kribbelt es, als er mit seinem Kopf näher an mich kommt. Sein Körperduft gemischt mit einem Hauch Zitrone breitet sich in meiner Nase aus und ich möchte nie wieder etwas anderes riechen. Ich blicke ihn an. Sein Gesicht ist nur noch wenige Millimeter von meinem entfernt und unsere Lippen bewegen sich langsam aufeinander zu. Als sie aufeinandertreffen, startet in mir ein Feuerwerk. Er schmiegt seinen Körper an mich. Ich liebe die Wärme, die von ihm ausgeht. Seine eine Hand gleitet über meine Wange und streichelt mich zärtlich. Die andere liegt in meiner und mit einem festen Druck gebe ich ihm zu verstehen, dass er den Kuss vertiefen soll.

»Hm«, raunt er und ein kleines Stöhnen entwischt dabei seinen Lippen, das mich erregt. Sein Keuchen. Seine Wärme. Sein Anblick. Und das Gefühl, ihm endlich so nahe zu sein.

»Du weißt gar nicht, wie oft ich schon an diesen Moment gedacht habe.«

»Ach ja?« Ich grinse.

»Hast du eine Ahnung, wie schwer es ist, in einem Zimmer mit dir zu sein und nicht das hier zu machen?« Er küsst mich. Zuerst auf meine Lippen, dann auf meinen Hals. Hitze breitet sich in mir aus und strömt wie ein Schauer durch mich hindurch.

»Und was hast du dir in diesen Momenten vorgestellt?« Er lässt seine Hand über mein Shirt gleiten, vom Bauch bis über meine Brüste.

»Das ich das hier mache«, sagt er und drückt sich noch enger an mich. Ich kann seine Erektion spüren und muss mich zwingen zu atmen.

Sein Verlangen lässt meines wachsen. Ich genieße das Gefühl, ihm so nahe zu sein und den vertrauten Körpergeruch einzuatmen. Die zitronige Note steigt in meine Nase und am liebsten würde ich mich in ihm vergraben. Seine Hand wandert zu meinem Hals und streichelt ihn vorsichtig. Erneut überzieht Gänsehaut meinen gesamten Körper. Ich stöhne auf. Langsam zieht er mir mein Shirt nach oben und meine nackte Haut kommt zum Vorschein.

»Du bist so wunderschön«, raunt er in mein Ohr. Meine

Wangen werden rot. Als seine Finger meine Brust berühren, zucke ich vor Verlangen zusammen. Meine Hand krallt sich in seinen trainierten Oberkörper. Ich spüre seine Bauchmuskeln unter meinen Fingerspitzen, wenn ich langsam mit meinen Fingern zu seiner Hose gleite. Es gefällt mir, wie er sich dabei anspannt und ich liebe den Gesichtsausdruck, den er dabei hat.

»Ich kann nicht glauben, dass ich so viel Glück habe, dich kennengelernt zu haben«, flüstert er in mein Ohr. Ich küsse ihn zärtlich und fahre mit dem Öffnen seiner Hose fort. Vorsichtig öffne ich den Knopf und genieße das leise Stöhnen, das ihm dabei entwischt. Seine Hand legt er an meinen Hals und streichelt sanft bis zu meiner Brust hinab. Er wirft einen Blick auf meinen BH und mein Dekolleté. Er schält sich aus seiner Hose und liegt nun in Unterhose neben mir. Seine Erregung bildet sich unter dem Stoff ab. Mit meiner Hand greife ich danach und mir gefällt, was ich ertaste. Seine Finger wandern zu meinem Rücken und öffnen den Verschluss meines BHs. Er lässt ihn auf den Boden fallen und tastet mit seiner Hand nach meiner Brust. Ich streife ihm seine Unterhose vom Leib und der Anblick, der sich mir bietet, erregt mich noch mehr. Ich greife danach und Leo stöhnt erneut auf. Er zieht mir die restliche Kleidung vom Körper, bis ich nackt vor ihm liege. Vorsichtig dreht er sich zum Nachtkästchen und zieht ein Kondom aus seiner Schublade hervor. Er reicht es mir und ich öffne es. Langsam stülpe ich es ihm über, er küsst mich dabei innig überall auf meinen Körper. Ich lege mich zurück auf den Rücken und Leo kommt über mich. Vorsichtig dringt er in mich ein und bewegt sich sanft vor und zurück. Wir lieben uns.

Ich blicke glücklich durch das Glasdach in den Himmel, unsere Hände eng ineinander verstrickt. Ich drehe meinen Kopf in Leos Richtung. Er sieht mich liebevoll an und ist keinen Millimeter von meiner Seite gewichen.

»Du bist ein schöner Zufall, ich kann es nur immer wieder wiederholen.«

Ich muss grinsen. »Ich könnte mir gerade auch keinen schöneren Ort vorstellen.« Eng umschlungen liegen wir noch eine Weile beieinander und genießen die Nähe.

»Wollen wir dann zur Gemeinde?« Er richtet sich auf und beugt sich über mich, sodass ich beinahe keine Luft mehr bekomme und lachen muss. »Ich wäre dir sehr dankbar, wenn du mich begleiten würdest. Aber ich muss vorher noch kurz ins Hotel.« Er nickt und lässt sich wie ein toter Mann aufs Bett fallen.

»Perfekt, dann hole ich dich in einer Stunde dort ab?«

»Ja, das wäre großartig.« Ich erhebe mich aus dem Paradies und schlüpfe in meine Kleidung. Nachdem ich mich angezogen habe, beuge ich mich über Leo und gebe ihm einen zarten Kuss auf seine Lippen. Ich verlasse den Dachboden und laufe die Treppen hinunter. Die frische Morgenluft begrüßt mich, als ich den Ausgang erreiche. Die Straßen sind noch ruhig und die Stadt erwacht langsam zum Leben. Auf dem Weg ins Hotel schicke ich meinen zwei besten Freundinnen ein Foto vom Gardasee, der in der Morgensonne glänzt.

Chicas, guckt, wie schön es hier ist. Mir geht es gut und ich genieße die Zeit hier. Wenn ihr mal eine freie Minute habt, muss ich euch von Leo erzählen. Er arbeitet in dem Hotel, in dem ich wohne, und er ist so verdammt heiß! »Feuer Emoji« Ich hoffe, in Hamburg ist auch alles gut und ihr schafft es noch einige Tage ohne mich.
Kuss, Liara

Ich stürme in mein Zimmer und fahre den Laptop hoch, um meine Mails zu checken. Und duschen, ja duschen muss ich auch noch, bevor Leo kommt. Es dauert einige Minuten, bis sich der Computer eingeschaltet hat. In der Zwischenzeit schäle ich mich aus meinen Klamotten und werfe mir den Bademantel über. Eine Mail von Julia ist eingetroffen.

An: Liara Ambrosi
Von: Julia Fischer
Betreff: Wie läufts mit der Recherche?

Hey Liara,
wie geht es meiner Lieblingshoteltesterin?
Wie läuft die Recherche? Konntest du schon einiges herausfinden? Ich hoffe, es gefällt dir dort und du kommst mit vielen News zurück. Ich freue mich schon sehr darauf, alle Details zu erfahren.

Schicke dir Liebe,
Julia

Bei ihrer Mail muss ich schmunzeln. Wusste ich es doch, dass sie mir den Auftrag nur gegeben hat, damit ich mehr über meine Vergangenheit herausfinde. Mit einem Lächeln auf den Lippen klicke ich auch noch die restlichen Mails durch. Aber außer einer Werbemail von Nike und mehreren Spam-Nachrichten ist nichts Aufregendes dabei. Ich erhasche nochmals einen kleinen Blick auf die Mail von Julia und beschließe, ihr später zu antworten. Es gibt einfach zu viel zu erzählen. Ich verlasse den Schreibtisch und hüpfe unter die Dusche. Es kann nicht mehr allzu lange dauern, bis Leo eintrifft. Und tatsächlich klopft es an der Tür, während ich gerade darunter stehe.

»Es ist offen. Ich bin gleich fertig«, rufe ich aus dem Badezimmer. Schnell wasche ich mir das restliche Shampoo vom Kopf und steige aus der Dusche. Mit gekonntem Griff wickle ich die Haare in ein Handtuch und schlüpfe in meinen Bademantel, um mich abzutrocknen. »Du kannst es dir in der Zwischenzeit gemütlich machen.« Als ich von Leo keine Antwort erhalte, stecke ich meinen Kopf aus der Badezimmertür, um nachzusehen, was er macht. Sein Gesichtsausdruck ist ernst, und ich spüre, dass etwas nicht stimmt. Sein Blick wandert vom Laptop zu mir und in mir zerbricht etwas.

»Was soll das werden, Liara? Was zum Teufel soll das werden? Ich hoffe, du hast eine gute Erklärung für das hier?« Ich nähere mich ihm. Mein Herzschlag dröhnt in meinen Ohren. In seinen Augen, die mich bisher immer so warmherzig angeschaut haben, liegt Eiseskälte. Ich will ihn berühren, doch er weicht mir aus.

»Ich bin Hoteltesterin …«, versuche ich zu erklären, doch Leo fällt mir ins Wort.

»Du hast mich, Lucia und alle anderen zu deinem Vorteil ausgenutzt. Uns Informationen entlockt. Verdammt, wir haben dir vertraut. Ich habe dir vertraut und dir alles, was dieses Hotel und mein Herz betrifft, anvertraut. Und du bist eine von diesen, die das dann in die ganze Welt posaunen. Wahrscheinlich bekommen wir eine schlechte Bewertung, weil ich dir nicht den Cocktail serviert habe, den du haben wolltest. Scheiße, du hast uns alle verarscht!« In seiner Stimme schwingt Zorn, Enttäuschung und Verletzung mit. Es bricht mir mein Herz, ihn so zu sehen. Seine Worte treffen mich wie ein Schlag und mir fehlt die Luft zum Atmen.

»Leo, ich … es tut mir leid, ich kann das alles erklären. Ich bin Hoteltesterin ja, aber ich habe euch nicht verarscht. Und ich mag dich, und das sogar sehr. Das hat alles nichts mit meinem Job zu tun.« Tränen steigen mir in die Augen und je mehr ich zu erklären versuche, umso mehr wendet sich Leo von mir ab.

»Du magst mich … Dass ich nicht lache. Wahrscheinlich zieht ihr das bei jedem so ab und versucht, so an die Informationen des Hotels zu gelangen. Ich habe dir vertraut, verdammt. Und eine Erklärung brauche ich auch nicht mehr, es ist alles offensichtlich. Am besten wäre, wenn du jetzt gehst!« Leos Worte prallen gegen mich. Mir wird schwindelig und ich versuche ihn aufzuhalten, aber er stürmt aus dem Zimmer. Ich setze mich auf mein Bett, stütze meinen Kopf auf meinen Armen ab und weine.

Große Tränen kullern über meine Wangen. Alles scheint auseinanderzufallen und der Gedanke daran, meine neugewonnenen Freunde und vor allem Leo zu verlieren, schmerzt unendlich. Nach ein paar Minuten fasse ich den Entschluss, dass ich ihm alles erklären muss, dass das alles ein Missverständnis ist, und so stehe ich auf und laufe. Ich habe noch kein genaues Ziel, aber meine Beine rennen. Mein Herzschlag ist auf Hundertachtzig, als ich den Flur entlanghaste. Weit und breit ist keine Spur von ihm. Ich renne die Treppen nach unten, aber als ich an der Rezeption ankomme, begegne ich Lucia, die mich enttäuscht ansieht. Ihre Augen sind feucht und sie zittert.

»Liara, bitte sag, dass das nicht wahr ist! Wir haben dich in die intimsten Momente unseres Lebens aufgenommen und du hast uns nichts von dir, deinem Beruf und deinen Absichten erzählt.« Ihre Worte treffen mich mitten ins Herz.

»Es tut mir so leid, dass ich euch nicht gesagt habe, was ich beruflich mache. Aber ich verspreche, dass ich keine bösen Absichten habe. Ich werde keinen Bericht über das Hotel schreiben, nicht über dieses hier.« Ich stehe da, die Tränen laufen über mein Gesicht und ich fühle mich zutiefst allein und verzweifelt.

»Ich bitte dich, deine Sachen zu packen und zu gehen. Wir haben dir vertraut. Besonders Leo hat das!«

Unter Tränen werfe ich all mein Hab und Gut in meinen Koffer. Mein Herz schmerzt. Ich habe alle enttäuscht, weil ich ihnen nicht erzählt habe, wer ich wirklich bin. Vielleicht hätte mir das viel Leid erspart. Als ich mit meinem Gepäck nach unten laufe, steht eine Servicekraft hinter der Rezeption und nimmt meinen Schlüssel entgegen.

»Dürfte ich Lucia bitte sprechen?«, frage ich sie.

»Es tut mir leid, aber sie ist momentan nicht zu sprechen. Wenn Sie wollen, kann ich ihr etwas ausrichten.« Es tut weh, dass Lucia einfach gegangen ist, ohne sich meine Entschuldigung anzuhören. Ich gehe aus dem Hotel und drehe mich ein letztes Mal danach um. Der Anblick schmerzt und ich kann mich kaum auf meinen Beinen halten. *Verdammt, Liara, wie kriegst du das wieder hin?*, schießt es durch meinen Kopf. Mit dem Koffer in der Hand laufe ich durch die Stadt und stoppe erst vor Leos Haus. Ich drücke auf die Klingel und klopfe gegen die Tür, aber es bleibt still dahinter. Das Haus wirkt verlassen und leer. Meine Augen füllen sich erneut mit Tränen, als ich realisiere, was soeben geschehen ist. Ich stelle den Koffer vor der Tür ab und krame ein Blatt Papier und einen Stift aus meinem Rucksack. Er muss wissen, dass es sich um ein großes Missverständnis handelt.

Leo,

es tut mir alles so wahnsinnig leid. Ich hoffe, du gibst mir die Chance, dir alles persönlich zu erklären. Ich hätte dir sagen sollen, was ich beruflich mache, und ich hätte ehrlich sein müssen. Meine Chefin Julia hat mich nach Limone geschickt, um das Hotel zu bewerten, aber nur, weil ich sonst nicht gefahren wäre. Ich hätte mich nicht getraut, hierher zu kommen und nach meinen Wurzeln zu suchen, deshalb hat sie mir diesen Auftrag gegeben. Und ich war hier und es war die schönste Zeit in meinem Leben, denn ich habe dich kennengelernt. Ich hoffe, du glaubst mir und kannst mir irgendwann wieder vertrauen.

Liara

Mit zitternder Hand schiebe ich den Brief unter der Haustür hindurch und sacke auf meinem Koffer zusammen. Ich kann mich nicht bewegen und mich nicht rühren. Als sich die Tür öffnet, schrecke ich zusammen. Ich richte meinen Kopf auf und blicke Leo direkt ins Gesicht. Sein Blick ist eiskalt und seine Augen leuchten nicht mehr.

»Bitte lass es mich dir erklären«, stottere ich leise. Mein Herz schlägt schneller und ich wage kaum zu atmen.

Leo sieht mich mit einem Ausdruck an, den ich noch nie zuvor in seinen Augen gesehen habe. »Es wäre sinnlos, denn ich kann dir nicht mehr glauben. Ich kann dir nicht mehr vertrauen. Zumindest im Moment. Es ist besser, wenn du gehst!« Auch wenn ich diese Worte nun schon zum dritten Mal innerhalb kürzester Zeit höre, zerschmettern sie mein Herz in tausend Einzelteile. Erneut fließen Bäche an Tränen über meine Wangen und ich finde keine Worte mehr, um mich zu verteidigen oder zu erklären. Leo wendet sich ab und schließt die Tür hinter sich, ohne einen weiteren Blick auf mich zu werfen. Ich stehe da wie gelähmt und weiß nicht mehr ein noch aus. Alles, was ich wollte, ist unwiederbringlich verloren und ich habe es selbst zerstört. Mit gebrochenem Herzen mache ich mich auf den Weg, ohne zu wissen, wohin ich gehen soll. Ich laufe ohne Ziel durch die Gassen von Limone. Der Gardasee, der sonst für mein Empfinden immer gestrahlt hat, sieht heute grau und traurig aus und auch die Gassen sind heute karg und trostlos. Ich hebe meinen Blick vor einem großen Gebäude mit der Aufschrift *Comune.* Genau das wäre Leos und mein Plan gewesen, zum Gemeindebüro zu gehen, wenn ich nicht alles zerstört hätte. Eigentlich bin ich hier, um herauszufinden, wer ich bin und woher ich komme, und genau das mache ich jetzt auch. Ich betrete das Gebäude der Gemeinde und trete an den Schalter. Eine Mitarbeiterin blickt mich erwartungsvoll an.

»Wie kann ich Ihnen helfen?«

Ich schlucke schwer, denn die Frau ist meine letzte Rettung, etwas über die Vergangenheit meiner Mutter herauszufinden. »Ich suche nach einer Frau namens Ambrosi. Sie soll hier in Limone gewohnt haben. Können Sie mir weiterhelfen?«

»Leider ist es mir untersagt, fremde Daten herauszugeben, bitte entschuldigen Sie.« Ihr Blick fällt in mein verheultes Gesicht.

»Aber Sie sind meine einzige Chance, meine Nonna zu finden. Ich weiß nicht mehr weiter.« Wieder füllen sich meine Augen mit Tränen. Ihre Gesichtszüge werden einfühlsamer. Sie richtet ihre Aufmerksamkeit wieder zum PC und tippt mit flinken Fingern auf ihre Tastatur. Es fühlt sich an wie eine Ewigkeit, bis sie endlich wieder davon aufsieht. Sie betrachtet mich einen Moment lang und schüttelt dann bedauernd den Kopf.

»Leider finde ich nichts unter diesem Namen. Sind Sie sicher, dass Sie den richtigen Namen haben? Eine Frau

Ambrosi hat nie in Limone gewohnt. Kann es sein, dass der Name geändert wurde?« Ihre Worte treffen mich wie ein weiterer Schlag. All meine Bemühungen, all meine Hoffnungen, sie scheinen sich in Luft aufgelöst zu haben. Mein Ausflug nach Limone und meine Suche nach Antworten war vergeblich. Ich nehme das Tagebuch in die Hand und betrachte es traurig. *Es war alles umsonst,* schwirrt es durch meinen Kopf. *Alles.*

Zwölf

Zwei Monate später

»Bist du zufrieden mit dem Bericht?«, fragt mich Julia, als sie zu mir an den Schreibtisch kommt. Ich werfe einen letzten Blick auf den geschriebenen Text, in dem so viel von meinem Herzen steckt. Zu Beginn wollte ich ihn nicht schreiben, doch das Hotel samt Lucia, Emanuel und Leo haben ihn sich verdient. Ich nicke.

»Soll ich?« Ich schiebe den Cursor auf den Veröffentlichungsbutton.

»Klar, es ist einer der besten Berichte, den du je geschrieben hast. Es wäre schade, wenn du ihn nicht veröffentlichst.« Sie legt ihre Hand auf meine Schulter und schlendert dann in ihr Büro zurück. Alles, was ich in den Bericht geschrieben habe, entspricht der Wahrheit. Jeder Gast würde sich im Limea wie zu Hause fühlen. Nach allem, was passiert ist, weiß ich nicht, ob sie sich überhaupt über meinen Bericht freuen. Schlimmer kann er die Situation jedenfalls nicht machen. Mehrmals habe ich versucht, Lucia zu erreichen, ohne Erfolg. Alle Mails, die ich ihr gesendet habe, sind unbeantwortet geblieben. Und von Leo habe ich auch nichts gehört. Auch im Internet habe ich nichts von ihm gefunden. Er besitzt keine Social-

Media-Kanäle, über die ich noch versuchen könnte, mich bei ihm zu melden. Das Einzige, was ich von ihm kenne, ist seine Adresse. Ich habe so oft überlegt, ob ich ihm einen Brief schreiben soll, es dann aber doch gelassen, da er mir am Tag meiner Abreise klipp und klar gesagt hat, dass er nichts mehr von mir wissen will. *Auch andere Mütter haben schöne Söhne,* haben Emma und Lena mir bei meiner Ankunft in Hamburg gesagt. Damals dachte ich mir, dass meine Liebe, die sich in so kurzer Zeit entwickelt hat, schnell wieder verfliegen würde. Jetzt, nach über zwei Monaten, schmerzt mein Herz immer noch bei dem Gedanken an ihn. Es war eine tiefere Verbindung zwischen uns. Eine, die ich noch nie zuvor erlebt habe, aber ich habe es in den Sand gesetzt und bin selbst schuld.

Treffen wir uns heute Abend zu einem Bier? Es ist jetzt abends so schön warm und ich finde, es wäre Zeit, endlich mal wieder auf den Putz zu hauen. E.

Ich blicke auf mein Handy und Emmas Nachricht, die soeben eingegangen ist. Mir ist nicht zum Feiern zumute, eigentlich will ich wie die letzten Wochen zu Hause in meinem Zimmer sitzen, Eis essen und unerträglich schöne Liebesfilme gucken. Genau das ist mein Plan für heute Abend. Ich greife zu meinem Handy und will antworten, doch dann sehe ich, dass Emma schreibt.

Und Liara, komm nicht auf die Idee, uns abzusagen. Ich kenne dich und kann deine Gedanken lesen. Ich weiß, dass du gerade dein

Handy in die Hand genommen hast, um abzusagen. Aber nein! Vergiss es! Wir kommen dich um sieben abholen und wenn du nicht im Schlafanzug ins Le Lion gehen willst, dann empfehle ich dir eine Dusche und frische Kleidung. Küsschen.

Ich schmunzle beim Lesen der Nachricht. Ja, außer meiner Mutter, die mich in- und auswendig kannte, gibt es wohl niemanden sonst, der mich so gut kennt wie Emma und Lena. Ich stelle mich ihnen und schicke einen Emoji zurück, das ihr den Mittelfinger zeigt. Um den Haussegen geradezulassen, sende ich noch schnell ein Herzchen nach.

Danach sitze ich noch eine Weile vor dem Bericht und beobachte die vielen Reaktionen, die bereits eingetroffen sind. Mehr als 300 Likes und über 70 Kommentare sind es schon. Ich scrolle durch diese durch, muss aber leider feststellen, dass ich nirgendwo Lucias oder den Namen des Hotels lese. Was wäre wohl gewesen, wenn alles anders gekommen wäre? Wenn ich ihnen gleich verraten hätte, welchen Beruf ich ausübe? Wahrscheinlich wären mir alle in den Arsch gekrochen und ich wäre dabei auf ihrer Schleimspur ausgerutscht. Möglicherweise hätte mir Leo dann den Mojito zubereitet, den ich bestellt hatte. Wer widersetzt sich schon einer Hotelkritikerin? Aber genau das war es, was mir an dem Hotel so sehr gefallen hat, alle waren offen, direkt und liebevoll. Sie haben mich wie ein Familienmitglied aufgenommen. Ich würde meine Hand dafür ins Feuer legen, dass sie das bei jedem Gast machen. Vielleicht nicht so intensiv wie bei mir, aber ihre Gäste sind für sie nicht nur Könige, sondern Kaiser.

»Ich hätte einfach von Anfang an sagen sollen, wer ich bin«, sage ich und schlage meine Hände vors Gesicht. Auch nach dem dritten Bier fühle ich mich noch nicht besser. Dabei wünsche ich mir doch einfach nur, alles für eine Zeit vergessen zu können.

»Ich finde, dass die ziemlich überreagiert haben«, erwidert Lena und klopft mit ihrer Faust auf den Tisch. »Klar, sie wussten nicht, dass du Hoteltesterin bist, aber sie hätten dir zumindest die Möglichkeit geben müssen, dich zu erklären.« Emma stimmt nickend zu.

»Vielleicht habt ihr recht. Aber ich werde nie Leos enttäuschtes Gesicht vergessen. Er hat mir zu einhundert Prozent vertraut und ich habe ihm nicht die volle Wahrheit gesagt. Ich vermisse ihn so sehr.« In meinen Augen sammeln sich erneut Tränen, obwohl ich die Wochen zuvor schon so viel geweint habe.

»Italiener. Mit so einem Verhalten hat er dich nicht verdient, Süße. Aber genug von ihm, Lucia oder dem verdammten Hotel. Du bist nach Italien gegangen, um etwas über deine Mutter herauszufinden, und ich finde, dass du diesen Plan weiterverfolgen solltest.« Emma wirkt genauso entschlossen wie Lena und ballt ihre Hände ebenfalls zu Fäusten. Ich atme tief ein. Bei dem ganzen Dilemma um Leo und die anderen habe ich meinen eigentlichen Plan gänzlich aus den Augen verloren. Nachdem mir niemand etwas über meine Mutter oder Großmutter sagen konnte, habe ich die Hoffnung aufgegeben.

»Hast du in ihrem Tagebuch weitergelesen?«, fragt mich Lena und beide starren mich an. Ich fühle mich wie in einem Verhör. Einem Verhör in einer Bar mit sehr viel Bier. Das könnte doch zu einem neuen Filmhit werden.

»Seit ich aus Italien zurück bin, nicht mehr. Ich habe es nicht über mein Herz gebracht.« Ein tiefer Seufzer entwischt mir.

»Du solltest wieder nach Limone fahren. Nicht nur um Leos willen, sondern um herauszufinden, wer du bist und woher du kommst.« Die scharfen, aber wahren Worte von Emma bohren sich direkt in mein Herz. Für einen kleinen Moment erscheint mir die Idee nicht ganz so blöd, aber im nächsten schaltet sich mein Kopf dazu.

»Aber wie soll das denn funktionieren? Ich kann mich nicht in Limone aufhalten und Gefahr laufen, dass mich die bösen und verletzenden Blicke von den anderen noch umbringen. Oder sollte ich vielleicht direkt versuchen, nochmals ins Limea einzuchecken?« Schnell verwerfe ich den Gedanken.

»Du solltest zumindest darüber nachdenken! Und jetzt ein anderes Thema. Wer will noch Bier? Oder sind wir so weit, dass wir eine Flasche Kümmelschnaps bestellen?« Emma und ich stimmen der Idee mit dem Schnaps zu.

In dieser Nacht muss ich mich dafür loben, so viel von dem Schnaps getrunken zu haben, denn ich habe mich gerade nicht nur zum zweiten Mal übergeben, nein, ich habe auch noch einen Flug nach Verona gebucht.

Dreizehn

Am nächsten Tag bereue ich meinen Schnaps-Konsum. Mir ist nicht bloß elendig schlecht, in meinem Kopf sitzt ein kleines Männchen und hämmert sich mit einem Presslufthammer durch meinen Schädel. Es ist schlimm, aber gleichzeitig auch ein Weckruf an mich selbst. Genug mit dem Geheule und dem Selbstmitleid. Ich werde nach Italien fliegen und herausfinden, wer meine Mutter war, bevor sie nach Deutschland kam. Doch als ich aufrecht im Bett sitze, wünsche ich mir, dass Samstag wäre. Die Übelkeit ist schon schlimm genug, doch der Schwindel macht die Sache richtig kompliziert. Vorsichtig kämpfe ich mich in die Küche, wo ich ein Glas lauwarmes Wasser in einem Zug leer trinke. Wenn es nicht besser wird, werde ich nicht um eine Tablette gegen meinen Kater herumkommen. Da an Frühstück oder Kaffee nicht zu denken ist, schlüpfe ich in meine Klamotten und mache mich für die Arbeit fertig. An diesem warmen Frühlingsmorgen schlendere ich zu Fuß durch die Straßen Hamburgs zur Arbeit. Normalerweise wäre ich mit dem Fahrrad gefahren, da ich aber nicht weiß, wie viel Promille noch in meinem Blut sind, habe ich es lieber stehen lassen. Die Sonne strahlt am Himmel und die Menschen um mich herum tragen luftige Kleider und genießen die angenehme Frühlingsbrise. Die Stadt erwacht mit einem Hauch von Frische und Leben. Die fröhliche Atmosphäre um mich herum lenkt mich ab und hilft mir, meine Gedanken von der unangenehmen Übelkeit abzulenken, die mich wegen der Exzesse des vorherigen Abends verfolgt. Für einen Moment verdränge ich, dass ich einen Flug nach Italien gebucht habe, denn heute Morgen fand ich diese Idee nicht mehr so prickelnd intelligent wie gestern Abend. Wie schön es jetzt in Limone sein muss. Die Bäume entlang der Straßen und in den Gärten stehen mit Sicherheit schon in voller Blüte und ihre leuchtenden Farben verwandeln die Stadt in ein buntes Spektakel. Die Zitronenbäume tragen bestimmt schon stolz ihre Blüten und der Duft erfüllt die Luft mit einer süßen erfrischenden Note. Einheimische, aber auch die ersten Touristen werden das warme Wetter genießen und sich ans Ufer des Gardasees begeben, um die ersten Schwimmzüge des Jahres zu unternehmen. In den Cafés und Restaurants entlang der Uferpromenade sitzen bestimmt schon die ersten Gäste auf den Terrassen und genießen die Sonne und die Aussicht auf den See in vollen Zügen. Meine Gedanken an das *Was wäre, wenn?* werden abrupt von einer Gestalt unterbrochen, die vor dem Eingang zu meinem Büro wartet. Ich kann meinen Augen kaum trauen und reibe sie kurz, um mich zu vergewissern, dass ich nicht träume. Lucia steht tatsächlich dort. Mein Herz schlägt schneller und für eine Sekunde überlege ich, ob ich in die nächste Gasse hineinlaufen und mich verstecken soll. Aber dann müsste ich bei Julia anrufen und mich krankmelden und da sie weiß, dass wir uns mittwochs immer in unserer Stammbar treffen, wäre das keine so gute Idee. Was will Lucia hier? Mich für meinen Artikel anzeigen? Kann es sein, dass sie ihn schon gelesen hat? Ich beobachte sie für einen Moment. Sie sieht in dieser großen Stadt zwischen all den hohen Häusern ein bisschen verloren aus. In Limone scheint sie stark und ich bewundere sie dafür, wie sie das Hotel führt. Hier wirkt sie unsicher und ich glaube, dass sie sich nicht sonderlich wohlfühlt. Mit all meinem Mut gehe ich auf sie zu. Als sie mich erblickt, vergehen einige Sekunden, in denen wir uns nur ansehen und keiner es schafft, ein Wort zu sagen.

Irgendwie überwinde ich mich zu einem schüchternen »*Ciao*«, das von ihr erwidert wird. Wieder ist es für einige Sekunden still.

»Entschuldige, dass ich hier einfach so auf dich warte. Ich wollte zuerst zu dir nach Hause, aber das schien mir dann trotz allem ein bisschen überstürzt. Ich wollte dir schreiben, aber das wäre zu unpersönlich gewesen.« Ihre Stimme ist sanft, aber trotzdem etwas distanziert. Ich bin ein wenig verwirrt. Was kann so wichtig sein, dass sie extra den langen Weg nach Deutschland auf sich nimmt, um mich zu treffen? Heutzutage wird alles über Chats oder Mails abgewickelt und keiner stört sich daran. Deshalb rechne ich es ihr hoch an, dass sie jetzt vor mir steht. Warum auch immer. »Hättest du vielleicht kurz Zeit zu reden?« Ich blicke auf mein Handy. Ich bin eine gute Viertelstunde früher dran, aber trotzdem sollte ich Julia Bescheid geben, falls ich später kommen sollte, weil unser Gespräch nicht binnen fünfzehn Minuten erledigt ist.

»Klar …«, beginne ich zu reden, »aber würdest du mich kurz entschuldigen, ich müsste nur schnell meiner Chefin Bescheid geben.« Sie nickt und ich tippe eine Nachricht an Julia.

»Ich habe deinen Beitrag gesehen«, stottert sie vor sich hin, während wir uns auf den Weg in das kleine Café um die Ecke machen. Ich bin sehr aufgeregt, denn ich weiß nicht, was mich erwartet. Aber es ist sehr schön, in ihrer Nähe zu sein.

»Oh … aber wie konntest du dann so schnell hier sein?«, frage ich sie verwundert, denn ich habe den Beitrag erst gestern online gestellt.

Ein kleines Lächeln bildet sich auf ihren Lippen. »Ich habe ihn per Zufall heute Nacht im Zug gelesen. Aber ich bin nicht deswegen hergekommen, obwohl ich schon sagen muss, dass er sehr schön geworden ist. Emanuel hat mich heute Morgen auch schon angerufen und gesagt, dass er sich vor Buchungsanfragen nicht mehr retten kann.« Sie unterbricht ihren Redefluss für einen kurzen Moment, als wir uns in dem Café niederlassen. »Dafür möchte ich dir sehr danken. Aber ich bin hauptsächlich gekommen, um mich bei dir zu entschuldigen. Es war nicht in Ordnung, wie wir dich behandelt und voreilig Schlüsse gezogen haben. Wir alle waren sehr verletzt und ich muss gestehen, dass sich in unserem Limea noch nie ein Hoteltester oder Ähnliches eingefunden hat. Wir waren überfordert und haben falsch reagiert. Es wäre richtig gewesen, dich ausreden zu lassen und dir die Chance zu geben, dich zu erklären.« Ihre Worte schwirren durch meinen verkaterten Kopf und irgendwie glaube ich ihr. Sie sitzt vor mir wie ein verletztes Kleinkind, das eigentlich ich sein sollte, und blickt zu Boden.

»Es tut mir auch alles sehr leid. Ich hätte von Anfang an ehrlich sein sollen, aber du musst mir glauben, dass ich nicht primär meiner Arbeit wegen bei euch in Limone war …«, ich stocke, denn es schmerzt auch nach dieser Zeit sehr. »Aber du musst mir glauben, dass alles, was in dem Bericht steht, von Herzen kommt.« Sie hebt ihren Kopf und blickt mir in die Augen. Dabei breitet sich in mir ein Gefühl von Nach-Hause-Kommen aus, ein Gefühl, das ich selten so extrem erlebt habe.

»Ich glaube dir. Und ich verzeihe dir! Glaubst du, dass du auch mir und meinem Verhalten vergeben kannst?« Ich nicke und sie atmet erleichtert aus.

»Darf ich aber fragen, was dich jetzt nach zwei Monaten umgestimmt hat?« Nervös knete ich auf meinen Fingern herum.

»Ich wollte dir schon zwei Wochen nach deiner Abreise schreiben, um mich bei dir zu entschuldigen und mir deine Geschichte und Erklärung anzuhören, aber Leo war dagegen. Emanuel und Paolo war es gleichgültig, sie können niemandem lange böse sein, aber Leo wollte es nicht. Es war nicht leicht für ihn …« Als sie seinen Namen in den Mund nimmt, habe ich das Gefühl, keine Luft mehr zu bekommen. Meine Augen werden feucht. »Du magst ihn sehr, stimmt's?« Ich nicke und kann eine kleine Träne, die über meine Wange rollt, nicht unterdrücken.

»Er wird sich früher oder später beruhigen, das weiß ich. Aber deshalb bin ich nicht hier.« Für einen Moment herrscht Stille zwischen uns und ich warte gespannt darauf, dass sie endlich weiterspricht. Sie zieht ein altes Bild aus ihrer Tasche und legt es vor mir auf den Tisch. Das Bild zeigt meine Mutter, wie sie in ihrer Jugend auf der Scalierburg in Malcesine steht. Sie ist in Begleitung eines jungen Mannes mit dunklen Haaren und einer sehr attraktiven sportlichen Figur. Sein Blick ist auf meine Mutter gerichtet und man kann die tiefe Verbundenheit zwischen den beiden förmlich spüren. Auf dem Bild sieht sie beinahe genauso aus wie ich. Ihre dunklen Haare umrahmen ein strahlendes Gesicht und ihre Augen sprühen vor Lebensfreude. Sie trägt ein einfaches, aber elegantes Kleid, das ihre Schönheit noch mehr zur Geltung bringt.

»Die Frau sieht aus wie du, Liara. Ist das deine Mutter?«, fragt mich Lucia, nachdem ich das Foto eine lange Zeit betrachtet habe.

»Ja, das war sie. Und du hast recht, sie sieht mir sehr ähnlich. Kannst du mir sagen, wer der Mann auf diesem Bild ist?«

»Er heißt Marco …«

Ich falle ihr ins Wort. »Oh. Von einem Marco habe ich in dem Tagebuch meiner Mutter gelesen. Sie ist sehr verliebt in ihn gewesen.«

Lucia sieht mich nachdenklich an. »Glaubst du, er könnte dein Vater sein?« Lucia rutscht auf ihrem Stuhl hin und her.

»Ich weiß es nicht.«

»Du solltest vielleicht wissen, dass es sich bei dem Mann auf dem Bild um Leos Vater handelt. Marco ist in jungen Jahren nach Amerika gegangen und Leo wurde dort 1996 geboren.« Ihre Worte treffen mich wie ein Blitz. Es ist, als ob die Vergangenheit für den Bruchteil einer Sekunde erhellt wird und Geheimnisse ans Licht kommen. Ich starre auf das Bild und bekomme Panik. Was ist, wenn Leo mein Bruder ist? Habe ich mich in meinen Bruder verliebt? Aus meinem Rucksack krame ich das Tagebuch meiner Mutter hervor, das ich trotz allem tagtäglich bei mir habe. Ich blättere darin.

»Ich kann verstehen, dass das jetzt alles ziemlich überraschend für dich kommt …«.

Ich falle ihr noch einmal ins Wort: »Nein, es kann nicht sein, dass er mein Vater ist.« Wie wild blättere ich in dem kleinen Tagebuch. »Schau hier! Sie schreibt am 7. Juli 1994, dass Marco am nächsten Tag nach Amerika aufbricht, und danach hat sie ihn nicht mehr gesehen. Ich bin am 2. Juni 1995 auf die Welt gekommen, also kann Marco nicht mein Vater sein.« Ein Fels fällt mir vom Herzen, so schwer und groß, dass man daraus eine ganze Stadt hätte bauen können.

»Stimmt, das ist dann wohl eher unwahrscheinlich. Zum Glück.« Sie lächelt mich an.

»Wie kommst du zu dem Foto?«

Sie zögert einen Moment, bevor sie erzählt. »Wie wir alle und bestimmt auch ganz Limone mitgekriegt haben, ging es Leo nach deiner Abreise sehr schlecht. Um ehrlich zu sein, habe ich ihn noch nie so verzweifelt gesehen. Und das hat auch sein Vater, also Marco, mitbekommen. Leo wollte ihm nichts erzählen. Glücklicherweise ist Isabella nicht so verschlossen wie er und so hat sie ihm ein Foto von dir gezeigt. Von damals in der Bar, als ihr getanzt habt. Als Marco dich gesehen hat, ist sein Gesicht kreidebleich geworden, denn er hat in dir seine große Liebe Amalia wiedererkannt. Er hat alle Schränke durchwühlt, dieses Foto gefunden und es Leo gegeben.« Sie macht eine kurze Pause.

»Warum hat er es mir nicht selbst gezeigt?« Ich schlucke, denn das bedeutet, dass er mich wirklich hassen muss.

»Er wollte es dir selbst zeigen, aber jetzt kommen wir zu dem zweiten Punkt, warum ich hier bin. Leo konnte nicht kommen, weil er sich um eine ältere Dame kümmert. Sie lebt im Altenheim und hat sich vor einer Woche bei einem Sturz auf der Treppe die Hüfte gebrochen. Es ist die Dame, der er früher im Garten und beim kleinen Hotel geholfen hat und die ihm sein zukünftiges Hotel vermietet. Sie ist wie eine Nonna für ihn, deshalb kümmert er sich so sehr um sie. Liara, du musst wissen, Frau Fideli, Beatrice ist deine Großmutter.«

Die letzten Monate habe ich damit verbracht, nach meiner Vergangenheit zu suchen. Ich bin gnadenlos gescheitert. Und jetzt auf einmal erfahre ich, dass ich so dicht davor war. Meine Nonna lebt! In diesem Moment fühle ich mich wie in einem Wirbelwind der Emotionen, gefangen zwischen Überraschung, Freude und einer tiefen Sehnsucht nach all den verlorenen Jahren. Alles scheint sich zu drehen und der Raum um mich verliert für einen Moment seine klaren Konturen. Die Realität tanzt vor meinen Augen. Der Boden schwankt unter meinen Füßen. Ich greife nach dem

Tisch, damit ich nicht umkippe, und schließe für einen Moment die Augen, um mich zu sammeln.

»Ich kann das alles nicht glauben. Wieso hat meine Mutter ihren Namen geändert? Das ergibt keinen Sinn«, schießt es aus mir heraus. Meine Augen werden feucht. Lucia steht auf und nimmt mich in den Arm.

»Es tut mir leid, dass das jetzt alles etwas viel für dich ist. Aber ich finde, du solltest es wissen. Deinen Vater finden wir auch noch, das verspreche ich dir.« Ihr Arm ruht sanft auf mir und ich kann mein heutiges Glück kaum fassen. Zuerst steht Lucia vor mir, dann vergibt sie mir und schließlich erfahre ich, dass meine Nonna noch lebt. Am liebsten würde ich noch heute meine Sachen packen und nach Italien fliegen.

Vierzehn

»Emma, Lena. Darf ich euch Lucia vorstellen?«, frage ich, als Lucia und ich ins *Le Lion* kommen. Wir lassen uns an einem Tisch in der Nähe der Bar nieder.

»*Ciao. We have heard a lot about you*«, sagt Emma und streckt ihr die Hand entgegen. Dadurch, dass Lucia kein Deutsch spricht und die beiden nicht wirklich Italienisch, unterhalten wir uns in englischer Sprache.

»Das kann ich mir sehr gut vorstellen. Ich hoffe, ihr hasst mich nicht zu sehr. Wäre das meiner besten Freundin passiert, würde ich wahrscheinlich nicht hier mit euch an diesem Tisch sitzen wollen. Aber es handelt sich um ein Missverständnis, das müsst ihr mir glauben.« Lucia lächelt die beiden an und ich bin mir sicher, dass ihr niemand böse sein kann.

»Ja, wir kennen die gesamte Geschichte. Genug von der Vergangenheit! Liara, verdammt, deine Großmutter ist noch am Leben. Wie schön! Weißt du schon, wann du sie besuchen wirst?«, fragt mich Lena. Und so fassen Lucia und ich die gesamte Geschichte nochmals zusammen.

»Ich hätte nie damit gerechnet, dass sich die Geschichte noch in diese Richtung entwickelt«, sage ich erleichtert und lasse mich in den Stuhl zurückfallen. »Ich hatte innerlich meine Suche bereits aufgegeben.« Der Gedanke, nach so vielen Jahren endlich meine Großmutter kennenzulernen, macht mich nervös. Oder ist es auch Leo, dem ich in Limone wieder begegnen werde? Wahrscheinlich beides.

»Was hat Julia eigentlich zu deinem Plan gesagt, dass du wieder nach Italien fahren wirst?«, reißt mich Emma aus meinen Gedanken.

»Ich habe ihr heute alles erzählt und sie war außer sich vor Freude. Sie war von Anfang an Feuer und Flamme für die Geschichte und hat mich sogar für die nächsten drei bis vier Wochen freigestellt. Ich soll die Zeit mit meiner Nonna verbringen und alles aus Mamas Vergangenheit hier in Italien erfahren.«

»Das klingt wundervoll!« Lena klatscht in ihre Hände.

»Und ich verspreche, dass wir Liara dieses Mal nicht einfach so gehen lassen«, sagt Lucia und legt ihre Hand auf meine.

»Komplett behalten dürft ihr sie aber auch nicht!«, sagt Emma lachend.

Als ich mich an diesem Abend in meinem Bett hin und her wälze, überlege ich, wie ich meine Nonna am besten anspre chen soll. *Ciao, Nonna.* Nein, das ist zu direkt, immerhin kenne ich sie nicht. *Buongiorno Signora Beatrice.* Nein, zu unpersönlich, immerhin ist sie meine Nonna. Und was, wenn ich Leo treffe? Was soll ich sagen? *Ciao, lange nicht gesehen. Alles gut bei dir?* Was würde er sich wohl dabei denken. Ich überlege so lange, bis ich mir eingestehe, dass ich so nicht einschlafen kann. Ein Glas Ingwertee mit einer Scheibe Zitrone ist die beste Medizin zum Einschlafen.

Ich steige aus meinem Bett und schleiche mich in den Wohnbereich, damit ich Lucia nicht wecke. Ich habe sie auf meinem Sofa einquartiert. Eigentlich wollte sie sich ein Hotelzimmer nehmen, aber da ich alleine wohne, habe ich ihr angeboten, bei mir zu bleiben.

»Kannst du nicht schlafen?« Lucia streckt ihren Kopf über die Sofalehne.

»Entschuldige bitte, dass ich dich geweckt habe. Ja, ich bin irgendwie zu aufgeregt.«

»Wegen deiner Nonna brauchst du nicht aufgeregt zu sein, sie ist die netteste Person in ganz Limone. Früher, als wir Kinder waren, haben wir, also Leo, Emanuel und ich, viel an dem Hafen vor ihrem Hotel gespielt und jedes Mal, wenn sie uns erblickt hat, haben wir entweder ein Eis oder einen Lolli von ihr erhalten. Leo hat sich besonders wohl bei ihr gefühlt. Sie war wie seine Nonna, nur eben nicht verwandt. Seine richtige Nonna ist gestorben, als er noch ganz klein war. Beatrice war gewissermaßen seine Ersatz-Oma. Er hat sich sehr darüber gefreut, als er erfahren hat, dass sie deine Großmutter ist.«

Ich lächle, obwohl es mir schwerfällt, denn der Gedanke an Leo geht mir tiefer, als ich es will. »Er hat von mir gesprochen?«

»Wenn du wüsstest wie oft. Anfangs war er sauer. Das hat sich dann langsam in Zorn verwandelt, bis es zu Enttäuschung übergegangen ist. Zum Schluss, so hatte zumindest ich den Eindruck, hat er dich einfach nur noch vermisst. Er hat ganz verrückte Sachen gemacht, die er sonst nie gemacht hätte.«

»Ich vermisse ihn auch.« Ein Schatten der Enttäuschung trübt meine Stimmung.

»Es wird alles gut werden, Liara. Und wenn es nicht gut ist, dann haben wir das Ende noch nicht erreicht.«

»Da hast du wohl recht. Da du jetzt ebenfalls hellwach bist, soll ich dir auch einen Ingwertee machen? Der hilft beim Einschlafen!«

»Gerne!«

Nachdem wir unsere Tassen leer geschlürft haben, mache ich mich wieder auf den Weg in mein Bett und schlafe bis zum nächsten Morgen durch. Ohne Albtraum, denn der Gedanke an meine Nonna macht mich glücklich.

»Fliegen ist mir lieber, als noch mal die gesamte Strecke mit dem Zug zu fahren«, sagt Lucia, als wir am Flughafen auf unseren Flieger warten.

»Ich staune sowieso, dass du dir das angetan hast.« Ich muss lachen beim Gedanken daran.

»Was man nicht alles auf sich nimmt. Du solltest dich glücklich schätzen. Wenn es einen Flug gegeben hätte, dann hätte ich ihn genommen. Aber mit dem Nachtzug ging es einfach schneller.«

»Zum Glück konnte ich meinen Flug auf den heutigen Tag vorziehen.«

»Warum hattest du eigentlich schon einen Flug gebucht?«

»Ich habe nach einer Flasche Kümmelschnaps und gefühlten fünf Promille einen Flug gebucht. Wenn man betrunken ist, macht man Dinge, die man sonst wahrscheinlich nicht machen würde.«

»Meistens sind das gute Dinge. Ich hätte mich gefreut, dich zu sehen.«

Ich schüttle den Kopf. »Ich hätte mir wahrscheinlich in die Hosen gemacht, wenn ich euch gesehen hätte. Und nicht gewusst, wie ich reagieren soll. Bis zum Schluss wäre ich einfach davongelaufen wie ein kleines Kind.«

Lucia lacht. »Unsinn. Aber gesehen hätte ich das schon gerne.«

Fünfzehn

Meine Aufregung steigt mit jedem Meter, den wir uns dem Limea nähern. Zwei große Hürden stehen mir noch bevor. Zum einen muss ich Emanuel und Paolo über den Weg laufen, obwohl ich nicht glaube, dass sie ziemlich enttäuscht über mich waren. Zum anderen muss ich Leo gegenübertreten. Nicht zu wissen, ob er gerade im Hotel ist, macht mich wahnsinnig. Ich will Lucia nicht danach fragen und so lasse ich alles auf mich zukommen. Ich hoffe aber, dass er hier ist. Ein gutes Gefühl breitet sich in mir aus, als wir den Eingangsbereich betreten. Es fühlt sich wie eine Rückkehr nach Hause an.

»Willkommen zurück!« Emanuels Stimme überrascht mich. »Wie schön, dass du wieder hier bist.« Wie gerne hätte ich ihn an mich gedrückt. Ihn, Lucia, Paolo, das ganze Personal! Es ist so schön, wieder hier zu sein. Aber so kann ich mich unmöglich benehmen. Nicht nach dem, was vorgefallen ist.

»*Ciao* Emanuel …«, ich stocke für einen Moment. »Es tut mir leid, dass alles so gelaufen ist, wie es gelaufen ist.«

Auf seinem Gesicht bildet sich ein breites Grinsen. »Was denn? Ich weiß nicht, wovon du sprichst! Sehen wir uns später? Da Papà mit seinem Segelclub bis übermorgen unterwegs ist, bleibt die ganze Arbeit an mir hängen!« Mit einem Zwinkern verabschiedet er sich von mir. Zusammen mit Lucia mache ich mich auf den Weg in mein Zimmer.

»Wenn es für dich passt, dann habe ich dir wieder dasselbe Zimmer wie das letzte Mal reserviert.« Ich nicke, finde es aber zu großzügig von ihnen. Ein kleineres hätte mehr als gereicht. »Wenn du was brauchst, dann weißt du ja, wo du mich findest. Und Liara, ich finde es sehr schön, dass du wieder hier bist.« Sie winkt mir zum Abschied und verlässt das Zimmer. Die Frage, ob Leo im Haus ist, brennt mir unter meinen Nägeln.

»Ähm, Lucia …«, rufe ich ihr hinterher. Sie bleibt stehen und dreht sich zu mir.

»Ja?« Mit schief gehaltenem Kopf mustert sie mich.

»Ist Leo zufällig im Haus?« Nervös kaue ich auf meiner Unterlippe.

»Leo hat diese Woche Urlaub. Seine Abschlusspräsentation und die Prüfung halten ihn sehr auf Trab! Bis später«, sagt sie und verschwindet hinter der nächsten Ecke. Er ist also beim Lernen, dabei wollte ich ihm doch helfen. Enttäuscht darüber, dass ich ihm diese Woche nicht im Hotel begegnen werde, mache ich mich daran, meinen Koffer auszupacken. Wo das letzte Mal noch warme Sachen verstaut waren, liegen nun kurze Hosen, Kleider und Röcke. Diese Jahreszeit liebe ich sehr. Es liegt zwar noch der Frühling in der Luft, aber der Sommer steht schon in den Startlöchern und zeigt um die Mittagszeit sein ganzes Können. Nachdem ich alle meine Sachen in den Kleiderschrank geräumt und mich für eines der blumigen Kleidchen entschieden habe, flechte ich meine

Haare zu einem Zopf und betrachte mich im Spiegel. *Du siehst glücklich aus,* denke ich mir, als ich mich bewundere. Ja, glücklich gepaart mit Aufregung und Vorfreude auf das, was mich erwarten wird. Ich öffne die Tür zu meinem Balkon und trete in die mildwarme Frühlingsluft hinaus. Vor mir eröffnet sich eine atemberaubende Aussicht, noch schöner als ich es in Erinnerung hatte. Die Promenade von Limone erstreckt sich entlang des Ufers des Gardasees, gesäumt von Bäumen und blühenden Blumen. Die bunten Schirme der Cafés und Restaurants wiegen sich sanft im Wind, während die Gäste im Freien sitzen und die Aussicht auf den See genießen. Das tiefblaue Wasser spiegelt den strahlend blauen Himmel wider und lädt förmlich zum Schwimmen ein. Kleine Boote und Segelschiffe gleiten über die ruhige Oberfläche des Sees und am Steg machen sich Touristen bereit, mit den Fähren den See zu erkunden. Ich nehme mein Smartphone zur Hand und google den Weg bis zum Pflegeheim. Es befindet sich am anderen Ende der Stadt, etwas abgelegen von dem Tourismushotspot. Auf der Karte sieht es aus, als läge es direkt am See und die Fotos lassen auf einen dazugehörigen Garten schließen. Zu Fuß würde ich bis dahin circa fünfzehn Minuten benötigen. Meine Aufregung steigt mit jeder Mi-nute.

»*Ciao* Lucia, gibt es hier im Ort einen Blumenladen? Ich würde meiner Großmutter gerne Blumen mitbringen?«, frage ich sie, als ich an der Rezeption angekommen bin. Sie nickt.

»Wenn du nach hundert Metern links in die Gasse einbiegst, kommst du zum Blumenladen von Flora. Wenn ich dir einen Tipp geben darf, dann kauf keine Rosen. Deine Nonna kann diese nicht ausstehen.« Ich bedanke mich bei Lucia und mache mich auf den Weg zu Flora, der Blumenhändlerin. Es schmerzt etwas, dass Lucia mehr über meine Nonna weiß als ich selbst, obwohl ich ihre Enkeltochter bin. Mit einem Strauß gelber Tulpen, weil sie mich an den schönen sonnigen Tag erinnern, mache ich mich auf den Weg ins Pflegeheim. Ich laufe durch enge gewundene Gassen, die von alten Steinhäusern mit bunten Balkonen und blühenden Blumen umgeben sind. Schließlich gelange ich auf die Uferpromenade, wo es von Menschen wimmelt, die sich den besten Platz in der Sonne suchen. Die Strände sind größtenteils belegt und überall ertönen Gelächter und Stimmen. Es ist ein einzigartiges Gefühl, zu dieser Jahreszeit hier zu sein. Viele haben schon den Sprung ins Wasser gewagt und planschen im kühlen Nass. Allmählich nähere ich mich einem idyllischen Haus. Ich lasse meinen Blick über das Gelände schweifen. Vor mir liegt ein Gebäudekomplex aus dem 19. Jahrhundert. Der neoklassizistische Bau ist geprägt von erdigen warmen Farbtönen und fügt sich dadurch charmant in die mediterrane Umgebung ein. Davor befindet sich ein Garten. Er erstreckt sich weitläufig vor dem Gebäude und ist von Zypressen, Zitronen- und Olivenbäumen, blühenden Sträuchern und bunten Blumenbeeten gesäumt. Überall befinden sich Sitzgelegenheiten, auf denen sich die Bewohner mit ihrem Besuch niederlassen können. Ich betrete das Foyer, wo mich eine ältere Dame am Eingangstresen begrüßt.

»*Buongiorno Signora.* Wie kann ich Ihnen helfen?« Sie sieht mich durch ihre runden Brillengläser an.

»Ich würde gerne Frau Fideli besuchen. Ich … ich bin ihre Enkelin.« Die Dame nimmt ihren Blick von mir und schaut in eines ihrer Bücher. Ziemlich altmodisch, aber irgendwie auch urig.

»Ja, Signora Fideli ist im Garten. Einfach den Flur entlang, die Treppen nach unten.« Sie blickt wieder in ihr Buch und überlässt mich meinem Schicksal. Bei der Treppe angekommen, fällt mir ein, dass ich überhaupt keine Ahnung habe, wie meine Nonna aussieht. Wenn dort unten mehrere ältere Damen sitzen, dann habe ich keine Chance, die richtige zu finden. Langsam gehe ich die Treppen nach unten und schaue mich in dem großen Garten um. Direkt am Seeufer im Schatten sitzt eine ältere Frau in einem Rollstuhl. Ihre Begleitung hat sich auf einer Bank niedergelassen. Je näher ich komme, umso schneller schlägt mein Herz. Leo. Verdammt, die andere Person ist Leo. Panik entsteht in meiner Magengegend und ich habe das Gefühl, dass ich mich übergeben muss. Am liebsten würde ich mich in Luft auflösen und sofort verschwinden. Verzweifelt gehe ich einige Schritte rückwärts, dabei trete ich versehentlich auf einen morschen Ast, der auf dem Boden liegt und laut knackt. Das Geräusch zieht Leos Aufmerksamkeit auf sich und er dreht seinen Kopf in meine Richtung. Seine Augen leuchten wie immer in dem warmen Honigfarbton, der die Sonnenstrahlen zu reflektieren scheint. Die lockigen Haare sind noch mehr von der Sonne aufgehellt und wirken wie goldene Strähnen. Bei seinem Anblick beginnen meine

Beine zu zittern. Ich würde ihm am liebsten um den Hals fallen, so sehr habe ich ihn vermisst. Seine Augen fixieren mich gefühlt eine Ewigkeit. Ich kann dabei kaum atmen. Es fühlt sich an, als würde die Zeit stehen bleiben und alles um uns herum erstarren. Irgendwann löst er seinen Blick von mir, dreht sich zu meiner Nonna und verabschiedet sich von ihr mit einer Umarmung. Er schreitet den Weg entlang auf mich zu. Sein Blick ist so intensiv, dass mich ein innerlicher Schauer überkommt. Er bleibt vor mir stehen. Die Spannung zwischen uns ist fast greifbar. Für einen Moment verweilen wir in dieser Position. Sein Gesichtsausdruck bleibt steif und unverändert, so als wäre ihm mit meinem Eintreffen etwas Schlimmes passiert.

»Sie sollte nicht zu lange in der Sonne sein. Ich werde der Schwester sagen, dass sie sie in einer halben Stunde hier abholen soll.« Seine Stimme klingt tief und kalt und nachdem er den Satz beendet hat, geht er mit sicheren Schritten weiter. An mir vorbei. Noch mehr Panik breitet sich in mir aus. Ich muss handeln, und das am besten gleich, bevor er wieder aus meinem Leben verschwindet.

»Können wir reden? Nachher?«

Er stoppt und dreht sich zu mir um. Seine Haare sind etwas länger geworden und fallen ihm in die Stirn. Er sieht gut aus.

»Ich wüsste nicht worüber, Liara.« Liara, hallt es durch meinen Kopf. Es klingt unpersönlich und fremd, wie er meinen Namen ausspricht.

»Bitte!«, presse ich hervor. Es fühlt sich an, als hätte ich den Kampf bereits verloren.

»Ich habe eine Verabredung.« Er dreht sich um und geht weiter, ohne sich nochmals nach mir umzudrehen. Mein Herz pocht mir bis zum Hals und meine Kehle ist wie zugeschnürt und ich glaube, ersticken zu müssen. Ich stehe da, bewegungslos und sprachlos, während Leo aus meinem Blickfeld verschwindet. Die Enttäuschung und der Schmerz, den ich empfinde, sind so überwältigend, dass ich am liebsten zurück ins Hotel laufen und den restlichen Tag mit Weinen verbringen möchte. Aber ich bin nicht seinetwegen hier. Ich muss vergessen, was passiert ist, denn in diesem Moment zählt nur meine Nonna. Sonst nichts. Mit langsamen Schritten nähere ich mich ihr. Sie sitzt immer noch unverändert in ihrem Rollstuhl, den Blick auf den See gerichtet. Vorsichtig setze ich mich neben sie. Ihre Augen füllen sich mit Tränen, als sie mich erblickt und sie greift zärtlich nach meiner Hand. Ihr Gesicht ähnelt dem meiner Mutter, nur dass sie älter ist, und ihre Haut ist zart, aber von feinen Falten durchzogen. Sie muss eine Frau gewesen sein, die viel gelacht und kräftig gelebt hat, das kann ich an den Lachfältchen rund um ihre Augen erkennen. Diese sind sanft und warm. Braun, genau wie die meiner Mutter waren. Ihre Haare hat sie zu einem Dutt gebunden. Ich schließe meine Augen, um gegen die aufsteigenden Tränen anzukämpfen. Ich sitze neben der älteren Version meiner Mutter. Beatrice hält meine Hand, dabei zittern ihre Finger leicht.

»Es ist, als würde ich träumen. Du siehst deiner Mutter so ähnlich«, sagt sie mit leiser, zerbrechlicher Stimme. Ihre Worte entlocken mir ein kleines Lächeln.

»Ich freue mich so sehr, dich zu sehen. Auch wenn es so viele Jahre gedauert hat.«

»Du bist jetzt hier und das ist alles, was zählt. Du musst mir alles von dir erzählen, Liara.« Und so beginne ich, ihr von meinem Leben zu erzählen, was ich mache und bis heute gemacht habe. Wo ich wohne, ja sogar was ich gerne esse und wie ich hierherkam.

»Das Tagebuch, ja«, murmelt sie andächtig.

»Du wusstest davon?« Neugierde überkommt mich.

»Deine Mutter war kurz vor ihrem Tod bei mir.« Sie unterbricht ihren Satz für einen kurzen Moment. »Es war mein größtes Geschenk, sie nach all den Jahren wiederzusehen und gleichzeitig auch eines, das am meisten schmerzte, denn ich wusste, dass es vielleicht das letzte Mal ist, dass ich sie sehe. In den letzten Jahren hatten wir Briefkontakt, doch besucht hat sie mich nie. Der Gedanke, sie nie mehr zu treffen, hat mir das Herz zerrissen. Sie hat sich dafür geschämt, dass sie schwanger geworden ist. Dabei hätte sie es mir einfach sagen können. Ich hätte sie und dich immer unterstützt. Die Tratschmäuler in Limone hätten wir zum Schweigen gebracht, aber sie hat es mir verheimlicht. Klar, ich war mit dem Hotel eine angesehene Person in Limone und ein Kind ohne Vater wäre sicherlich nicht die beste Werbung gewesen, doch mir wäre das einerlei gewesen! Bei unserem letzten Treffen hat sie mir ihr Tagebuch gegeben, damit ich vielleicht verstehe, wieso sie damals gegangen ist. Aber ich wollte es von ihr hören. Dann hat sie mir versprochen, mich zusammen mit dir nach der Rückkehr von einer deiner Reisen zu besuchen. Ihr seid nicht gekommen und so wusste ich, was passiert war. Ich habe dir dann das Tagebuch geschickt, weil ich hoffte, dass du mich finden wirst.« Wieder füllen sich ihre Augen mit Tränen.

»Warum hast du mir nichts geschrieben? Warum hast du nicht gesagt, dass du lebst und wo ich dich finden kann? Warum hat mir Mamma nicht erzählt, dass sie hier war?« Nun kullern auch Tränen über meine Wangen.

»Ich wusste nicht, ob du mich finden willst. Ob du wissen willst, dass es mich gibt. Also habe ich nur das Tagebuch versendet, denn wenn du nach deiner Vergangenheit suchen wolltest, dann würdest du auch mich finden.«

Meine Tränen werden mehr. »Und was, wenn du in der Zwischenzeit diese Welt verlassen hättest?«

Sie lächelt mich liebevoll an. »So grausam ist der liebe Gott da oben nicht. Außerdem bringt mich nichts so schnell um. Sieh doch, wie ich aussehe, und trotzdem bin ich immer noch hier.« Sie blickt an sich herunter und lacht. Ihr Lachen ist so ansteckend, dass ich mit einstimme.

»Ich habe so viele Jahre nicht gewusst, dass ich Großmutter bin. Ich habe es mir immer erhofft, aber gewusst habe ich es nicht.«

Ich fühle mit ihren Worten. »Bist du sauer? Auf Mamma.«

Sie überlegt einen Moment. »Nein. Sie hatte mit Sicherheit ihre Gründe und ich vergebe ihr. Bevor du fragst: Ich habe es nicht über mich gebracht, ihr Tagebuch zu lesen. Auch, wenn ich sie jeden Tag vermisst habe. Sauer bin ich nicht. Dafür bin ich umso glücklicher, dass du jetzt hier bist. Das ist das größte und schönste Geschenk.« Meine

Großmutter schließt ihre Hand fester um meine und ich genieße das Gefühl zu wissen, dass ich nicht ganz allein bin. Ihre Augen sind auf den glitzernden See gerichtet und ich folge ihrem Blick. Das Plätschern der Wellen am Ufer macht den Moment perfekt.

»Nonna, warum hat Mamma ihren Nachnamen geändert?«, frage ich.

Sie atmet tief ein und wieder aus. »Wenn ich das nur wüsste, Liebes. Ich kann es mir nur so erklären, dass sie zu Beginn nicht gefunden werden wollte. Aber den wahren Grund kenne ich leider auch nicht.«

Ich richte meinen Blick auf den See und eine Weile sitzen wir schweigend nebeneinander.

»Weißt du, wer mein Vater ist?«, sage ich schließlich. Die Frage liegt mir schon so lange auf den Lippen, endlich kann ich sie stellen. Sie verneint.

»Ich weiß es nicht, aber laut deiner Mutter weiß es das Tagebuch. Hast du dort keinen Hinweis gefunden?«

»Ich hatte keine Kraft mehr weiterzulesen«, gestehe ich ihr.

»Dann lies weiter, wenn du dich bereit fühlst. Die kurze Zeit ändert an all den Jahren nichts mehr. Kommst du mich bald wieder besuchen?«

»Jeden Tag!«

Sechzehn

Glücklich gehe ich zurück ins Limea. Nach all den Jahren habe ich endlich meine Nonna kennengelernt und mir kommt es beinahe selbst so vor, als würde ich träumen. Mein Weg führt mich die Uferpromenade zurück an den Strand. Die Bars und Restaurants sind alle voll besetzt und von überall her strömen die herrlichsten Düfte von Pizza, Pasta und Fisch. Ein kleiner Snack vor dem Abendessen schadet bestimmt nicht. Als ich ein Restaurant ansteuere, erblicke ich an einem der vordersten Tische Leo mit einer Frau. Dieses Mal ist es nicht Isabella. Die Frau streicht sich eine Strähne aus dem Gesicht. Mit ihren Blicken verschlingt sie Leo geradezu. Leo lächelt die Frau auf die Weise an, auf die er vor ein paar Wochen noch mich angelächelt hat. Ihr Gesichtsausdruck ist fröhlich, und sie scheinen sich gut zu verstehen. Ein Stich der Eifersucht durchfährt mich. Ich kann nicht leugnen, dass der Anblick schmerzt. Es tut weh, ihn mit einem anderen Mädchen zu sehen. Leo bemerkt mich und sein Blick durchdringt mich beinahe. Schnell suche ich das Weite. An Essen kann ich jetzt nicht mehr denken. Ich gehe so schnell, dass es schon als Laufen durchgeht und ich Mühe habe, keine fremden Menschen zu rammen. Erst eine Hand, die mich von hinten am Handgelenk packt, kann mich stoppen. Als ich mich umdrehe, steht Leo vor mir. Er hält seine Hand fest um meine geschlossen. Sein Blick ist intensiv. Mein Hals ist wie zugeschnürt. Verdammt.

»Was erwartest du von mir, Liara?« Sein Brustkorb hebt und senkt sich und ich merke, wie schnell auch sein Herz schlägt.

»Was ich von *dir* erwarte? Du willst ja nicht mal mit mir reden! Warum läufst du mir jetzt hinterher?« Meine Stimme klingt fester als gewollt.

»Warum? Warum wohl? Ach, weißt du, wenn ich es mir so recht überlege, schulde ich dir keine Rechenschaft und es war ein Fehler. Wir haben keine Verpflichtungen uns gegenüber.« Seine Worte treffen mich.

»Gut, dann sollte ich wohl besser gehen!«, knalle ich ihm gegen den Kopf.

»Du hast mich belogen und bist dann einfach verschwunden, ohne dich zu melden.« Seine Stimme klingt zittrig.

»Ich bin gegangen, weil du es mir gesagt hast. Ich wollte dir alles erklären, doch du hast mir keine Chance gelassen. Und ich habe dich nicht belogen, ich habe nur nichts von meinem Beruf erzählt.«

»Ich war verletzt!« Sein Blick ist zu Boden gerichtet.

»Das war ich auch, Leo. Womöglich hast du recht, denn ich schulde dir auch keine Rechenschaft mehr. Vielleicht damals, aber jetzt nicht mehr. Ich habe alles in meinem Bericht gesagt, was es zu sagen gibt.« In diesem Moment wird die Kluft zwischen Leo und mir deutlich. Tränen sammeln sich in meinen Augen. Ich will nur noch weg von hier. Ich reiße meine Hand aus seinem Griff. Ich will nicht vor ihm weinen und so haste ich weiter. Die Uferpromenade entlang, durch die schmalen Gassen direkt zum Hotel. Dieses Mal folgt er mir nicht. Es schmerzt so sehr, ihn zu sehen, am liebsten würde ich in seine Arme fallen und ihn nie wieder loslassen, aber es ist vorbei. Wie er gesagt hat, er ist mir keine Rechenschaft schuldig. Im Hotel angekommen, laufe ich, ohne an der Rezeption haltzumachen, die Treppen nach oben direkt in mein Zimmer. Dort werfe ich mich auf mein Bett und beginne laut zu schluchzen. Es klopft an der Tür, aber ich möchte gerade niemanden sehen und schon gar nicht, dass mich jemand sieht.

»Liara, bitte öffne die Tür.« Lucias Worte dringen durch die geschlossene Zimmertür.

»Ich bin gerade beschäftigt«, sage ich so fest wie möglich, damit sie das Wimmern in meiner Stimme nicht erkennen kann.

»Ich habe gesehen, dass du geweint hast. Bitte öffne die Tür.« Widerwillig erhebe ich mich von meinem Bett, wische mir mit dem Handrücken die Tränen von den Wangen und gehe zur Tür, um sie zu öffnen. Ohne große Worte tritt Lucia herein und nimmt mich in den Arm. Und so verbleiben wir die nächsten Minuten, sie, die einfach da ist und mich hält, und ich, die heult wie ein Schlosshund.

»Möchtest du mir erzählen, was passiert ist?«, unterbricht sie nach einer Weile die Stille. Wir setzen uns auf mein Bett und ich erzähle zuerst die herzergreifende Geschichte, wie schön die Zeit mit meiner Nonna war, und komme dann auch zu dem Teil, der schuld an meinen vielen Tränen ist.

»Leo meint das nicht so. Er ist verzweifelt. Ihm geht es genauso schlecht wie dir, das kannst du mir glauben.« Sie sieht mir in meine verweinten Augen.

»Sie haben zusammen gelacht und es hat so ausgesehen, als würden sie sich gut verstehen.«

»Ich weiß auch nicht, was er sich dabei denkt oder was er damit bezwecken will. Aber ich kenne Leo, er kriegt sich schon wieder ein. Das Wichtigste ist jetzt, dass du so viel Zeit mit deiner Oma wie möglich verbringst und alles über sie herausfindest. Ich habe eine Idee, die dich vielleicht aufheitert. Hättest du Lust, mich nach Riva zu begleiten?«

»Nein, denn am liebsten würde ich den restlichen Tag im Bett verbringen und Trübsal blasen«, sage ich und vergrabe mein Gesicht in meinen Händen.

»Mit Sicherheit nicht, denn das habe ich jetzt einfach überhört. Das Schiff fährt in fünfzehn Minuten. Du kannst so verheult mitkommen oder dich noch kurz im Badezimmer frisch machen. Du entscheidest.« Schon mit ihrer Ansprache gelingt es ihr, mich etwas aufzuheitern.

»Na gut, aber ich warne dich. Wenn es nicht toll wird, dann heule ich!« Lucia muss über meine Aussage lachen und ich stimme mit ein.

»Abgemacht. Ich hole meine Tasche und wir treffen uns in fünf Minuten vor dem Hotel.«

Exakt fünf Minuten später warte ich auf Lucia vor dem Eingang. Meine verheulten Augenringe habe ich mit Puder überschminkt und meine Wimpern mit Mascara nachgetuscht. Leider kann ich die verquollenen Augenlider nicht retuschieren.

»*Ciao*. Was geht?«, fragt mich Emanuel, der gerade aus dem Gartenrestaurant kommt und mehrere schmutzige Teller auf seinen Händen jongliert.

»Die Sonne und das nach Westen. Sieh, genau dort … ach du meinst bei mir? Ich stehe gerne hier rum und warte.«

Er lächelt. »Schön, dass du wieder hier bist, Liara!«

»Ich habe euch auch vermisst.« Ich werde wieder sentimental und muss mich darauf konzentrieren, nicht wieder in Tränen auszubrechen. *Liara, ein- und ausatmen.*

»*Scusami*, ich musste nur noch schnell etwas holen. Du wirst dich mit Sicherheit freuen. Komm, wir müssen los. Emanuel, du machst das schon ohne mich, oder?« Sie boxt ihren Bruder auf den Oberarm und er muss ihn neu ausbalancieren, damit die Teller in seiner Hand nicht fallen.

»Jetzt geht, die Fähre wartet nicht auf euch Hühner.«

Wir laufen los. Quer durch die Stadt, entlang der Gassen zu dem Hafen, wo die Schiffe anlegen. Als wir dort außer Atem ankommen, sehen wir, wie ein Crewmitglied bereits die Rampe zum Einsteigen einholt. Wir laufen noch schneller und winken dem Mann verzweifelt zu, damit er uns bemerkt.

»Halt! Stopp! Sie müssen uns bitte noch an Bord lassen«, ruft Lucia, so laut sie nur kann. Der Mann bemerkt uns glücklicherweise. Er zögert einen Moment, bevor er die Rampe wieder senkt. Wir sprinten förmlich auf das Boot zu und erreichen es gerade noch rechtzeitig.

»Danke, Sie sind einer von den Guten«, sage ich zu ihm und klopfe ihm auf die Schulter, bevor wir weiterlaufen, um uns einen Sitzplatz am Oberdeck zu sichern.

»Verdammt, das war knapp!«, sagt Lucia schweratmend.

Auch ich atme erleichtert aus als das Schiff langsam ablegt und genieße das Gefühl, als mir der angenehme Fahrtwind durch die Haare bläst. »Wow, Riva ist wunderschön.« Ich sehe an der Skyline entlang und bewundere die vielen bunten Häuser, die sich vor mir erstrecken. An der Promenade herrscht hektisches Treiben und die Strände sind auch zur Abendstunde noch mit vielen Personen besetzt.

»Wusste ich doch, dass es dir gefällt.«

Ich sehe sie erstaunt an. »Und was müssen wir hier erledigen?«.

»Nichts. Das war nur ein Vorwand. Eigentlich habe ich gedacht, dass ich dich auf andere Gedanken bringen kann.« Lucia zuckt mit den Schultern.

»Oh, und was machen wir dann hier? Shoppen? Aperitif?« Ich bin verwundert, dass wir dafür extra nach Riva fahren.

»Lass dich überraschen.« Wir gehen von Bord und mischen uns unter die Menschenmenge auf der Promenade.

»Was wollen wir hier?« Wir kommen zu einem Strandhaus, vor dem ein paar Boote vertäut sind.

»Hier. Ist zwar meiner, er müsste dir trotzdem passen«, sagt sie und drückt mir einen roten mit gelben Blumen verzierten Bikini in die Hand. »Von dem Herrn erhalten wir noch einen Neoprenanzug, denn es kann ziemlich kühl sein so weit oben.«

Nachdem ich mich umgezogen und meine Klamotten in den Rucksack gestopft habe, werde ich allmählich nervös. Lucia hingegen wirkt entspannt.

»Sind die Damen bereit?«, fragt ein braun gebrannter Mann, der soeben aus dem Strandhaus gekommen ist. Lucia nickt und ich bekomme es mit der Angst zu tun.

»Wir machen einen Paragliding-Flug direkt in den Sonnenuntergang hinein«, schießt es aus Lucia heraus.

»Nicht dein Ernst?«

»Cool, oder?«

»Das wollte ich schon immer einmal machen.«

»Weiß ich doch!« Sie zwinkert mir zu. Nach einer kurzen Einweisung sind wir startbereit. Als wir uns in die Lüfte erheben, fühlt es sich an, als würde die Welt unter uns zurückbleiben und mit ihr all meine Sorgen und Gedanken.

»Schön, was?« Die Aussicht ist atemberaubend. Der Gardasee erstreckt sich vor uns, umgeben von den schroffen Berglandschaften der Region. Der Wind rauscht in meinen Ohren und mich erfüllt das Gefühl von Freiheit und Aufregung.

»Es ist einfach traumhaft. Vielen Dank dafür.«

»Schau mal, da vorne ist Limone und ich glaube, man kann auch das Hotel sehen«, sagt Lucia mit lauter Stimme, denn ihre Worte werden vom Wind verschluckt, der um unsere Köpfe weht.

»Tatsächlich. Wie klein es von hier oben wirkt.« Aber ich sehe nur das Hotel meiner Nonna und somit Leo. Was er wohl gerade macht? Knutschen mit dieser blöden Tussi? Schnell versuche ich meine Gedanken zu verdrängen und mich auf das Abenteuer zu konzentrieren. Wir gleiten in den Sonnenuntergang hinein, als ob wir in ein Gemälde eingetaucht wären. Die Sonne färbt den Himmel in warme Orangetöne und verleiht dem Gardasee einen goldenen Glanz. Die Berggipfel werden von den letzten Strahlen der Sonne beleuchtet. Die ganze Szene wirkt, als stamme sie aus einer anderen Welt. Die Landschaft versinkt im Dunkeln. Gleichzeitig leuchten die Lichter in den umliegenden Städten und Dörfern auf. Es ist, als ob die Welt unter uns zum Leben erwacht, während wir weiter in den Abendhimmel steigen.

»Wir haben die beste halbe Stunde gehabt dort oben«, sagt Lucia, als uns das Boot in Limone von Bord lässt.

»So etwas Schönes habe ich noch nie gesehen«, gebe ich zu.

Auch noch abends im Bett habe ich das Bild von unserem Flug in den Sonnenuntergang im Kopf. Glücklich über so wundervolle Menschen an meiner Seite öffne ich das Tagebuch meiner Mutter.

Limone, 15. August 1994

Tagebuch,

ich hoffe, du bist fröhlicher, als ich es bin. Marco ist einfach gefahren. Seitdem habe ich nichts mehr von ihm gehört. Ich wusste von Anfang an, dass es zu Ende sein wird, aber es tut verdammt weh, seine Stimme nicht mehr zu hören und seinen vertrauten Duft nicht mehr einatmen zu können. Ich kann es noch immer nicht glauben. Die Tage hier in Limone machen ohne ihn keinen Spaß. Auch meine Arbeit macht mir weniger Spaß und der Schönling hilft nicht wirklich dabei. Heute habe ich bemerkt, wie ihn der Hotelchef geschimpft hat, nachdem er einer Kundin ungeschickterweise den Eisbecher über die Bluse gekippt hat. Nach diesem Praktikum wird er bestimmt nie wieder in diesem Bereich arbeiten wollen. Wenn ich so darüber nachdenke, weiß ich eigentlich nicht viel über ihn. Nur dass wir die zwei einzigen Praktikanten im Hotel sind und dieselbe Schule besuchen. Nicht, woher er kommt oder wer seine Eltern sind. Ach egal, es ist sowieso alles doof ohne Marco.

Deine,
A.

»Alles gut bei dir?« Ich mustere den Schönling.

»Klar.« Er nickt.

»War ziemlich heftig gestern.«

»Ich habe einen Fehler gemacht und er hat mich drauf hingewiesen. Nur so lernt man aus seinen Fehlern.«

»Na gut, wenn du meinst«, antworte ich und gehe zum nächsten Tisch, um ihn abzuwischen.

»Hast du heute schon etwas vor?« Ich schaue hoch und sehe ihn verblüfft an.

»Arbeiten?«

»Nach dem Arbeiten, Dummerchen!«

Ich schüttle den Kopf.

»Gut, dann haben wir eine Verabredung.«

»Und dürfte ich auch erfahren, was wir machen?« Nun schüttelt er seinen Kopf und deckt den Tisch fertig ein.

»Jetzt komm schon!«, sagt er und zieht mich an meiner Hand hinter sich her. Ich bin außer Atem, denn so schnell bin ich den Weg vom Hotel zum Hafen noch nie gegangen.

»Was wollen wir hier?« Er bleibt abrupt stehen und ich stoße beinahe gegen ihn.

»Amalia, lass dich überraschen. Ich weiß, dass es dir gefallen wird!«

»Na gut«, antworte ich und folge ihm.

»Und habe ich zu viel versprochen?« Er grinst und ich bin den Tränen nahe.

»Hilfst du mir?« Ich nicke schnell.

»Ich bin sprachlos!«, sage ich, nachdem ich wieder Worte gefunden habe.

Zurück in Limone bei Liara

Und schon wieder wische ich mir Tränen aus dem Gesicht. Der Wind streicht über meine Haut und der Blick auf den glitzernden Gardasee vor mir beruhigt meine Gedanken. Ihre Handschrift ist mir so vertraut. Ich bilde mir ein, ihre Stimme zu hören, während ich lese, so als würde sie neben mir sitzen.

»Du warst also hier in Limone … ohne mich. Du hast mich im Dunklen gelassen und gehofft, dass ich allein hierher finde«, sage ich in den Himmel zu meiner Mutter. Warum hat sie das bloß gemacht? Sie war immer die stärkste und selbstbewussteste Frau, die ich kannte, und ja, wahrscheinlich war sie zu stolz, mir etwas zu erzählen. Verdammt. Erneut bilden sich Tränen in meinen Augen, dieses Mal aus Wut. Ich will nicht wütend auf sie sein. Ich schließe das Tagebuch meiner Mutter und lasse es auf meinen Schoß sinken. Das Foto von ihr und Marco lege ich zwischen die Seiten.

Der Blick auf den See ist magisch. Warum hat meine Mutter diesen Ort verlassen? Das Wasser schimmert in verschiedenen Blautönen und die Boote, die darauf verkehren, ziehen kleine Wellen hinter sich her. Ich könnte stundenlang hier sitzen und in die Ferne blicken, aber Nonna wartet und so mache ich mich auf den Weg zu ihr.

»Liara!«, begrüßt sie mich mit einem Lächeln auf den Lippen.

»*Ciao*. Wie geht es dir?« Sie hält mir ihre zitternde Hand entgegen und ich ergreife sie. Ihre Finger sind warm und die Berührung fühlt sich vertraut an. Ich genieße den Moment.

»Ach, wie soll es mir schon gehen. Ich sitze hier und kann mich kaum bewegen und weit komme ich auch nicht.« Sie atmet tief auf und blickt durch das Fenster nach draußen. Das Zimmer ist ein niedlicher Rückzugsort, der mit sehr viel Liebe eingerichtet ist. Beim Betreten fällt der Blick sofort auf das große Panoramafenster, das einen Ausblick auf den Gardasee bietet. Die Wände sind in einem zarten Blauton gestrichen, der an den Himmel über dem See erinnert. Eine Sitzecke mit bequemen Sesseln und einem Tisch stehen direkt am Fenster, sodass meine Großmutter den Blick auf den See und die vorbeiziehenden Boote und Vögel genießen kann. Über dem Bett hängt ein gerahmtes Bild von Limone sul Garda, das die malerische Altstadt und den Hafen zeigt.

Ich habe eine Idee. »Hast du Lust auf einen kleinen Ausflug?« Sie sieht mich skeptisch an.

»Was hättest du denn vor?«

»Wir könnten dorthin und ein Eis essen.« Ich blicke zu dem Gemälde.

»Das ist für dich doch ungeschickt. Du müsstest mich die ganze Zeit schieben und ich bin schwer. Auch wenn es schön wäre!« Nonna blickt verträumt auf das Bild.

»Entschuldigst du mich einen Augenblick?« Ich verlasse das Zimmer und suche nach der Krankenschwester. Nachdem ich sie gefragt habe und sie mir zugestimmt hat, dass ich meine Nonna für eine Stunde ausborgen darf, stürme ich zurück ins Zimmer und helfe Nonna beim Umziehen.

»Danke«, sagt sie, nachdem sie frisch gekleidet im Rollstuhl sitzt und wir loslaufen.

»Für was?«

»Dass du so bist wie deine Mutter. Du kannst dir gar nicht vorstellen, wie sturköpfig sie immer war. Wenn sie sich etwas in den Kopf gesetzt hat, dann konnte man sie nicht mehr davon abbringen. So auch mit dem Auswandern.« Ihre Stimme wird zum Ende hin leiser.

»Weißt du, warum sie gegangen ist?« Nonna überlegt einen Moment.

»Nicht genau. Ich schätze, es sind sehr viele Dinge hier in Limone geschehen und alles ist ihr etwas über den Kopf gewachsen«, antwortet mir meine Oma.

»Es muss etwas passiert sein. Niemand gibt diesen wunderschönen Ort hier auf.«

»Vielleicht erfahren wir es aus dem Tagebuch. Möchtest du mir davon erzählen?« Ich berichte von allem, was ich bis jetzt erfahren habe.

»Vorhin habe ich weitergelesen. Könntest du dir vorstellen, wer dieser Schönling war?«

»Nein. Von diesem jungen Mann hat sie nie etwas erzählt. Womöglich lebt er gar nicht mehr hier, aber selbst wenn, hätte ich nie davon erfahren, denn sein Name wird wahrscheinlich nicht Schönling sein«, sagt sie lachend. Je weiter wir uns vom Grundstück des Pflegeheims entfernen, umso besser wird die Laune meiner Großmutter und umso leichter ihr Atem. Sorgfältig schiebe ich den Rollstuhl vor mir her. Sie lächelt glücklich, während sie die frische Luft und den Blick auf den Gardasee genießt.

»Wie wäre es mit dieser Bar?« Ich deute auf eine Bar vor uns.

»O ja. Ich liebe die Bar von Giorgio. Leider ist er vor einem Jahr von uns gegangen, aber sein Neffe hat sie übernommen. Apropos Bar. Liara, du weißt, dass du jetzt das Hotel erben wirst?«

Ich schlucke. »Ja, aber dann müsstest du erst sterben und daran möchte ich jetzt nicht denken«, antworte ich ihr lächelnd und stelle einen der Stühle an einem Tisch in der ersten Reihe zur Seite, um für Nonna in ihrem Rollstuhl genug Platz zu schaffen.

»Du musst den Eisbecher des Hauses bestellen. Ich verspreche dir, dass du es nicht bereuen wirst«, sagt sie mit einem Zwinkern und so bestellen wir gleich zwei davon. Als das Kunstwerk geliefert wird, staune ich nicht schlecht. In dem Glas, das ungefähr so groß wie ein Handball ist, sind mindestens fünf verschiedene Sorten Eis, Sahne und viel frisches Obst enthalten.

»Das ist aber ein großzügiger Eisbecher«, sage ich lächelnd, während ich die Eiskugeln in den verschiedenen Farben und Geschmacksrichtungen betrachte und überlege, welche Sorte ich zuerst kosten soll. Nonna schmunzelt und nimmt den ersten Löffel.

»Wenn man schon Eis isst, dann richtig!« Wir lassen uns Zeit, den Becher zu genießen und beobachten die Menschen, die an uns vorbeigehen.

»Wie schaffst du bloß, so viel davon zu essen?« Ich staune, als ich sehe, dass ihr Glas schon fast leer ist.

»Jahrelange Übung. Du weißt gar nicht, wie viele ich

von denen schon gegessen habe.«

»Das sollten wir öfter machen.« Ich blicke auf das geschäftige Treiben auf der Uferpromenade.

»Wenn das deine schmalen Arme mitmachen, dann gerne!« Sie lacht und ich stimme mit ein.

»Ich habe jahrelange Übung im Kofferschleppen. Die beiden machen nicht schnell schlapp«, sage ich und zeige auf meine Armmuskeln, die ich gekonnt anspanne.

Nachdem auch ich den Eisbecher verdrückt habe und zugeben muss, dass mir schlecht davon ist, machen wir uns auf den Rückweg. Als wir das Pflegeheim erreichen, helfe ich ihr aus dem Rollstuhl zurück in ihr Bett.

»Ich komme gleich morgen wieder«, sage ich zur Verabschiedung und drücke ihr einen Kuss auf die Stirn.

»Das würde mich sehr freuen, Liebes«, antwortet sie mir und drückt mich an sich.

»Liara! Gut, dass du da bist«, sagt Lucia, als sie mich sieht. Sie sieht besorgt aus.

»*Ciao.* Ich war bei meiner Nonna. Was habe ich verpasst?« Sie überlegt einen kurzen Moment. »Ich weiß nicht, ob ich dir davon erzählen darf«, sagt sie und beißt sich anschließend auf die Unterlippe.

»Jetzt sag schon!« Noch immer herrscht Totenstille zwischen uns.

»Leo schmeißt seinen Abschluss hin …«

»Verdammt, was? Warum?« Wieder überlegt sie und ich warte ungeduldig auf ihre Antwort.

»Das weiß ich leider nicht genau. Das Einzige, was er mir im Zorn gesagt hat, war, dass du das Hotel jetzt hast.«

»Wie bitte? Weißt du, wo ich ihn finden kann?« Sie deutet mit dem Finger in den Saunabereich und ich haste los. Zuerst suche ich im Ruheraum nach ihm, dann laufe ich weiter zum Hallenbad und entdecke ihn schließlich vor den Saunen, wo er gerade Handtücher im Schrank auffüllt. Ich gehe entschlossen auf ihn zu.

»Was machst du hier?«, zischt er mich an.

»Das könnte ich dich auch fragen!«, werfe ich ihm gegen den Kopf. Er unterbricht seine Tätigkeit und blickt mir in die Augen.

»Was?«

»Das fragst du mich nicht wirklich?«

Sein Blick wird zorniger. »Was willst du von mir hören? Dass die Abschlussprüfung morgen Sinn macht? Dass du riesengroßes Glück hast, dass Frau Fideli deine Nonna ist, dass ich das nicht gecheckt habe und nun alles verlieren werde? Was, verdammt noch mal, willst du von mir hören?« Seine Augen werden feucht. Verwirrt schaue ich ihn an.

»Ich habe doch nie gesagt, dass ich dir das Hotel nehmen werde! Mein Leben ist in Deutschland! Wer sagt, dass ich das von heute auf morgen ändere? Was ist dein Scheißproblem, Leo? Du verhältst dich wie ein Vollidiot. Ich habe mich bei dir entschuldigt, also sag mir, was zur Hölle los ist?« Meine Atmung geht schnell. Der Zorn brodelt in mir und ich muss mich konzentrieren, um mich im Zaum zu halten.

»Du bist ihre Enkelin, sie wird wollen, dass du es übernimmst. Ja genau, dein Leben ist in Deutschland. Wieso verschwindest du nicht einfach wieder dorthin?« Sein Blick richtet sich wieder zum Boden. Ich schüttle vor Zorn den Kopf und trete auf der Stelle.

»Vergiss es einfach«, sage ich und drehe mich um, um zum Ausgang zu gehen. Es fühlt sich unendlich lange an, bis ich die Tür erreiche. Am liebsten würde ich mich davonbeamen, um endlich verschwinden zu können. Aus diesem Raum, aus meinen Gedanken, die sich ausschließlich um Leo drehen, und weg von meinen Gefühlen.

»Warte!«, sagt er und holt mich ein. »Es tut mir leid. Ich bin einfach so enttäuscht.« Seine Stimme bricht und ich kann sehen, wie schwer ihm diese Worte fallen.

»Das kann ich verstehen, denn das, was ich gemacht habe, war nicht richtig. Aber dein Verhalten mir gegenüber ist auch nicht in Ordnung.«

»Ich weiß. Ich hatte so verdammte Angst, dass wir eine schlechte Hotelbewertung erhalten. Für einen Moment hing meine Hoteleröffnung am seidenen Faden. Wer würde bei mir einchecken, wenn der Besitzer ein schlechtes Votum von Elite Stay Review Services erhalten hätte?« Ich sehe ihn verdutzt an.

»Warum hätte ich schlecht über dich schreiben sollen? Ich hätte nur das Hotel bewertet und niemals deinen Namen genannt.« Genervt von seinen Anschuldigungen sehe ich ihm noch tiefer in die Augen.

»Weil ich der schlimmste Hotelmitarbeiter war, den man sich nur vorstellen kann. Zuerst renne ich dich nieder und beschimpfe dich dabei, dann bringe ich dir aus Stolz einen anderen Cocktail. Dabei war das nicht meine Schuld, sondern vielmehr der Stress, den ich in der Schule hatte, denn eigentlich warst du mir wichtig. Ich wollte dich, wo es nur ging, zufällig im Hotel treffen und es fiel mir schwer, meine Finger von dir zu lassen. Doch dann habe ich gesehen, für wen du arbeitest und ich hatte Angst. Große Angst, Liara. Und das Schlimmste war, dass du wirklich abgereist bist. Ich wollte dir schreiben, war aber zu feige. Verdammt, mein Herz war in tausend Stücke zerbrochen.« Nun sehe ich, wie Tränen über seine Wangen laufen. Auch mein Herz war gebrochen du Idiot, hallt es durch meinen Kopf.

»Wann ist deine Prüfung?«,

»Morgen früh um acht Uhr. Aber ich kann nicht mehr antreten, denn ich habe meine Abschlusspräsentation gelöscht.« Ich schlucke. Shit.

»Dann haben wir heute noch viel vor. Ich sage Lucia, dass sie für den Saunaaufguss jemand anderen einspannen muss und wir beide treffen uns in zehn Minuten auf meinem Balkon. Nimm deinen Laptop und alle Unterlagen mit, mit zwei Laptops sind wir schneller.« Ich laufe los und lasse ihn allein zurück. Ich fühle seinen Blick in meinem Rücken, nehme aber keine Bewegung von ihm wahr. Nachdem ich Lucia Bescheid gegeben habe, hole ich Limonade und etwas Obst aus der Bar und stürme in mein Zimmer. Dort bereite ich auf dem Balkon alles Nötige vor und warte darauf, dass Leo erscheint. Und tatsächlich dauert es keine zehn Minuten, bis es an der Tür klopft. Ich öffne sie.

»Kannst du mir bitte erklären, wie du auf die blöde Idee gekommen bist, alles zu löschen?« Meine Worte sind schärfer als beabsichtigt, dennoch lösen sie auf Leos

Mund ein kleines Lächeln aus. Eines, das so schön ist, dass mein Herz dabei Sprünge macht.

»Es war dumm von mir und wiederherstellen lässt sich diese blöde Datei auch nicht mehr! Ich wusste keinen Ausweg mehr, ich war so sauer auf mich und die gesamte Situation. Danke, dass du mir hilfst!« Ich nehme seine Hand und ziehe ihn ins Zimmer. Am liebsten würde ich ihn nie wieder loslassen. Gänsehaut bildet sich überall auf meinem Körper.

»Setz dich hier hin und sende mir alle Teilstücke, die du noch irgendwie gespeichert hast. Ich versuche, sie zusammenzufügen, du arbeitest an den Texten, die tatsächlich verschwunden sind, gut?«

Er sieht mich hoffnungsvoll an. »Gut.« Und so hämmern wir wie verrückt in die Tasten und eine Stunde um die andere vergeht wie im Flug. Auch dass es bereits stockdunkel ist, bringt uns nicht von der Arbeit ab, da wir das Licht eingeschaltet haben. Der Tisch ist übersät mit Büchern, Notizen und Skizzen. Immer wieder treffen sich unsere Blicke und mein Magen zieht sich dabei angenehm zusammen. Lieber würde ich etwas ganz anderes mit Leo machen, als hier zu sitzen und seine Präsentation zu retten. Hin und wieder berühren sich versehentlich unsere Hände und seine Mimik verrät, dass es auch ihm schwerfällt, nicht über mich herzufallen.

Als der Morgen langsam hereinbricht, streckt sich Leo vor Erschöpfung.

»Leg dich kurz hin, du musst nachher das Prüfungskomitee überzeugen.«

»Warum hilfst du mir?«, fragt er plötzlich.

»Weil du mir wichtig bist!«

In seinem Gesicht bildet sich ein Lächeln. Er erhebt sich von seinem Stuhl und kommt zu mir. Vor Aufregung vergesse ich zu atmen. »Danke. Es tut mir leid, dass ich so ein Idiot war.« Er drückt mir einen Kuss auf den Mund.

»Leo, mach keinen Fehler. Was würde das Mädchen von gestern dabei denken?« Auch wenn ich mich nach einem weiteren Kuss sehne, bekomme ich den Gedanken von ihm und der Tussi nicht aus dem Kopf.

»Die habe ich gestern allein in der Bar zurückgelassen, weil es sich falsch anfühlte. Ich liebe sie nicht. Was sie von mir hält, das kann ich mir denken«, sagt er mit einem Lächeln. Seine Worte bringen auch mich zum Lächeln. Er legt sich in mein Bett, schlüpft unter die Decke und schläft sofort ein. Mir ist nicht nach schlafen zumute, also tippe ich weiter. Die letzten Worte fließen in den Laptop, und ich beende schließlich um kurz vor sieben die Abschlusspräsentation. Genau einige Sekunden bevor es an der Zimmertür klopft. Ich öffne sie und Lucia steht mit ihrem Vater Paolo davor.

»Wie geht es euch? Habt ihr alles geschafft?«, fragt mich Lucia voller Neugierde.

»Klar, alles fertig!« In diesem Moment erwacht Leo und sieht von einem zum anderen.

»Was für ein Prüfungskommando hier«, sagt er lachend. Wir stimmen ein.

»*Ciao* Liara! Schön, dass du wieder hier bist«, kommt es von Paolo, der mich liebevoll umarmt und mir Küsschen auf die Wangen drückt.

»Ich freue mich auch sehr, wieder hier zu sein«, antworte ich ihm.

»Jetzt kommt! Wir müssen los!«, sagt Paolo so laut, dass es auch bei Leo im Bett angelangt.

Nach zehn Minuten sitzen Leo, Lucia, Paolo und ich im Auto und parken kurz darauf vor dem Schulgebäude. Ich krame in meiner Tasche den Stick heraus und gebe ihn Leo. Dabei fällt das Tagebuch meiner Mutter zu Boden, was mir vor lauter Aufregung entgeht.

»Hier«, sage ich und strecke Leo den Stick hin. »Viel Erfolg! Du schaffst das mit links.« In seinem Gesicht bildet sich wieder dieses Lächeln, das ich so sehr an ihm mag. Auch die anderen stimmen in meine Glückwünsche ein und wir beobachten Leo, wie er in dem Schulhaus verschwindet.

»Das war knapp«, sagt Lucia und atmet tief ein und aus.

»O ja und wie«, antworte ich ihr. Erst jetzt bemerke ich, dass ich hundemüde bin, weil ich die ganze Nacht nicht geschlafen habe.

»Jetzt heißt es warten.« Lucia öffnet die Autotür und streckt ihren Kopf in die Sonne. Ich mache es ihr nach und genieße ebenfalls die warmen Sonnenstrahlen. Es ist so angenehm, dass ich meine Augen schließe und für einen Augenblick einnicke.

»Leute, ich habe es geschafft«, weckt mich eine Stimme aus meinem Nickerchen. Mein Herz schlägt Salti, als er auf uns zukommt. Ich springe auf und laufe ihm entgegen, falle ihm um den Hals.

»Ich bin so stolz auf dich.« Sein Gesicht sprüht vor Freude.

»Ohne dich hätte ich das nie geschafft.« Er drückt mir einen Kuss auf meine Wange. Seine Lippen entfernen sich von meiner Haut. Dort, wo er mich berührt hat, prickelt es angenehm. Auch Lucia und Paolo schließen sich den Gratulationen an. »Das müssen wir feiern! Ich schlage vor, wir machen das gleich heute Abend im Hotel?« Leo stimmt ihm voller Freude zu.

»Na dann mal los.« Wir steigen ins Auto und fahren zurück zum Hotel.

»Hier, das muss dir herausgefallen sein«, sagt Lucia, als wir am Limea ankommen, und hebt Mamas Tagebuch auf. Mein Herz schlägt schneller. Fast hätte ich es verloren.

»Puh, vielen Dank. Es gehörte meiner Mutter und ist ziemlich wertvoll für mich.«

Paolo nimmt es sofort ins Visier. »Darf ich mal?«, fragt er und nimmt es an sich, nachdem ich genickt habe. »Mir kommt dieses Papier so bekannt vor. Komisch, vielleicht täusche ich mich.« Sein Blick ist immer noch auf das Büchlein gerichtet.

»Wollen wir? Wir haben etwas zu feiern«, sagt Lucia und springt aus dem Auto.

Auch wenn es nicht meine Prüfung war, durchströmt mich ein Gefühl der Zufriedenheit. Mein Herz pocht vor Freude und ich kann das breite Grinsen auf meinen Lippen nicht abstellen. Aber das Schönste für mich ist zu sehen, wie glücklich Leo ist.

»Darf ich dich noch kurz sprechen?«, fragt Leo und

hält mich an der Hand zurück. Mein Puls beschleunigt sich.

»Klar.« Ich bin nervös.

»Gehen wir ein Stück?«

»Und deine Feier?«

»Die kann einen Moment warten.«

»Na gut.« Mein Herz rast, je weiter wir uns von dem Hotel entfernen. An der Uferpromenade ist heute weniger los als sonst, man kann sogar die Wellen hören, die gegen die Mauer schlagen. Er blickt nachdenklich über den See, so als müsste er erst nach den richtigen Worten suchen.

»Ich möchte mich bei dir bedanken. Ohne dich hätte ich das niemals geschafft und wahrscheinlich alles hingeschmissen. Du hast an mich geglaubt in einem Moment, wo nicht mal ich an meine Zukunft geglaubt habe.« Ich lächle verlegen, freue mich aber sehr über seine Worte.

»Du hättest das auch alles ohne mich geschafft.«

»Ich war froh, dich an meiner Seite zu haben. Es war schön heute Nacht.«

»Ich muss zugeben, dass ich selten so gut unterhalten war beim Lernen.« Leo senkt den Blick für einen Moment und dann sieht er mir wieder fest in die Augen.

»Ich möchte mich nochmals für mein Verhalten bei dir entschuldigen. Ich war nicht fair zu dir.« Seine Worte sind aufrichtig und bedeuten mir viel.

»Es muss dir nicht leidtun, ich kann dein Verhalten sehr gut verstehen.« In diesem Moment nähert er sich mit seinem Kopf und küsst mich. Seine Hand durchfährt mein Haar und als sie an meinem Genick ankommt, kitzelt es so sehr, dass sich überall auf meinem Körper Gänsehaut bildet.

»Wie sehr ich dich vermisst habe!« Er schlingt seine Arme um mich und hält mich fest. Ich spüre jeden Zentimeter seines Körpers und genieße das Gefühl der Geborgenheit.

»Wollen wir dich endlich feiern?«, frage ich und hebe mein Gesicht zu seinem an.

»Lieber würde ich hierbleiben und mit dir allein feiern.« Er zwinkert.

»Das können wir den anderen nicht antun.«

»Du hast recht, wir beide feiern später.«

»Deal«, antworte ich ihm und schnappe mir seine Hand. Hand in Hand laufen wir zurück zum Hotel, wo die anderen bereits auf uns warten.

»Ich sag's ja nur ungern, aber du hast das großartig gemacht, Leo. Was sollen wir nur ohne dich tun?« Emanuel schlägt Leo auf die Schulter und umarmt ihn anschließend. Leos Augen strahlen.

»Ich bin ja nicht aus der Welt und wenn ihr Hilfe braucht, bin ich immer für euch da.« Es freut mich, wie sehr sie ihn schätzen, und ich bewundere seinen Mut für den Schritt in die Selbstständigkeit. Auch wenn es noch einiges zu tun gibt, wie den Kredit beantragen oder das Unternehmen zu gründen, ist er auf dem richtigen Weg. Er lebt das, von dem ich immer geträumt habe.

»Liara, darf ich dich kurz entführen?«, fragt mich Paolo.

»Klar gerne, um was geht es denn?« Ich folge ihm an die Rezeption.

»Als ich vorhin das Tagebuch deiner Mutter gesehen habe, sind mir der Einband und das Papier bekannt vorgekommen. Und tatsächlich habe ich einen Brief von deiner Mutter erhalten, als sie vor einigen Wochen hier in Italien war. Ich habe sie beinahe nicht wiedererkannt und mein Herz hat Loopings geschlagen, als ich sie gesehen habe. Bei dem Treffen hat sie mir nichts von dir erzählt. Ich kannte auch deinen Namen nicht, sonst wäre mir sicherlich viel früher aufgefallen, dass du ihre Tochter bist. Es tut mir alles so leid, Liara. Deine Mutter war eine großartige Frau und es hat mir das Herz gebrochen zu erfahren, dass sie nicht mehr lange zu leben hatte.« Er hält einen Brief in seinen Händen und streckt ihn mir hin.

»Was ist das?« Ich sehe ihn mit großen Augen an. Er zuckt mit den Schultern.

»Ich habe ihn noch nicht geöffnet. Deine Mutter meinte, dass der richtige Zeitpunkt kommen wird, um ihn zu öffnen. Ich schätze, der ist nun da. Wollen wir zusammen?«

»Einen Moment, bitte.« Ich hole das Tagebuch aus meiner Tasche und blättere darin. Tatsächlich fehlt eine der letzten Seiten. »Hier wurde ein Blatt herausgerissen. Darf ich?« Er drückt mir den Brief in die Hand und ich falte ihn auseinander. Mein Herz schlägt schneller und das Atmen fällt mir schwerer.

Lieber Paolo,

ich hoffe, dieser Brief zieht dir nicht den Boden unter den Füßen weg. Vor etwas mehr als 26 Jahren habe ich herausgefunden, dass ich ein Kind erwarte – unser Kind. Es war eine Nachricht, die mich zunächst negativ überwältigt hat, doch dann habe ich mich darauf gefreut, ein kleines Stück von uns in dieser Welt willkommen zu heißen. Allerdings wurde mir von deiner Mutter nahegelegt, diese Nachricht für mich zu behalten. Sie hat mir viel Geld angeboten und vorgeschlagen, auszuwandern, um ein neues Leben zu beginnen. Ich war innerlich zerrissen, Paolo, aber ich habe mich entschieden zu gehen, weil ich gehofft habe, dass du mir eines Tages folgen würdest. Ich hoffe, dass du verstehst, warum ich gegangen bin. Vielleicht ist es nicht zu spät, Liara zu finden und sie zu lieben.

Bitte verzeih mir, dass ich nicht den Mut hatte, dir persönlich davon zu erzählen.

In Liebe,
deine Amalia

Mit Tränen in den Augen blicke ich zu Paolo. Auch er ist den Tränen nahe.

»Heißt das, dass du mein Vater bist? Wie kann das sein?« Ich kann meine Tränen nicht mehr zurückhalten und weine. Es handelt sich um eine Mischung aus Freuden- und Erleichterungstränen.

»Deine Mutter und ich haben einen Sommer lang zusammengearbeitet …«

»Dann bist du der Schönling, von dem sie im Tagebuch spricht?« Mein Mund bleibt weit offen.

»Dass ich diesen Ruf hatte, wusste ich. Dass sie es auch so empfunden hat, ist mir neu. Es war ein sehr schöner Sommer …«

»Habt ihr in diesem Hotel gearbeitet? In dem Tagebuch hat es so geklungen, als ob du meine Mutter nicht leiden könntest?« Ich werde immer ungeduldiger zu erfahren, was passiert ist.

»Liara, lass mich doch bitte ausreden.«

Meine Wangen werden rot. »Bitte entschuldige, bitte entschuldige.«

»Wir haben hier zusammengearbeitet, aber ich glaube, sie wusste nicht, dass meinem Vater das Hotel gehört. Mir war es immer sehr wichtig, nicht von allen als der Hotelerbe abgestempelt zu werden. Ich habe es sehr genossen, mit ihr zu arbeiten, sie hatte immer gute Laune und war für jeden Spaß zu haben. Ich habe mich in sie verliebt. Zu Beginn habe ich mich ferngehalten und etwas daneben benommen, aber nur weil ich wusste, dass ihr Herz Marco gehörte. Doch als dieser Italien verlassen hat, habe ich sie getröstet und wir haben einen wunderschönen restlichen Sommer zusammen verbracht. Ja, so wie deine Mutter sagt, bist du da entstanden. Ich habe nichts davon gewusst, das musst du mir glauben.« Nun steigen auch Tränen in seine Augen und ich bemerke, wie schwer ihm das alles fällt.

»Warum sollte sie Italien verlassen?« Ich habe so viele Fragen an meine Mutter, werde aber keine einzige Antwort mehr erhalten.

»Damals hatten meine Eltern die perfekte Frau für mich in Aussicht. Sie war jung, hübsch, attraktiv und ihren Eltern gehörte ein Hotel am anderen Ende des Sees. Meine Eltern hatten Schulden und mit einer Heirat sollten sich all die Probleme, die das Hotel damals hatte, lösen. Ich wusste nichts davon. Deine Mutter hat zu mir gesagt, dass sie Marco folgen würde und hat mir damit mein Herz gebrochen. Wenn ich das alles gewusst hätte, dann hätte ich sie gesucht, das musst du mir glauben. Aber ich wollte ihnen nicht im Weg stehen.«

»Ich glaube dir. Ich habe mir all die Jahre gewünscht herauszufinden, wer mein Vater ist und wo meine Familie herkommt, und ich bin jetzt etwas überwältigt von dieser Neuigkeit. Du musst das auch sein …«

Er nickt. »Ich habe mich selten so sehr über etwas gefreut wie über diese Nachricht. Ich wusste von Anfang an, dass eine Verbindung zwischen uns besteht, und ich habe in deinen Augen immer die Augen deiner Mutter gesehen, den Gedanken jedoch immer wieder verworfen. Ich hoffe, du bist nicht allzu enttäuscht darüber, wer deine Familie ist?«

»Bist du verrückt? Ich könnte mir keine bessere Familie wünschen. Lucia und Emanuel sind meine Geschwister. Ich habe mir schon immer Geschwister gewünscht. Du kannst dir gar nicht vorstellen, wie glücklich ich bin.« Er nimmt mich fest in den Arm und wir weinen gemeinsam. Es ist ein Moment der Erleichterung und ich fühle mich endlich wieder einer Familie zugehörig. Plötzlich ertönen Schritte hinter mir und als ich mich umdrehe, stehen Lucia,

Emanuel und Leo vor uns. Ihre Blicke fallen besorgt auf uns.

»Ist alles in Ordnung?«, fragt Lucia mit gerunzelter Stirn. Ich nicke und strecke ihr den Brief meiner Mutter entgegen. Ich beobachte, wie ihre Augen das Papier überfliegen.

»Heißt das …?«

»Ja, das heißt es wohl«, antworte ich ihr leise. Sie fällt mir um den Hals.

»Oh Liara, das ist wunderschön.«

»Hallo? Könnte mich bitte jemand einweihen?«, fragt Emanuel.

»Liara ist unsere Schwester. Könntest du dir eine bessere wünschen? Außer mich natürlich!« Wir müssen alle lachen.

»Komm her, Schwesterlein, lass dich drücken!« Er nimmt mich in den Arm und ich genieße den Moment.

»Kann mir das bitte jemand erklären?«, fragt nun Leo, der sich mir nähert.

»Später bei einem großen Glas Wein?«, gibt Paolo zur Antwort. Alle stimmen zu und wir trocknen die Tränen auf unseren Wangen.

»Ich freue mich sehr für dich«, flüstert mir Leo in mein Ohr. Er nimmt mich in den Arm und küsst mich zärtlich.

Ich habe meine Familie und meine große Liebe gefunden, aber noch schöner ist, dass mich seit diesem Tag keine Albträume mehr heimgesucht haben. Endlich habe ich den richtigen Platz in meinem Leben gefunden und mir selbst vergeben, dass ich beim Tod meiner Mutter nicht anwesend war. Sie wird für immer in meinem Herzen sein.

Epilog

Zwei Monate später

Die Ankunft von Emma und Lena an diesem Morgen fühlt sich an wie das letzte fehlende Puzzleteil in meinem Leben. Ich freue mich, dass sie nun hier sind und mein Leben in Limone sehen können.

»Es ist wirklich surreal, wie sich alles entwickelt hat.« Ich schaue in die vertrauten Gesichter meiner Freundinnen. Wir sitzen im Garten von meinem und Leos Hotel, umgeben von den Stimmen der Touristen und dem Plätschern des Sees. Die Sonnenstrahlen des Hochsommers wärmen unsere Gesichter.

»Wir vermissen dich in Hamburg. Ohne dich ist es nur halb so schön. Aber ich kann dich verstehen, diese Aussicht hier ist einfach unbeschreiblich.« Lena blickt den Horizont entlang auf den See. Emma schmunzelt und hebt ihr Glas.

»Auf das Hotel ›Amalia‹ und euch beide. Ihr habt hier etwas Wunderschönes geschaffen.« Leos Augen strahlen voller Stolz.

»So ganz kann sie ihren alten Job dann doch nicht vergessen. Sie testet mich und das Hotel jeden Tag aufs Neue«, sagt er mit einem Zwinkern in meine Richtung.

»Oh, hier seid ihr ja alle«, ruft uns Lucia zu, die uns mit Emanuel, Paolo und meiner Nonna im Schlepptau entgegenkommt. Sie gesellen sich zu uns an den Tisch und ich schenke Prosecco in ihre Gläser ein.

»Auf ein Happy End«, sagt Lena mit Tränen in den Augen. Wir prosten ihr alle zu. Leo hält dabei ununterbrochen meine Hand. Die Sonne neigt sich langsam dem Horizont zu, als wir immer tiefer in unsere Erinnerungen eintauchen. Der Blick auf den See wird immer malerischer und der Tag verwandelt sich in einen goldenen Abend. Hier, am Ufer des Gardasees, schließt sich der Kreis. Mein Kreis.

Danksagung

Liebe Leserin, lieber Leser!

In so vielen Büchern habe ich gelesen, dass es Autorinnen und Autoren schwerfällt, ihre Danksagungen zu schreiben. Nun sitze ich hier und verstehe endlich warum.

Ich möchte so vielen lieben Menschen danken. Allen, die mich auf meiner Reise begleitet und dazu beigetragen haben, dass dieser Roman Wirklichkeit geworden ist.

Meinem Bruder, meinem größten Vorbild, widme ich dieses Buch. Jakob, du bist mein Anker und meine Inspiration in so vielen Lebenslagen.

Ein herzliches Dankeschön dir Heidi, deine Unterstützung und dein Glauben an mich, haben meine Reise erst möglich gemacht.

Dem gesamten Team des Empire-Verlags danke ich von Herzen. Thomas, dir für deine inspirierend gute Laune und dein offenes Ohr für meine vielen Ideen. Nicole, danke dir für deine engagierte Betreuung meines Manuskripts und die perfekte Organisation.

Danke auch meiner Lektorin Caro, für deine wertvolle Arbeit und deinen Feinschliff an meinem Manuskript.

Und natürlich Lena, ohne dich wäre das alles nicht möglich gewesen.

In Liebe,

Eure Mirjam